SOPHIE KENDRICK

DAS GESICHT MEINES MÖRDERS

PSYCHOTHRILLER

ROWOHLT TASCHENBUCH VERLAG

Originalausgabe
Veröffentlicht im Rowohlt Taschenbuch Verlag,
Reinbek bei Hamburg, Januar 2017

Umschlaggestaltung Cornelia Niere, München
Umschlagabbildungen plainpicture/Anja Weber-Decker;
ben bryant/shutterstock.com
Satz aus der Arno Pro PostScript, InDesign,
bei Dörlemann Satz, Lemförde
Druck und Bindung CPI books GmbH, Leck, Germany
ISBN 978 3 499 27273 8

AUSLÖSCHUNG

Das Wasser ist schwarzgrün. So dunkel, dass ich nicht weiß, wo oben und wo unten ist. Ich spüre es nur an dem Sog, der mich in die Tiefe zieht. Ich muss hoch, an die Oberfläche, doch sie scheint unendlich weit weg. Ich rudere mit den Armen, strample mit den Füßen, aber etwas hält mich fest, hält meine Fesseln umschlungen, zerrt mich hinab in die ewige Finsternis.

Der Wassermann. Der Nöck. Er will meine Seele haben.

Aber ich gebe sie nicht her. Ich darf nicht bei ihm bleiben. Hier unten kriege ich keine Luft. Ich muss zurück an Land. Ich will nicht ertrinken.

Ich strample kräftiger mit den Füßen, etwas Kaltes streift meine nackte Haut, ich schaudere. Endlich löst sich der Griff um meine Fesseln. Hektisch paddle ich davon, dorthin, wo ich die Wasseroberfläche vermute. Richtig schwimmen kann ich nicht, meine Bewegungen sind unbeholfen, ich wühle das grüne Wasser auf, komme aber nur langsam voran.

Endlich wird es heller, ich habe es fast geschafft. Ein kräftiger Stoß noch, und ich breche durch die Oberfläche.

Grelles Licht blendet mich. Ich kneife die Augen zu, schnappe japsend nach Luft. Doch ich kann mich nicht oben halten. Schon schwappt das Wasser wieder über mir zusammen, etwas Schweres zieht mich langsam in die Tiefe. Ich habe nicht die Kraft, mich dagegenzustemmen.

Langsam gleite ich zurück ins Reich des Wassermanns.

Als ich erneut erwache, kommt mir das Wasser nicht mehr ganz so dunkel vor. Das Grün ist milchig-trüb und scheint zu leuchten. Ich bewege mich mit großen ruhigen Stößen nach oben. Keine Panik. Keine Angst vorm Wassermann.

Wieder ist es gleißend hell, als ich die Oberfläche erreiche, doch diesmal bin ich darauf gefasst, schließe rechtzeitig die Augen.

Ich verschnaufe kurz. Um mich herum ist Stille, durchbrochen von einem regelmäßigen Piepsen. Ich rühre mich nicht, lausche dem Ton. Er ist beruhigend, fast wie ein Herzschlag. Etwas drückt auf mein Gesicht. Ich will es wegstreichen, doch ich kann meinen Arm nicht bewegen.

Schließlich öffne ich vorsichtig die Augen. Das Licht ist grell, aber es blendet mich nicht. Ich sehe nackte weiße Wände. Ein Fenster, die Vorhänge sind zugezogen. Eine Leuchtstoffröhre an der Decke. Ich drehe den Kopf auf die andere Seite, nur ein kleines Stück, und erschrecke zu Tode. Da sitzt ein Mann auf einem Stuhl, völlig reglos, und sieht mich an.

Als unsere Blicke sich treffen, reißt er die Augen auf. «Liebling, du bist wach!»

Ich will etwas erwidern, aber ich weiß nicht, was. Außerdem habe ich noch immer dieses Ding auf dem Gesicht.

Der Mann springt auf. Ich spüre, wie er meine Hand ergreift. Hinter ihm wird eine Tür aufgestoßen, eine junge Frau in weißer Tracht kommt herein, gefolgt von einem Mann. Graues Haar, grauer Bart, er hat Ähnlichkeit mit dem Wassermann.

Mit einem Mal bin ich unendlich müde. Ich kann die Augen nicht länger offen halten. Ich höre, wie der grauhaarige Mann mir eine Frage stellt, aber sie hallt in meinem Kopf wider, ohne dass die Worte einen Sinn ergeben.

Etwas Weiches, Grünes hüllt mich ein. Ich lasse mich fallen, zurück in die Finsternis, zurück in die kalten, nackten Arme des Wassermanns.

Beim dritten Mal geschieht es ganz von allein, ich muss gar nichts tun. Sanft gleite ich nach oben, wache auf und bin in dem weißen Zimmer.

Der Mann, der mich Liebling genannt hat, ist eingenickt. Sein Kinn ruht auf der Brust, sein Atem geht regelmäßig, eine Strähne seiner braunen Haare ist ihm in die Stirn gefallen. Außer uns beiden ist niemand im Raum. Ich habe keine Ahnung, wie viel Zeit vergangen ist.

Ich bewege den Kopf hin und her. Dabei fällt mir auf, dass nichts mehr auf mein Gesicht drückt. Ich bin erleichtert. Ich liege in einem Bett. Weiße Wäsche. Weiße Wände. Rechts ein Metallgestell, in das eine Flasche eingehängt ist. So etwas habe ich schon einmal gesehen, doch mir fällt der Name nicht ein. Ich bin mir gar nicht sicher, ob ich überhaupt je wusste, wie es heißt.

Dafür weiß ich jetzt, dass ich im Krankenhaus bin. Aber warum? Hatte ich einen Unfall? Ich versuche, mich zu erinnern. Nichts.

Mir wird heiß, ich kriege keine Luft, so als würde mir jemand ein Kissen aufs Gesicht drücken. Die Panikwelle verebbt zum Glück sofort wieder. Das ist völlig normal, sage ich mir. Wenn ich einen Unfall hatte, stehe ich bestimmt noch unter Schock. Mir wird früh genug wieder einfallen, was passiert ist.

Doch schon überrollt mich eine zweite Welle. Diesmal heftiger. Meine Kehle ist zugeschnürt, ich glühe vor Hitze, das Zimmer verschwimmt vor meinen Augen. Wie schwer sind meine Verletzungen? Habe ich noch alle meine Gliedmaßen? Kann ich laufen? Gelähmt vor Angst liege ich da. Als ich endlich wieder richtig atmen kann, nehme ich meinen Mut zusammen und versuche, die Beine zu bewegen. Sie sind schwer wie Blei, doch ich sehe, wie die Bettdecke sich anhebt.

Erleichtert stoße ich Luft aus.

Der Mann schreckt hoch. «Liebling!» Ein Strahlen breitet sich auf seinem Gesicht aus. Er hat überraschend helle blaue Augen. «Wie fühlst du dich?»

Liebling. Ich starre ihn an. Ich habe ihn noch nie in meinem Leben gesehen.

Zahllose Fragen liegen mir auf der Zunge. *Wer sind Sie? Was machen Sie hier? Was ist mit mir passiert?* Doch als ich den Mund öffne, bringe ich nur ein heiseres Knurren zustande. Mein Hals brennt, er fühlt sich wund an, wie aufgescheuert. Ich stöhne vor Schmerz.

Der Mann beugt sich vor. «Das kommt von den Schläuchen», sagt er mit sanfter Stimme. «In ein paar Tagen ist das abgeheilt. Möchtest du einen Schluck trinken?» Er deutet auf einen Becher, in dem ein Strohhalm steckt.

Ich nicke.

Er hält mir den Strohhalm an die Lippen, und ich sauge gierig. Lauwarmer Tee. Er schmeckt bitter. Ich muss husten.

«Nicht so hastig.» Er nimmt mir den Strohhalm weg, stellt den Becher ab, sieht mich besorgt an. «Alles in Ordnung?»

Ich nicke, obwohl gar nichts in Ordnung ist.

«Erinnerst du dich …?» Er bricht ab.

Ich schüttele den Kopf.

Er runzelt die Stirn, betrachtet mich mit zusammengekniffenen Augen. Ich sehe, wie es in ihm arbeitet. Etwas beschäftigt ihn. Er öffnet den Mund, schließt ihn aber wieder.

Ich muss ihn fragen, wer er ist. Mein Freund? Mein Mann? Mein Bruder?

«Wer …?» Noch während ich das Wort krächze, fällt mir eine viel wichtigere Frage ein. «Wer bin ich?»

Der Mann starrt mich an. «Du – du weißt nicht …?»

Ich bewege den Kopf hin und her.

Sein Blick wandert zum Fenster, dann zu seinen Händen, die gefaltet in seinem Schoß liegen, und schließlich wieder zurück zu mir. «Dein Name ist Clara, Clara Winter. Du bist meine Frau. Wir sind seit zwei Jahren verheiratet. Ich bin Roland. Roland Winter. Wir leben in Berlin. Ich bin Schriftsteller, und du …»

Ich schließe die Augen. Am liebsten würde ich mir die Ohren zuhalten und laut «Halt» schreien, doch dazu habe ich nicht die Kraft. Zu viele Informationen auf einmal. Als würde ich von einem Güterzug voller Wörter überrollt.

Clara Winter. Der Name sagt mir nichts. Ich spüre ihn nicht. Kann es passieren, dass man sich selbst vergisst?

Der Mann ist verstummt. Ich höre, wie er sich im Stuhl bewegt, doch ich halte die Augen fest geschlossen, tue so, als wäre ich eingeschlafen. Er soll keinesfalls weiterreden, er hat schon viel zu viel gesagt.

Plötzlich berührt er meine Hand.

Ich zucke zurück, ich will nicht, dass dieser Fremde mich anfasst.

Er lässt los. Wieder knarrt der Stuhl. Kurz darauf höre ich eine Tür zufallen. Stille kehrt ein. Erleichtert stoße ich den Atem aus. Er ist weg. Ich bin allein im Zimmer. Als ich die Augen öffne, fällt mein Blick als Erstes auf das Gestell neben meinem Bett, und plötzlich weiß ich den Namen wieder: Infusionsständer. Hoffnung prickelt durch meinen Körper, vielleicht kommt alles andere ja genauso zurück wie dieses Wort.

Die nächsten Stunden verbringe ich damit, in jeder wachen Minute den Namen vor mich hin zu sagen.

Clara Winter. Clara Winter.

Ich suche nach einer Erinnerung, einem Echo in meinem Inneren. Aber da ist nichts. Absolut nichts. Es ist einfach nur ein Name. Clara Winter ist eine Fremde.

Eben war eine Krankenschwester im Zimmer, um mir Tabletten zu verabreichen. Sie trug ein Namensschild, auf dem SCHWESTER DAGMAR stand. Sie hat mich mit Frau Winter angesprochen. Es muss also stimmen. Ich bin Clara Winter, verheiratet mit einem Mann, der strahlend blaue Augen hat, Roland heißt und Schriftsteller ist. Ich bin mit einem Schriftsteller verheiratet. Wir wohnen in Berlin.

Aber das sind alles leere Informationen. Ich habe keinerlei Bezug dazu. Keine Erinnerungen. Nicht an mich, nicht an mein Leben, meine Kindheit, meine Ehe mit Roland Winter, mein Zuhause. Da ist nur ein gähnendes schwarzes Loch. Als wäre ich in dem Moment, als ich aus dem Grün des Sees ins Licht stieß, neu geboren worden. Was ich über mich und über mein Leben weiß, hat ein Fremder mir erzählt.

Ich kann mich kaum länger als einige Minuten wach halten. Ständig nicke ich ein. Eben sank ich in meinem Traum zum ersten Mal nicht auf den Seegrund.

Erst war ich erleichtert. Ich ging durch ein Haus, helle Räume, hohe Decken, vielleicht war es das Haus, in dem ich wohne. Ich strich mit den Fingern über den Bezug des cremefarbenen Sofas, ließ meinen Blick durch das geöffnete Fenster in den weitläufigen Garten schweifen, der nach frisch gemähtem Gras duftete und von den vielen blühenden Stauden bunt gesprenkelt war.

Doch plötzlich, von einer Sekunde auf die andere, wurde es dunkel. Schwarzer Rauch hüllte mich ein, ich bekam keine Luft. Angst erfüllte mich, viel schlimmer als in dem See, denn die Dunkelheit war absolut, kein Funke Licht, kein Ort, an den ich fliehen konnte. Der Rauch schnürte mir die Kehle zu, mir wurde schwindelig, ich war sicher, dass ich sterben würde.

Ich muss im Traum geschrien haben, denn als ich die Augen aufschlug, beugte sich Roland über mich und redete beruhigend auf mich ein.

Er hat eine tiefe, warme Stimme. «Nur ein Traum, Liebes, es war nur ein Traum.»

Ich konnte sein Aftershave riechen, die Wärme seiner Haut spüren. Seine Nähe war mir unangenehm. Doch ich zwang mich, nicht von ihm abzurücken. Als mein Herzschlag sich normalisiert hatte, fragte ich ihn, warum ich im Krankenhaus bin.

Seine Lippen wurden schmal, er fasste meine Hand und küsste sie. «Du hast einen Einbrecher überrascht, er hat dich niedergeschlagen. Als ich dich auf dem Boden liegen sah, dachte ich, du wärst tot.» Seine Augen schimmerten feucht.

Komischerweise war ich erleichtert. Ein Einbrecher erschien mir weniger bedrohlich als ein Feuer.

Roland schiebt mich im Rollstuhl über den Krankenhausflur. Ich komme mir albern vor, schließlich sind meine Beine völlig in Ordnung. Aber ich bin zu schwach zum Laufen. Als ich es vorhin probiert habe, bin ich in seine Arme gestrauchelt.

Die Berührung war wie ein Stromschlag, und ich bin vor Schreck erstarrt. Ich weiß, er ist mein Ehemann, und er hat mich bestimmt schon tausend Mal angefasst. Doch für mich ist er ein Fremder.

Ich bin sicher, dass er meine Befangenheit gespürt hat. Da war etwas in seinen Augen. Aber er hat sich nichts anmerken lassen. «Wir nehmen wohl doch besser den Rollstuhl», hat er gesagt und mich vorsichtig hineingesetzt.

Eine Reihe von Ärzten hat mich untersucht. Der erste, ein blutjunger Kerl mit Brille, hat mir seinen Finger vor das Gesicht gehalten. Ich sollte ihm mit den Augen folgen. Mir ist ganz schwindelig geworden, aber es ist mir nicht schwergefallen. Dann musste ich ein Puzzle legen und auf einer Karte Farben und Formen bestimmen. Schließlich hat er mir eine Reihe Fragen gestellt. In welchem Land wir uns befinden. Welches Jahr wir schreiben. Wer uns regiert. Wie der zaubernde Junge mit der Narbe auf der Stirn heißt.

Ich hatte keine Mühe, seine Fragen zu beantworten, auch wenn ich mir mit dem Jahr nicht ganz sicher war. Doch als er mich fragte, wo ich zur Schule gegangen bin, wie meine Eltern heißen und was meine Lieblingsfarbe ist, musste ich passen.

Ich brach in Tränen aus.

Roland tröstete mich behutsam, ohne mir zu nahe zu kommen. Ich ließ es über mich ergehen, obwohl ich mich dadurch noch elender fühlte.

Nachdem ich mich wieder beruhigt hatte, wurde ich fürs EEG verkabelt. Anschließend wurde ich in eine MRT-Röhre geschoben, wo ein Bild von meinem Gehirn gemacht wurde, so als wäre es in kleine Scheiben geschnitten.

Nun sind alle Untersuchungen abgeschlossen. Der Chefarzt will nachher mit mir sprechen, so lange soll ich mich in meinem Zimmer ausruhen.

Roland schiebt mich vor das Bett und hängt die Flasche um. Vom Rollstuhl zurück an den Infusionsständer. Als er Anstalten macht, mir beim Aufstehen zu helfen, winke ich ab.

«Ich möchte das allein schaffen.»

«Okay.» Er tritt zurück.

«Ganz allein.» Ich blicke auffordernd in Richtung Tür.

Er zögert. «Und wenn du stürzt?»

«Dann stehe ich wieder auf.»

«Also gut.» Er will noch etwas sagen, doch er bringt es nicht heraus.

Ich komme mir schäbig vor. Roland tut alles für mich, er ist fürsorglich, rücksichtsvoll, bemüht sich, mir jeden Wunsch von den Lippen abzulesen. Und ich behandle ihn wie einen lästigen Verehrer, der nicht begreift, was ein Nein ist.

Er ist mein Mann, er liebt mich.

Und ich liebe ihn auch. Ganz bestimmt. Ich habe es nur vergessen.

Ich beiße die Zähne zusammen, um nicht zu schreien. «Bitte hol mich ab, wenn es Zeit ist für das Gespräch mit dem Chefarzt.»

Er nickt. Lächelt verlegen. Sieht ein bisschen aus wie Hugh Grant. Dann ist er weg.

Einen Moment lang sitze ich einfach nur da und starre auf die Tür. Ich versuche, in mich hineinzuhören. Doch da ist nichts. Als wäre ich eine leere Hülle. Ein Android. Eine menschenähnliche Maschine ohne Seele.

Ich erinnere mich an Harry Potter und Hugh Grant, aber nicht an mich selbst. Wie ist das möglich?

Entschlossen stemme ich mich aus dem Rollstuhl hoch. Es ist anstrengend, Schweiß läuft mir den Rücken hinunter, doch ich gebe nicht auf. Mit festem Griff packe ich den Infusionsständer und tapse Schritt für Schritt auf das Bad zu. Ich schalte das Licht ein. Über dem Waschbecken hängt ein großer Spiegel.

Ich nehme meinen Mut zusammen, blicke hinein.

Und fahre erschrocken zurück. Ein schmales, blasses Gesicht starrt mich an. Riesige blaue Augen. Bleiche Wangen. Kurze Stoppeln auf dem Schädel. Ich sehe aus wie eine Strafgefangene.

Nachdem der erste Schreck abgeklungen ist, hebe ich die rechte Hand und fahre mir mit den Fingern über den Kopf. Ich berühre vorsichtig die Stoppeln, sie sind überraschend weich.

Auf dem Hinterkopf ertaste ich eine Kompresse. Hier hat mich der Einbrecher verletzt. Ich habe vergessen zu fragen, womit er mich niedergeschlagen hat. Langsam bewege ich den Kopf hin und her, aber es ist unmöglich, zu sagen, welche Farbe meine Haare haben. Sie könnten braun sein wie die von Roland, aber auch dunkelblond. Oder rot.

Ich blicke an mir hinunter. Ein weißes Krankenhausnachthemd, das kaum meinen Oberkörper bedeckt. In der rechten Hand steckt der Zugang mit dem Schlauch daran. Die Finger sind lang und schlank. Kein Nagellack. Das gefällt mir.

Ich nehme meinen Mut zusammen und streife das Krankenhaushemd ab. Gar nicht so einfach mit dem Schlauch an meiner Hand. Ich muss die Flasche abhängen und durch den Ärmel fädeln. Das Hemd fällt lautlos zu Boden.

Mein Körper ist nicht ganz so bleich wie mein Gesicht, die Haut sieht aus, als würde sie häufiger die Sonne sehen. Da ist eine Grundfärbung, vor allem auf den Unterarmen und auf den Beinen, als wäre ich viel an der frischen Luft. Ich bin schlank, fast mager, meine Brüste sind klein, irgendwie mädchenhaft. Ich bin ein bisschen enttäuscht.

Ein Geräusch auf dem Flur lässt mich zusammenzucken. Als ich mich nach meinem Hemd bücke, erfasst mich ein Schwindel. Ich muss mich am Waschbecken festhalten.

Es dauert ewig, bis ich wieder angezogen bin. Als ich am Bett ankomme, bin ich völlig erschöpft. Ich ziehe die Decke bis zum Hals und schlafe augenblicklich ein.

Wieder schiebt Roland mich durch endlos lange Korridore. Ich habe eine Wolldecke auf den Oberschenkeln. Roland hat versprochen, mir beim nächsten Mal einen Schlafanzug mitzubringen, damit ich mich nicht mehr so nackt fühle. Er ist schweigsam, und auch mir ist nicht nach Reden zumute. Ich habe Angst vor dem Gespräch mit dem Arzt. Was, wenn er mir sagt, dass ich mich nie wieder an mich selbst erinnern werde? Außerdem fühle ich mich hässlich, seit ich das bleiche Gesicht, die Stoppelfrisur und die winzigen Brüste im Spiegel gesehen habe.

Was findet ein Mann wie Roland an mir? Einer, der aussieht wie ein Filmstar und Umgangsformen hat wie ein Gentleman alter Schule? Ein Gedanke kommt mir. Schriftsteller sind notorisch abgebrannt, mit Büchern verdient man nicht viel Geld, es sei denn, man kriegt den Literaturnobelpreis oder ist ein Megastar, der mit Krimis oder Liebesromanen Millionenauflagen hat. Ich krame in meinem Gedächtnis, aber ich kenne keinen Schriftsteller namens Roland Winter. Kann es sein, dass ich reich bin und meinen schreibenden Mann aushalte? Ist er deshalb mit mir verheiratet? Weil er mein Geld braucht?

Wir erreichen den Fahrstuhl. Roland schiebt mich hinein und drückt auf Erdgeschoss.

«Was für Bücher schreibst du eigentlich?», frage ich so beiläufig wie möglich, als die Türen sich geschlossen haben.

«Liebesromane.» Er sieht mich nicht an. «Unter einem Pseudonym. Marc Frost.»

Der Name sagt mir etwas. Ich bin mir sicher, seine Bücher schon gesehen zu haben. Ich meine sogar, den Schriftzug auf dem Cover vor Augen zu haben. Was für ein Blödsinn! Natürlich habe ich die Bücher schon gesehen. Vermutlich stehen sie reihenweise bei uns zu Hause herum. Ich würde ihn gern fragen, ob mir seine Romane gefallen, ob ich seine erste Leserin bin. Aber ich habe Angst vor der Antwort, vor der Verlegenheit, die sie auslösen könnte.

Ich nehme meinen Mut zusammen für eine andere Frage. «Was habe ich für einen Beruf?»

Die Aufzugtür geht auf, bevor er antworten kann. Er schiebt

mich hinaus, blickt sich suchend um und hält dann auf eine Glastür zu, die sich automatisch öffnet.

PSYCHIATRISCHE ABTEILUNG steht auf der Scheibe.

Mir ist plötzlich übel.

«Du bist nicht ganz gesund», sagt Roland in meinem Rücken. «Deshalb arbeitest du im Augenblick nicht.»

Ich erwidere nichts, sehe nur die ganze Zeit den Schriftzug vor mir, obwohl wir ihn längst hinter uns gelassen haben.

Vor einer Tür bleiben wir stehen. Roland klopft an. Die Tür wird geöffnet. Vor uns steht der grauhaarige Mann, der ein bisschen aussieht wie der Wassermann.

Er beugt sich zu mir hinunter und reicht mir die Hand. «Hallo, Frau Winter. Schön, Sie zu sehen.»

Er setzt sich hinter einen großen Schreibtisch, der unter der Last von Akten und Unterlagen ächzt. Roland stellt den Rollstuhl davor ab und nimmt neben mir Platz.

«Mein Name ist Niklas Morungen», sagt der Arzt. «Ich leite die psychiatrische Abteilung der Klinik.»

Ich nicke beklommen.

Morungen blickt zu Roland, dann wieder zu mir. «Ist es Ihnen recht, dass Ihr Mann dabei ist? Wir können auch unter vier Augen sprechen.»

Verdutzt starre ich ihn an. An diese Möglichkeit habe ich gar nicht gedacht. In den letzten vierundzwanzig Stunden – ist es wirklich erst vierundzwanzig Stunden her, seit ich aus dem See aufgetaucht bin? – wurde ich hin und her geschoben und untersucht, ohne dass mich irgendwer gefragt hat, was ich will. Ich zögere, werfe Roland einen Blick zu und bringe es nicht übers Herz.

«Schon in Ordnung», antworte ich. «Ich denke, es ist besser, wenn er über alles Bescheid weiß. Falls ich etwas vergesse.» Ich lächle verlegen über meinen Scherz.

«Wie Sie meinen.» Dr. Morungen schlägt eine Mappe auf. «Sie können es sich jederzeit anders überlegen.»

Mich durchzuckt der Gedanke, dass es ihm lieber gewesen wäre, mit mir allein zu sprechen. Doch ich habe keine Zeit, mich darüber zu wundern, denn schon legt er los.

«Frau Winter, darf ich Ihnen einige Fragen stellen?»

«Ja.»

«Wie heiße ich?»

«Dr. Niklas Morungen. Steht auf dem Schild.» Ich deute auf seinen Kittel.

Er schneidet eine amüsierte Grimasse und lässt das Namensschild mit einer raschen Handbewegung in seiner Brusttasche verschwinden. Dann fährt er sich über den grauen, akkurat gestutzten Bart. «Wie heißt die Hauptstadt von Spanien?»

«Madrid.»

«Waren Sie schon einmal dort?»

«Keine Ahnung.» Ich denke an meine gebräunte Haut, werfe Roland einen hilfesuchenden Blick zu.

Aber schon prasseln die nächsten Fragen auf mich nieder. «Wie viel ist drei mal drei?»

«Neun.»

«Sechs mal acht?»

«Achtundvierzig.»

«Der Plural von Tuba?»

«Tuben? Oder Tubas?»

«Beides ist korrekt. Spielen Sie ein Instrument?»

«Ich weiß nicht.»

«Woraus wird Caipirinha gemixt?»

«Cachaça, Limettensaft, Zucker und Eis», sprudelt es aus mir heraus, bevor ich darüber nachdenken kann.

Roland stößt einen überraschten Laut aus. Es scheint Dinge

in meiner Vergangenheit zu geben, von denen auch er nichts weiß.

«Mögen Sie Caipirinha?», will der Arzt wissen.

Ich hebe hilflos die Achseln.

Morungen nickt und legt die Fingerspitzen aneinander. «Zunächst einmal die gute Nachricht», sagt er bedächtig, so als müsse er jedes Wort genau abwägen. «Körperlich fehlt Ihnen nichts, zumindest soweit wir das bisher beurteilen können. Alle Untersuchungen waren ohne Befund. Der Schlag auf den Kopf war nicht kräftig genug, um das Gehirn nachhaltig zu beeinträchtigen.»

Ich will widersprechen, schließlich war ich offenbar längere Zeit ohne Bewusstsein. Wie lange eigentlich? Ich habe überhaupt nicht daran gedacht, jemanden zu fragen. Der Arzt mit dem Puzzle sprach von einem Koma, aber ich war zu benommen, um mich nach Details zu erkundigen.

«Es liegt deshalb die Vermutung nahe», fährt Morungen fort, «dass Ihre Amnesie Ursachen hat, die in der Psyche zu verorten sind.»

«Ich verstehe nicht ...»

«Lassen Sie mich erklären: Es gibt sehr viele Formen von Amnesie. Sie leiden unter retrograder Amnesie, das heißt, Ihr Langzeitgedächtnis ist betroffen, Sie erinnern sich nicht an Dinge aus der Vergangenheit, an Ihr Leben vor dem schädigenden Ereignis. Aber Sie erinnern sich an alles, was geschehen ist, seit Sie aus dem Koma erwacht sind. Ist es nicht so? Wie heiße ich?»

«Niklas Morungen», sage ich, ohne zu zögern.

Er lächelt. «Das ist aber noch nicht alles. Stellen Sie sich vor, dass unser Gedächtnis dreigeteilt ist. Wir haben das semantische Gedächtnis, dort speichern wir unser Wissen über die Welt ab. Also etwa, dass die Hauptstadt von Spanien Madrid heißt.

Dann gibt es das prozedurale Gedächtnis. Hierunter fallen Fertigkeiten wie Fahrradfahren, Zähneputzen oder Schwimmen. Beides macht Ihnen keine Schwierigkeiten, oder?»

Ich denke an den See, an meine unbeholfenen Paddelbewegungen, und bin mir nicht sicher. Dennoch nicke ich.

«Als Letztes haben wir das episodische Gedächtnis. Es speichert quasi unsere persönliche Lebensgeschichte ab: unseren ersten Schultag, unseren ersten Kuss, unsere Lieblingsfarbe, all die schönen, schrecklichen und banalen Erinnerungen. Das episodische Gedächtnis ist am häufigsten betroffen, wenn eine Amnesie vorliegt. Wenn es keine konkreten organischen Ursachen gibt, geschieht das normalerweise zum Schutz. Um ein traumatisches Erlebnis nicht erinnern zu müssen. So wie bei Ihnen der Angriff des Einbrechers.»

«Wann kehrt die Erinnerung zurück?», frage ich bang.

Morungen zupft an seinem Ärmel, bevor er antwortet. «Das lässt sich nicht vorhersagen. Es kann Tage dauern. Oder Wochen. Manchmal länger. Nach zwei Jahren ist die Erinnerung normalerweise wieder da. Aber feste Regeln gibt es nicht.»

«Zwei Jahre?», frage ich fassungslos.

«Meistens geht es schneller.»

«Und wenn nach zwei Jahren noch nichts wiedergekommen ist?», flüstere ich.

«Dann würde ich die Hoffnung trotzdem nicht aufgeben. Es gibt allerdings Patienten, bei denen das Gedächtnis nie zurückkehrt.»

Ich schlage die Hände vor das Gesicht.

Roland beugt sich vor. «Heißt das, es könnte sein, dass meine Frau sich nie wieder an ihr Leben erinnert?»

«Ich möchte nicht den Teufel an die Wand malen. Sie steht ja noch ganz am Anfang.»

«Aber Sie halten es für möglich?»

Morungen zögert, wendet sich mir zu. «Es ist ungewöhnlich, dass Ihr episodisches Gedächtnis vollständig vernichtet zu sein scheint. Normalerweise wird bei solchen traumatischen Erlebnissen lediglich das Ereignis selbst vergessen und vielleicht noch die Zeit kurz davor. Ein ganzes Leben wird selten gelöscht. Aber es kommt vor.»

«Was bedeutet das für uns?», fragt Roland mit scharfer Stimme. «Was können wir tun?»

Zum ersten Mal spüre ich, dass der Fremde, mit dem ich verheiratet bin, nicht nur der sanfte liebevolle Partner ist, sondern auch hart und entschlossen sein kann. Ein winziger Schauder krabbelt mir über den Rücken.

Wieder richtet der Arzt seine Antwort an mich. «Es gibt eine Menge Möglichkeiten, dem Gedächtnis auf die Sprünge zu helfen. Mit speziellen Übungen, mit Musik, mit Bewegung. Aber es kann dauern. Sie müssen sich Zeit geben, dürfen nichts erzwingen. Meistens tauchen die Erinnerungen nach und nach wieder auf. Erst als kleine Inseln ohne Zusammenhang.»

Morungen zieht einen Block zu sich heran und notiert etwas. Er reißt das Blatt ab und reicht es mir. «Das ist ein niedergelassener Kollege. Bei ihm sind Sie in guten Händen. Aber Sie können natürlich auch einen anderen Psychiater oder Psychotherapeuten aufsuchen. Das ist Ihnen freigestellt.»

«Kann ich nicht weiterhin zu Ihnen kommen?»

«Das geht leider nicht, Frau Winter. Ich bin Klinikarzt. Sobald Sie wieder zu Hause sind, bin ich nicht mehr für Sie zuständig.»

Zu Hause. Das sollte ein Ort sein, der einem vertraut ist, an dem man sich geborgen fühlt. Ich habe kein Zuhause.

Ich muss ziemlich verzweifelt dreinblicken, denn Morungen beugt sich vor und sieht mich mitfühlend an. «Ich kann nicht

Ihr Therapeut sein, aber das heißt nicht, dass Sie mich nicht im Notfall anrufen können.» Er drückt mir eine Karte in die Hand.

Dankbar legen sich meine Finger um das Papier.

Roland räuspert sich. «Vielen Dank, Dr. Morungen.»

«Keine Ursache.» Er steht auf und geleitet uns nach draußen.

Während Roland den Rollstuhl durch den Korridor manövriert, fällt mir meine Frage wieder ein. «Wie lange lag ich im Koma?»

«Fünf Tage.»

«Aber ich dachte, die Kopfverletzung war harmlos. Wie kann das sein?»

Er schiebt mich in den Aufzug. Wir sind nicht allein. Ein älteres Ehepaar, bewaffnet mit Blumenstrauß, Luftballon und einem in Folie eingeschlagenen Strampelanzug. Noch ein Leben, das neu beginnt, hilflos dem Wohlwollen seiner Umwelt ausgeliefert. Eine Woge solidarischen Mitgefühls lässt meine Augen feucht werden.

Roland antwortet mir erst, als wir zurück im Krankenzimmer sind. «Es war nicht der Schlag auf den Kopf, es war eine Rauchvergiftung.»

Ich fahre herum und starre ihn an. «Eine Rauchvergiftung? Aber ich dachte …»

Roland hockt sich vor mich und greift nach meinen Händen. «Der Einbrecher hat das Haus in Brand gesteckt, nachdem er dich niedergeschlagen hat.»

Zwei Tage sind vergangen seit meinem Gespräch mit Dr. Morungen. Tage, die ich hauptsächlich damit verbracht habe, im Bett zu liegen und in meinem Kopf nach den Inseln zu suchen, von denen der Arzt gesprochen hat. Kleine Erinnerungsnester, die zu großen Netzen zusammenwachsen können. Aber da ist nichts. Ich weiß, wovon der Film *Titanic* handelt. Ich weiß, welche Schauspieler die Hauptrollen spielen. Ich kann die Musik summen. Aber ich habe keine Ahnung, wann und wo und mit wem ich den Film gesehen habe.

Morgen werde ich entlassen, in ein Leben, das ich nicht kenne. Das nicht meines ist. Ich komme mir so hilflos vor, so abhängig. Und dieses Gefühl macht mich aggressiv, vor allem Roland gegenüber. Er hat so viel Macht über mich. All mein Wissen über mich stammt von ihm. Er hat mir erzählt, dass meine Eltern beide tot sind. Geschwister habe ich keine. Als ich nach Freundinnen fragte, wich er aus.

«Nicht so direkt», antwortete er.

«Was soll das heißen? Habe ich eine Freundin? Habe ich keine?»

«Du bist eher eine Einzelgängerin.» Er senkte den Blick.

«Bedeutet das, dass ich meine Zeit immer nur mit dir verbringe?» Es gelang mir nicht, den hysterischen Unterton zu unterdrücken. «Dass du der Einzige bist, der mir etwas über mich erzählen kann?»

Er hob die Schultern, sah mich mit diesem verlegenen Hugh-Grant-Lächeln an. «Das macht doch nichts.»

«Natürlich macht es was!» Ich drehte mich weg, starrte auf einen dunklen Fleck an der Wand, der langsam seine Konturen verlor, als meine Augen sich mit Tränen füllten.

Es gibt niemanden außer meinem mir fremden Ehemann, den ich nach meiner Vergangenheit fragen kann. Es gibt nicht einmal Tagebücher, Briefe oder Fotos, weil alles zusammen mit dem Haus zu Asche verbrannt ist.

Jedes Mal, wenn ich daran denke, steigt hilflose Wut in mir auf. Und sie richtet sich gegen Roland. Dabei ist er genauso betroffen wie ich. Auch sein Leben ist ein Opfer der Flammen geworden. Doch im Gegensatz zu mir hat er wenigstens noch seine Erinnerungen. Ich habe gar nichts.

Ich weiß, dass es unfair ist, aber ich komme nicht dagegen an. Außerdem bin ich noch immer wütend auf ihn, weil er mir nichts von dem Feuer erzählt hat. Mir fällt der Traum wieder ein. Das lichtdurchflutete Haus, das auf einen Schlag voller Qualm war. Ist das eine Erinnerungsinsel? Habe ich von etwas geträumt, das wirklich passiert ist?

Gestern habe ich Roland nur kurz gesehen. Er hatte den ganzen Tag zu tun. Mit der Polizei, mit der Versicherung. Abends war er kurz da, doch ich war schon so müde, dass ich kaum die Augen offen halten konnte. Ich glaube, er war erleichtert.

Es klopft.

«Ja?»

Zwei Männer betreten das Krankenzimmer, der eine ist blond und breitschultrig, eine kernige Mischung aus Surfer und Bauarbeiter, der andere ist ebenfalls gut gebaut, aber weniger blond und weniger attraktiv.

«Guten Tag, Frau Winter», sagt der Dunkelblonde. «Mein Name ist Mirko Rossbach, ich bin von der Kripo Berlin, das ist mein Kollege Jan Colbe.» Er nickt dem Surfer zu. «Wir würden Ihnen gern einige Fragen stellen.» Er lächelt freundlich.

Jan Colbe lächelt nicht, sondern fixiert mich mit zusammengekniffenen Augen.

«Ich erinnere mich an nichts», murmle ich.

«Das sagte uns Ihr Mann schon», erklärt Rossbach. «Wir würden trotzdem gern mit Ihnen reden. Manchmal fällt einem plötzlich etwas wieder ein, wenn man darüber spricht.» Er zieht sich einen Stuhl heran und lässt sich nieder. «Sie wissen also nichts mehr von dem, was letzte Woche in Ihrem Haus geschehen ist?»

Ich blicke hoch zu Colbe, der noch immer unergründlich

dreinblickt. So, als würde er mir nicht über den Weg trauen, als hätte er Grund zu der Annahme, ich würde meine Amnesie nur vortäuschen. «Ich habe alles vergessen, nicht nur den Einbruch. Mein ganzes Leben.»

«Das tut mir sehr leid.» Rossbach zieht ein Notizbuch hervor. «Dann erinnern Sie sich auch nicht mehr daran, dass Sie Anzeige erstattet haben? Und zwar vor –» Er blättert. «Vor zwei Monaten. Sie haben mit meinem Kollegen gesprochen.» Er deutet mit dem Daumen hinter sich, wo Colbe steht, die Hände in den Hosentaschen vergraben.

«Anzeige? Gegen wen? Und warum?»

«Gegen unbekannt. Wegen Stalking. Jemand hat Sie auf der Straße verfolgt, Sie ständig zu Hause angerufen, Ihnen Briefe geschrieben, auf den Stufen vor Ihrer Haustür Blütenblätter ausgestreut. Rote Rosen. Sie wissen das nicht mehr?»

Ich schüttele benommen den Kopf. «Wusste mein ... ich meine, weiß mein Mann davon?»

Rossbach zögert kurz. «Das kann ich Ihnen nicht sagen. Er war nicht dabei, als Sie Anzeige erstattet haben.» Er blickt fragend zu seinem Kollegen, der schweigend den Kopf schüttelt.

«Haben Sie herausgefunden, wer das getan hat?»

Rossbach druckst verlegen herum.

Sein Partner bricht sein Schweigen. «Wir müssen uns bei Ihnen entschuldigen, Frau Winter. Wir haben der Sache zu wenig Bedeutung beigemessen. Sie wirkten sehr – hm – aufgedreht in unserem Gespräch. Ich hatte den Eindruck, dass Sie sich wichtig tun wollten. Außerdem konnten Sie keinerlei Beweise vorlegen. Die Briefe hatten Sie angeblich alle vernichtet. Sie hatten nicht einmal ein Foto von den Rosenblüten gemacht.» Seine Worte klingen freundlich, doch sein Gesichtsausdruck ist noch immer lauernd.

«Sie haben mich für eine Spinnerin gehalten?» Ich muss an

das denken, was Roland gesagt hat. Ich bin krank. So krank, dass ich nicht arbeiten kann. Meinte er eine psychische Erkrankung? Bin ich verrückt?

Colbe kratzt sich am Kinn. «So würde ich das nicht ausdrücken. Es gab einfach keinen Hinweis darauf, dass Sie bedroht wurden. Aber das sieht jetzt natürlich völlig anders aus.»

«Ich verstehe nicht.»

«Der Anschlag auf Sie in Ihrem Haus.»

«Anschlag?» Ich schreie das Wort heraus. «Aber es war doch ein Einbrecher!» Hat Roland mir etwa noch immer nicht die ganze Wahrheit gesagt?

«Anfangs sah es tatsächlich nach einem Einbruch aus, das ist richtig», erklärt Rossbach, und ich leiste Roland stumm Abbitte. «Aber inzwischen konnten wir rekonstruieren, dass mit ziemlicher Sicherheit nichts gestohlen wurde. Es wurden offenbar nicht einmal Schranktüren oder Schubladen geöffnet.»

«Vielleicht habe ich den Einbrecher überrascht?»

«Es gibt keine Einbruchspuren. Weder an den Fenstern noch an der Haustür.»

Ich sehe ihn wortlos an.

«Verstehen Sie, was das bedeutet?», fragt Rossbach.

«Der Einbrecher hatte einen Schlüssel?»

«Wäre möglich. Wir vermuten allerdings, dass Sie ihm die Tür geöffnet haben. Weil es gar kein Einbrecher war, sondern jemand, der etwas von Ihnen wollte.»

«Der Stalker», flüstere ich.

Die beiden Polizisten schweigen. Auch eine Antwort.

«Sie wissen also nicht mehr, ob Sie am Tag des Feuers mit irgendwem verabredet waren?», fragt Rossbach nach einer Weile. «Ihr Angreifer könnte sich als jemand anders ausgegeben haben. Als Paketbote. Oder Versicherungsmakler.»

«Nein!», fahre ich ihn an. Er scheint noch nicht begriffen

zu haben, dass ich wirklich gar nichts mehr weiß. Nicht einmal meinen eigenen Namen.

Sein Kollege tritt an mein Bett und zieht eine Visitenkarte aus der Tasche. «Rufen Sie mich an, wenn Ihre Erinnerung zurückkommt. Auch wenn es nur Bruchstücke sind. Jede Kleinigkeit kann uns weiterhelfen.»

Die beiden verabschieden sich. Als sie weg sind, starre ich an die Decke. In meiner Hand spüre ich die harten Kanten der Visitenkarte. Ganz langsam sickert in mein Bewusstsein, was die Polizisten mir da erzählt haben.

Ich habe keinen Einbrecher überrascht.

Es gab nie einen Einbrecher.

Jemand hat versucht, mich zu töten.

Ich habe keine Ahnung, wer.

Mir wird kalt vor Angst, so kalt, dass ich trotz der Bettdecke anfange zu zittern. Ich könnte ihm auf der Straße begegnen, an der Bushaltestelle, im Eiscafé. Ich würde ihn nicht erkennen. Ich würde nicht wissen, dass er es auf mich abgesehen hat. Ich wäre ihm schutzlos ausgeliefert.

Die Hitze ist wie ein Schlag ins Gesicht. Nach der langen Zeit im klimatisierten Krankenzimmer bin ich nicht darauf gefasst, obwohl ich weiß, dass Juli ist. Ich trage eine weiße Leinenhose mit Gummibund und eine passende Bluse. Die Sachen hat Roland besorgt. Leicht, bequem, und es kommt nicht so genau auf die Größe an. Er sagt, dass ich in unserem Wochenendhaus genug Klamotten habe.

Mir ist etwas mulmig zumute, als ich in den Wagen steige. Ein schwarzes Mercedes Coupé. Eigentlich hätte ich erwartet, dass Roland einen exzentrischen Wagen fährt, der zu einem Schriftsteller passt, einen liebevoll gepflegten Oldtimer mit geschwungenen Formen. Immerhin ist der Mercedes gut klimatisiert, und ich atme durch, als mir die kühle Luft ins Gesicht bläst.

«Wie lange werden wir brauchen?», frage ich.

«Eine gute Stunde», antwortet Roland und fädelt sich in den Stadtverkehr ein.

Unser Wochenendhaus ist eigentlich gar kein Haus, sondern eine Blockhütte im Spreewald, die wir selten nutzen. Roland hat mir erzählt, dass er sich manchmal dorthin zurückzieht, wenn er einen Roman fertigstellen muss. Aber ab und zu machen wir auch gemeinsam Urlaub dort. Jetzt wird die Hütte erst einmal unser Zuhause sein. Bis mit der Versicherung alles geklärt ist und wir uns in Berlin etwas Neues suchen können.

Wir. Uns.

Roland ist noch immer ein Fremder für mich. Ich erinnere mich nicht an meine Gefühle für ihn. Er ist ein netter, hilfsbereiter und, zugegeben, verdammt attraktiver Mann. Aber ich kenne ihn nicht. Und jetzt fahre ich mit diesem Fremden in eine abgelegene Hütte im Nirgendwo. Ich wäre lieber für die ersten Tage in einer Pension in der Stadt untergekommen, aber Roland lebt jetzt seit über einer Woche im Hotelzimmer und hat keine Lust mehr. Außerdem, so sagt er, könne mir eine vertraute Umgebung helfen, mich zu erinnern.

Aber ist mir diese Hütte wirklich vertraut? Wie oft war ich überhaupt dort?

Ich hätte wohl trotz allem darauf bestanden, in ein Hotel zu ziehen, wenn Schwester Dagmar nicht gewesen wäre. Eben hat sie sich von Roland einen Stapel Bücher signieren lassen und ihn dabei angehimmelt wie ein Teenager. Mein Mann ist erfolgreich, er braucht mein Geld nicht. Falls ich überhaupt welches habe. Und er ist eine öffentliche Person. Bekannt und beliebt. Nicht irgendein mysteriöser Unbekannter, der mich entführen will.

Ich blicke aus dem Fenster und halte nach Häusern oder Straßen Ausschau, die mir bekannt vorkommen. Schließlich lebe ich in dieser Stadt. Aber ich erkenne nichts wieder. Außer ein paar Namen auf Straßenschildern, die jeder Tourist schon einmal gehört hat. *Reichstag. Brandenburger Tor. Checkpoint Charlie.*

«Können wir nicht an unserem Haus vorbeifahren?»

Roland wirft mir einen Blick zu. «Den Anblick möchte ich dir lieber ersparen. Du würdest es ohnehin nicht wiedererkennen, selbst wenn ...»

«Schon gut.» Ich schließe die Augen. Ich bin erschöpft. In der vergangenen Nacht konnte ich kaum schlafen vor Aufregung. Und dann das Anziehen vorhin. Meine Finger haben so gezittert, dass Roland mir die Bluse zuknöpfen musste, und ich habe mich gefragt, wie oft er sie mir wohl schon aufgeknöpft hat. Oder ob er so leidenschaftlich ist, dass er sie mir vom Leib reißt, ohne sich um die Knöpfe zu scheren.

Für einen kurzen Moment habe ich mir ausgemalt, wie es wäre, wenn er es tun würde, jetzt sofort, wenn er mir die Bluse, die er gerade so mühsam zugeknöpft hat, wieder aufreißen, mich aufs Bett werfen würde. Und ich bin über meine eigene Phantasie erschrocken.

Roland musste etwas gespürt haben, denn er sah mich fragend an.

Ich lächelte tapfer. «Ich bin ziemlich aufgeregt.»

«Ich auch.»

Obwohl ich todmüde bin, schlafe ich nicht ein. Es ist, als wollte ich die Kontrolle nicht verlieren. Ich habe Roland noch nicht mit dem konfrontiert, was die Polizisten mir gestern erzählt haben. Ich wollte abwarten, ob er von selbst darauf zu sprechen kommt. Schließlich weiß ich, dass sie auch mit ihm geredet haben.

Bei dem Gedanken daran, dass irgendwo in der Stadt jemand herumläuft, der es auf mein Leben abgesehen hat, wird mir wieder kalt.

«Du hast ja eine Gänsehaut», sagt Roland neben mir. «Ich stelle die Klimaanlage runter.»

Der kühle Luftzug wird schwächer. Ich versetze mich in das Haus aus meinem Traum. Vielleicht sehe ich diesmal mehr. Das Gesicht des Mörders. Ich rufe mir das Zimmer mit dem cremefarbenen Sofa in Erinnerung. Den Blick aus dem Fenster. Die bunten Blumenstauden. Jetzt versuche ich, mich umzudrehen, denn mein Angreifer muss hinter mir stehen. Schließlich hat er mir auf den Hinterkopf geschlagen.

Tatsächlich sehe ich eine Gestalt. Ich halte die Luft an. Am liebsten würde ich die Augen aufschlagen, dem Traumbild entfliehen. Ich will das nicht noch einmal durchleben. Aber ich presse die Lider fest zusammen. Ich muss hinsehen. Ich bin fest davon überzeugt, dass ich keine Angst mehr vor meinen übrigen Erinnerungen haben muss, dass mir alles wieder einfallen wird, wenn ich mich nur an das Gesicht meines Mörders erinnere.

Der Schatten hebt den Arm. Etwas Schweres rast auf mich zu. Ich schreie.

«O Gott, Liebes, was ist denn?» Roland blinkt und fährt an den Straßenrand.

Wir sind auf einer Landstraße, einer schnurgeraden Allee, stehen in der Einmündung eines Feldwegs. Mir wird bewusst, dass wir längst aus Berlin raus sind, dass wir schon mindestens eine halbe Stunde unterwegs sein müssen. Ich habe geschlafen.

«Nur ein Traum», sage ich. «Ich habe von dem Einbrecher geträumt.»

«Hast du sein Gesicht gesehen?»

«Nein.»

Er sieht mich lange schweigend an.

«Gestern waren zwei Polizisten bei mir.»

«Ich weiß.» Er stellt den Motor ab.

«Wusstest du von dem Stalker?»

Er starrt auf das Armaturenbrett, als gäbe es dort etwas Spannendes zu entdecken.

«Hey, was ist los? Rede mit mir!» Wut brodelt in mir hoch. Doch eigentlich ist es Angst.

Er dreht sich zu mir, nimmt meine Hand. «Was auch immer geschieht, Liebling, wir schaffen das. Wir geben nicht auf. Ich liebe dich, ich lasse dich nicht im Stich. Das darfst du nie vergessen.»

Mein Hals wird eng.

«Dieser blonde Polizist, Jan Korte oder – »

«Colbe mit ‹C›. Jan Colbe.» Ich denke an die Karte, die ich in meine Hosentasche gestopft habe, zusammen mit der Karte von Dr. Niklas Morungen.

«Er hat mit mir gesprochen», sagt Roland. «Im Mai, kurz nachdem du die Anzeige erstattet hattest.»

Mir bleibt die Luft weg. «Das hat er mit keiner Silbe erwähnt!»

Roland nickt. «Verstehe. Aber so ist es. Er hat mich gefragt, ob du mit mir über den Stalker gesprochen hättest. Was ich darüber wüsste, ob ich einen der Briefe gesehen hätte. Oder zufällig einen der Telefonanrufe entgegengenommen hätte. Ich bin aus allen Wolken gefallen. Ich hatte keine Ahnung.»

Ich starre Roland fassungslos an. Ich werde verfolgt und belästigt und spreche nicht mit meinem Mann darüber? Warum nicht? Vertraue ich ihm nicht?

«Allerdings hat es mich auch nicht überrascht», fährt Roland fort. «Du hast … du hast eine Vorgeschichte.»

«Ein Vorgeschichte?» Meine Stimme klingt schrill.

«Bitte beruhige dich. Du hast einige schlimme Dinge durchgemacht. In deiner Kindheit. Deshalb bist du extrem misstrauisch. Eifersüchtig. Fühlst dich beobachtet. Du glaubst ständig, dass jemand dir etwas wegnehmen will. Du siehst Verfolger, wo keine sind.»

«Und der Mann, der mich im Haus überfallen hat?» Meine Stimme ist heiser.

«Ich bin mir sicher, dass es ein gewöhnlicher Einbrecher war. Du hast manchmal die Tür offen stehen lassen, wenn du im Garten gearbeitet hast. Vermutlich hat jemand spontan die Gelegenheit ergriffen und nicht damit gerechnet, dass du so schnell zurückkehrst.» Er sieht mich beschwörend an. «Glaub mir, es gibt keinen Stalker.»

«Ist das die Krankheit, wegen der ich nicht arbeiten kann?», flüstere ich.

Er holt tief Luft. «Ja. Du leidest seit Jahren unter Wahnvorstellungen.»

Das Wort knallt mir ins Gesicht wie eine Faust. Ich zucke zurück.

Er drückt meine Hand. «Keine Sorge. Es ist nicht so schlimm, wie es sich anhört. Du hast keine Halluzinationen, du hörst auch keine Stimmen. Du hast lediglich zwanghafte Vorstellungen, die rational nicht nachvollziehbar sind.»

Der Satz klingt wie auswendig gelernt. Distanziert. Bestimmt hat er ihn schon unzählige Male aufgesagt. Mir gegenüber. Oder anderen Menschen gegenüber, denen er mein merkwürdiges Verhalten erklären musste.

Roland hebt meine Hand an seine Lippen und küsst sie sanft. «Die Amnesie könnte eine Chance sein, ganz von vorn anzufangen. Wenn du dich an nichts erinnerst, dann vielleicht auch nicht mehr an deine Wahnvorstellungen. Wir könnten einfach so tun …»

«Bin ich in ärztlicher Behandlung?»

Er schüttelt den Kopf. «Das wolltest du nicht. Du warst ja davon überzeugt, dass alles real ist. Und ich musste das respektieren. Du bist keine Gefahr für dich oder andere, deshalb kannst du nicht zur Therapie gezwungen werden. Einmal konnte ich dich überreden, mit mir zu einem Psychiater zu gehen. Das Gespräch verlief nicht besonders gut.»

Ich wage nicht zu fragen, was passiert ist.

«Du hast mir unterstellt, dass ich dich entmündigen lassen will, damit ich über dein Geld verfügen kann.»

Oh nein! Ich schließe die Augen. Genau das habe ich mir im Krankenhaus zusammenphantasiert. Dass Roland nur wegen meines Geldes mit mir verheiratet ist. Es stimmt also! Ich bin tatsächlich verrückt. Ich bin starr vor Schock. Wörter schwirren in meinem Kopf herum.

Eifersucht.

Misstrauen.

Verfolgungswahn.

Stimmen.

Halluzinationen.

Was ist mit den Rosenblättern vor meiner Haustür, von denen ich der Polizei erzählt habe? Den Anrufen? Den Briefen? War das alles nicht real? Wenn ja, dann ist meine Krankheit nicht so harmlos, wie Roland behauptet. Dann habe ich sehr wohl Halluzinationen. Und was ist mit dem wiederkehrenden Traum von dem lichtdurchfluteten Zimmer?

«Haben wir ein cremefarbenes Sofa?», frage ich mit banger Stimme.

«Erinnerst du dich an etwas?» Er klingt aufgeregt.

«Ich sehe immer wieder ein Wohnzimmer mit Fenstern zum Garten.»

«Sonst noch was?»

«Nein. Und?»

«Was?»

«Das Sofa?»

Er senkt den Blick. «Schwarzes Leder. Und unser Wohnzimmer hat Fenster zur Straße.»

Ich drehe mich weg und presse mein Gesicht gegen die kalte Scheibe. Plötzlich wünsche ich mir, dass Roland nie davon gesprochen hätte. Dass ich glauben könnte, ich sei eine ganz normale junge Frau, die von einem Einbrecher überrascht und niedergeschlagen wurde und dabei das Gedächtnis verloren hat.

Wir reden kein weiteres Wort, bis Roland den Mercedes auf einen Parkplatz lenkt. Er liegt am Ende einer Sackgasse mit kleinen Einfamilienhäusern. Hinter dem Parkplatz beginnt ein Wald. Rechts sehe ich Wasser und einen Steg, an dem einige hölzerne Kähne vertäut sind.

Ich schaue mich um. «Welches Haus ist es?»

«Wir sind noch nicht da.»

«Aber …» Dann begreife ich. «Wir müssen mit dem Boot weiter?»

«Anders ist die Hütte nicht zu erreichen.» Er sieht mich an. In seinem Blick liegt eine Frage.

«Okay», murmle ich. Vermutlich erwartet er mehr Euphorie angesichts der romantischen Lage unseres Häuschens. Dabei kämpfe ich mühsam mit der Panik. Ich werde ganz allein mit Roland dort draußen sein. Vollkommen abgeschnitten vom Rest der Welt. Ausgeliefert. Ich unterdrücke die Vorstellungen, die in mir aufsteigen, die Bilder von einem Gefängnis, von absoluter Einsamkeit, die mich langsam, aber sicher in den Wahnsinn treibt. Alles nur Einbildung, sage ich mir. Hirngespinste. Nichts weiter.

Roland lädt das Auto aus und schleppt die Taschen zum

Bootssteg. Er hat reichlich Vorräte eingekauft. Ich darf nicht helfen, schaue zu, wie er alles in einem kleinen Motorkahn verstaut, der gefährlich unter der Ladung schaukelt.

«So, das wär's», ruft er nach einer Weile. «Einsteigen, bitte!» Er hält mir die ausgestreckte Hand hin.

Ich betrete den Steg. Doch schon nach zwei Schritten bleibe ich wie versteinert stehen.

«Was ist?», fragt Roland mit besorgtem Gesicht.

«Ich kann nicht», flüstere ich. Mir ist plötzlich so heiß, als würde mein Körper in Flammen stehen.

Er kommt näher, nimmt meine Hand. «Ich helfe dir.»

An seiner Seite mache ich ein paar Schritte. Schweiß läuft mir den Rücken runter, trotzdem beginne ich zu zittern.

Roland sieht mich an. «Also gut», sagt er leise. «Warte hier.» Leichtfüßig springt er in den Kahn und fischt eine orangefarbene Schwimmweste unter der Bank hervor. Er klettert zurück auf den Steg. «Dein Kopf hat vergessen, aber dein Körper nicht.»

«Was?»

«Du kannst nicht schwimmen.»

«Oh.»

«Du bist als Kleinkind von einem Steg gefallen. Dein Vater hat dich aus dem See gefischt, aber seither meidest du Wasser. Und du hast dich geweigert, schwimmen zu lernen.»

Der Wassermann. Er hat schon einmal nach mir gegriffen. «Und jetzt?»

«Mit der Weste geht es normalerweise.»

«Ich bin also schon mit diesem Kahn gefahren?»

Er lächelt breit, es sieht etwas gewollt aus. «Ja, natürlich.»

Mir wird schwindelig vor Angst, doch mit Rolands Hilfe schaffe ich es an Bord. Er lässt den Motor an und fährt los. Ich kralle mich an der Bank fest, hefte meinen Blick fest auf den

Wald, in den wir nun eintauchen. Der Motor ist erstaunlich leise, gibt nur ein tiefes Brummen von sich. Wir begegnen keiner Menschenseele.

«Ist es hier immer so still?», frage ich beklommen.

«Auf anderen Wasserläufen ist mehr los, da werden die Touristen rumkutschiert. Aber wir sind durch ein Wehr abgeschnitten.»

«Aha.» Ich starre noch immer in den Wald. Er sieht verwunschen aus, obwohl ihn das helle Sonnenlicht durchflutet. Moosbewachsene Stämme liegen auf dem Boden, Schlingpflanzen winden sich tote Bäume hinauf. Zwischen tief hängenden Zweigen bewegen sich Schatten.

Unter uns gluckert das Wasser. Ich versuche krampfhaft, nicht an den Wassermann zu denken. Nicht an die kalte Berührung seiner Hände. Nicht an die schwarzgrüne Finsternis, in die er mich hinabziehen will.

Endlich steuert Roland einen Steg an. Er vertäut den Kahn und klettert an Land. Alles gerät ins Wanken, als er sich abstößt.

Ich unterdrücke einen Schrei, schließe die Augen und erwarte, jeden Moment in das kalte Wasser einzutauchen, in seinen Tiefen zu versinken. Doch nichts geschieht.

«Liebling!»

Ich öffne die Augen.

Roland streckt mir die Hand entgegen. «Du hast es fast geschafft. Halt dich an mir fest.»

Aber meine Finger wollen sich nicht von der Bank lösen.

«Komm, du schaffst das!»

Millimeter für Millimeter rücke ich seitwärts, bis Roland meinen Arm greifen kann. Endlich traue ich mich, loszulassen. Er zieht mich hoch, und schon stehe ich auf dem Steg.

Erst jetzt hebe ich den Blick und sehe mich um. Eine kleine Lichtung, auf der eine Blockhütte aus dunkel gestrichenem

Holz steht, viel größer, als ich erwartet habe. Zwei Stockwerke, grüne Fensterläden, eine Bank neben der Tür.

Ich lasse mich von Roland in die Hütte führen. Sie ist überraschend modern eingerichtet. Das Erdgeschoss besteht aus einem einzigen riesigen Raum, nur von wenigen Stützbalken unterbrochen. Es gibt eine Küchenzeile in Naturholz und Schwarz, eine Essecke im passenden Design, eine Couchgarnitur in warmen Rottönen und einen Flachbildfernseher, der an die Wand montiert ist. Eine freistehende Treppe führt in einem Bogen in den ersten Stock.

«Du bist bestimmt müde und möchtest dich etwas ausruhen», sagt Roland. «Es gibt zwei Schlafzimmer, du hast also deine Ruhe.»

Er hilft mir die Treppe hinauf und öffnet eine Tür. In dem Raum stehen ein großes Doppelbett, ein Kleiderschrank und eine Kommode. Dies ist wohl unser gemeinsames Schlafzimmer. «Und wo schläfst du?»

«Im Gästezimmer.»

«Ich kann doch im Gästezimmer schlafen.»

«Unsinn. Du sollst es bequem haben.» Er zieht die obere Schublade der Kommode auf und fischt einen Schlafanzug aus Flanellstoff heraus. «Etwas warm, fürchte ich, aber einen anderen hast du hier nicht.»

«Wird schon gehen.»

«Dann lass ich dich jetzt in Ruhe. Soll ich dir noch etwas Tee raufbringen oder eine Kleinigkeit zu essen?»

Seit ich aus dem Koma erwacht bin, habe ich nur Säfte, Joghurt und Brei zu mir genommen, um meinen Hals zu schonen. Ich hätte Lust auf etwas Richtiges, doch ich habe keine Ahnung, was. Wie schmeckt ein Steak? Oder eine Pizza? Mag ich Fisch?

«Nur Tee», antworte ich.

«Gut. Und heute Abend koche ich uns was.»

Als sich die Tür hinter ihm schließt, setze ich mich aufs Bett. Ich habe nicht die Energie, mir den Schlafanzug anzuziehen. Ich sitze einfach da und starre auf meine Füße. Auf die Schuhe, die Roland mir mitgebracht hat. Beigefarbene Slipper. Es sind meine eigenen, sie standen in der Garage, wurden deshalb nicht vom Feuer zerstört.

Es klopft, Roland tritt ins Zimmer und bringt den Duft von frisch aufgebrühten Kräutern mit. Er stellt die Tasse auf dem Nachttisch ab. «Du musst noch etwas warten, der Tee ist heiß.» In der anderen Hand hat er ein Glas Wasser. Er reicht es mir.

«Ich möchte kein Wasser.»

«Nur einen Schluck. Für die Tablette.»

«Was für eine Tablette?»

«Ein leichtes Beruhigungsmittel.» Er hält mir die ausgestreckte Hand hin.

Ich sehe die kleine weiße Scheibe an. «Ich will kein Beruhigungsmittel.»

«Dr. Morungen hat es dir verschrieben. Du brauchst Ruhe. Du willst doch gesund werden.»

Kann man Amnesie mit einem Beruhigungsmittel heilen? Oder Wahnvorstellungen? «Dr. Morungen hat nichts von einem Beruhigungsmittel gesagt.»

«Die Stationsschwester hat mir das Rezept gegeben, schon vor Tagen, damit ich die Tabletten besorgen kann. Du hast sie im Krankenhaus auch bekommen. Bitte, Liebes, nun nimm sie schon.»

Ein Gedanke kommt mir. Vielleicht ist das gar kein Beruhigungsmittel, sondern ein Neuroleptikum, um meine Wahnvorstellungen einzudämmen. Ich erschrecke. Woher weiß ich, was ein Neuroleptikum ist?

Rolands eindringliche blaue Augen lassen mich nicht los. «Was ist denn?»

«Nichts. Schon gut. Ich bin nur so – so verwirrt.» Ich nehme die Tablette, stecke sie in den Mund und spüle mit Wasser nach. Dann strecke ich mich auf dem Bett aus. Augenblicklich fallen mir die Augen zu.

Als ich aufwache, ist die Sonne weg, irgendwo hinter der endlosen Einsamkeit aus Wasser und Wald verschwunden. Es ist noch nicht dunkel, aber der Himmel hat eine fahle, fast graue Farbe angenommen.

Ich richte mich auf, zucke zusammen, als eine Welle Übelkeit mich überrollt. Ich presse die Hand auf den Magen, warte, bis das Gefühl nachlässt. Es muss der Hunger sein. Als ich die Beine aus dem Bett schwinge, kommt die nächste Welle.

Wieder warte ich. Dann greife ich nach der Teetasse und hebe sie vorsichtig an die Lippen. Ich trinke langsam ein paar Schlucke. Der Tee ist kalt, aber er beruhigt den Magen.

Ich stehe auf und horche. In der Hütte ist es still. Ein schrecklicher Gedanke durchzuckt mich: Was, wenn Roland mich hier allein gelassen hat? Mitten im Wald, umgeben von Wasser?

Ich mache ein paar Schritte, horche wieder. Noch immer nichts. Meine Hände werden feucht. Ich kann mit einem Mal an nichts anderes denken als das Wasser, das mich wie eine Gefängnismauer umgibt. Ich bin allein. Eingesperrt im Nirgendwo.

Plötzlich höre ich von unten ein Geräusch. Ein Klappern, dann knallt eine Schublade. Roland ist in der Küche zugange. Vor Erleichterung geben meine Knie nach, ich halte mich am Bett fest, um nicht zu stürzen.

Mit dem Ärmel wische ich mir den Schweiß von der Stirn. Als ich meinen Beinen wieder traue, öffne ich den Kleiderschrank. Hemden, säuberlich auf Bügel gehängt, eine Trekkinghose, zwei Pullover. Rolands Sachen. Hinter der mittleren Tür entdecke ich Bettwäsche. Rechts werde ich fündig. Ein edler Blazer in dezentem Grau, Blusen in Weiß, Rosa und hellen Blautönen, ein ganzes Fach voller sorgfältig zusammengelegter Halstücher und Seidenschals. Verwundert fahre ich mit den Fingern über die feinen Stoffe. Ich hätte mich eher in der Jeans-und-T-Shirt-Fraktion verortet.

Ich trete ans Fenster, blicke hinaus auf die großen alten Bäume und das dunkle Wasser, das zwischen den Stämmen geheimnisvoll schimmert, und fasse einen Vorsatz. Ich will die Möglichkeit ergreifen, die das Schicksal mir bietet. Ich will neu anfangen. Keine Wahnvorstellungen. Keine dummen Verdächtigungen. Ich habe einen Mann, der mich trotz all meiner Schwächen, trotz meiner Krankheit liebt, der zu mir steht, der alles für mich tun würde. Ich werde diese Chance nicht wegwerfen.

Es regnet schon den ganzen Tag. Warmer Sommerregen prasselt auf das Dach unserer Hütte. Ich stehe im Schlafzimmer am Fenster und beobachte, wie die Tropfen am Glas hinuntergleiten. Es ist der fünfte Tag, den ich in der Einsamkeit verbringe, und allmählich gewöhne ich mich an dieses Leben, ich kenne ja kein anderes.

Wir haben einen festen Tagesrhythmus. Vormittags schreibt Roland, er hat Ende des Sommers einen Abgabetermin. Etwa gegen drei macht er Schluss, dann trinken wir zusammen Kaffee, machen es uns auf dem Sofa im Wohnzimmer oder auf der Bank vor dem Haus bequem und spielen Scrabble, legen ein Puzzle oder lösen Kreuzworträtsel. Und dabei löchere ich ihn mit Fragen.

Gestern habe ich es endlich gewagt, die Sprache auf meine

Kindheit zu bringen. Bisher kannte ich nur mein Geburtsdatum, das auf jedem Formular prangte, das mir im Krankenhaus vorgelegt wurde. Seit dem Gespräch über meine Wahnvorstellungen, als Roland andeutete, ich hätte Schlimmes erlebt, hat mir davor gegraut, mehr zu erfahren.

«Wo bin ich geboren?», fragte ich mit einem mulmigen Gefühl im Bauch.

«In Berlin. Ost-Berlin.»

«Dann bin ich in der DDR aufgewachsen?»

«Du warst vierzehn, als die Mauer fiel.»

«Und meine Eltern?»

«Dein Vater ging in den Westen, als du noch klein warst, von da an warst du mit deiner Mutter allein. Sie starb Anfang der Neunziger.»

«Und mein Vater?»

«Der war da längst tot.»

«Also habe ich ihn nie wiedergesehen.»

«Nein.» Er sah mich mitfühlend an.

«Ich war also schon vor meinem zwanzigsten Geburtstag Waise», stellte ich fest. Die Vorstellung machte mich traurig, aber nur so, wie man für einen fremden Menschen Trauer empfindet, dem etwas Schreckliches widerfahren ist. «Und dann?»

«Du lerntest Dirk Rupprecht kennen, deinen ersten Mann.»

«Ich war schon einmal verheiratet?» Überrascht schaute ich ihn an.

«Er war viel älter als du und sehr wohlhabend. Ich vermute, er war eine Art Vaterersatz.»

«Es ging nicht lange gut, nehme ich an.»

«Du hast mir nie viel über eure Ehe erzählt», sagte Roland zögernd. «Ich weiß nur, dass er ein paar Jahre nach eurer Hochzeit bei einem Skiunfall starb.»

Ich starrte auf das Puzzleteil in meiner Hand. Ein Gipfelkreuz. Der Tod schien mein ständiger Begleiter zu sein.

«Du hast ein Vermögen geerbt», erzählte Roland weiter. «Und du hast eine Zeitlang als Journalistin gearbeitet, Reportagen für verschiedene Magazine geschrieben.» Er verstummte.

«Was ist passiert?»

Er konzentrierte sich auf ein Stück Himmel, legte es besonders sorgfältig an seinen Platz. «Du wurdest krank.»

«Verstehe.» Ich drehte das Kreuz in meiner Hand.

«Und dann sind wir uns begegnet.» Er strahlte mich an. «Es war Liebe auf den ersten Blick. Ich wusste, dass du die Frau bist, auf die ich mein Leben lang gewartet hatte. Wir haben schon nach sechs Wochen geheiratet.»

Ich schiebe die Erinnerung an Rolands Worte weg, wende mich vom Fenster ab und stelle mich vor den Spiegel, der in der Schlafzimmerecke hängt. Ich kann jetzt sehen, dass meine Haare braun sind, die Stoppeln sind bereits ein gutes Stück gewachsen. Selbst auf dem Hinterkopf, wo die Narbe ist, habe ich schon wieder Flaum. Ich bin auch nicht mehr ganz so blass. Ich denke, so langsam kann ich mich wieder unter Leute wagen, auch wenn ich zunächst ein Kopftuch tragen werde. Tücher habe ich jedenfalls genug.

Am Montag wollen wir Einkaufen fahren. Ich brauche dringend etwas zum Anziehen. Ich laufe fast immer in der Flanellschlafanzughose herum. Dazu trage ich eine von den viel zu schicken, etwas zu weiten Blusen. Roland scheint das nicht zu stören, er sagt, ich sähe auch in einem Müllsack bezaubernd aus. Trotzdem bin ich die Flanellhose leid. Und die weiße Leinenhose habe ich mir direkt am ersten Tag im Kahn eingesaut.

Ich blicke auf die Uhr. Halb sieben. Unsere tägliche Fragestunde haben wir bereits hinter uns. Heute haben wir drinnen gesessen, wegen des Regens, und Roland hat mir von sich erzählt, von seiner Schwester, die in Kanada lebt, von seiner Kindheit in einer spießigen norddeutschen Kleinstadt und wie es sich angefühlt hat, das erste eigene Buch in den Händen zu halten.

Jetzt steht er in der Küche und kocht, während ich mich etwas ausruhe. Ich ruhe mich ständig aus, denn ich bin noch immer schrecklich müde. Und übel ist mir auch mehrmals am Tag. Es kommt in Wellen, manchmal ist es so schlimm, dass ich ins Bad stürze, weil ich fürchte, dass ich mich übergeben muss. Ich glaube, dass es von den Tabletten kommt, aber ich schlucke sie trotzdem tapfer.

Der Termin beim Psychiater ist erst in zwei Wochen. Früher ging es nicht. Wir haben nicht den genommen, den Dr. Morungen mir empfohlen hat, bei dem hätte es noch länger gedauert. Roland hat einen anderen ausgesucht, einen alten Bekannten. Oder einen Studienfreund, ich weiß es nicht mehr genau. Jedenfalls soll er sehr gut sein.

Ich setze mich aufs Bett und streiche über den glatten Bezug. Ich hoffe immer, dass irgendeine Berührung, irgendein Geruch, irgendein Geschmack meiner Erinnerung auf die Sprünge hilft. Bislang ohne Erfolg. Dennoch habe ich keinen Grund zur Klage. Für eine Frau ohne Vergangenheit geht es mir gut. Ich bin versorgt und habe einen Mann, der sich liebevoll um mich kümmert. Wenn nur das irritierende Gefühl nicht wäre, das Leben einer anderen zu leben.

Ich führe jetzt Tagebuch. Jeden Tag schreibe ich auf, was ich mache, was ich Neues über mich erfahre, wie das Essen schmeckt, das Roland gekocht hat, wie mir die Musik gefällt, die er dabei hört. All die Dinge, die ich notiere, geben mir das Gefühl, wirklich zu existieren, ein richtiger Mensch zu sein, eine reale Person mit Vorlieben und Abneigungen.

Roland hat mir das Buch mitgebracht. Die Seiten sind weiß und leer, keine Linien, keine Kästchen. Weiße Blätter für einen Neuanfang. Auf dem Einband ist ein Aquarell abgebildet, es zeigt einen See, umgeben von Schilfrohr. Und auf der Innenseite steht ein Spruch darüber, dass das Rohr sich nur biegt, aber nie bricht. Ich bin mir nicht sicher, ob Roland mir diesen Spruch ausgesucht oder ob er einfach nach dem erstbesten Buch gegriffen hat. Ich hatte ihn auch gebeten, mir Bücher über Amnesie zu besorgen, aber er hat gesagt, dass er nichts gefunden hat außer medizinischen Fachwerken, die kein Mensch versteht.

Dafür hat er die Post mitgebracht, einen ganzen Stapel Briefe, von Rolands Verlag, von der Lebensversicherung, vom Steuerberater, von der Telefongesellschaft, doch kein einziger davon ist an mich adressiert. Auf jedem Umschlag ist die Anschrift dick durchgestrichen und durch die Nummer eines Postfachs ersetzt. Trotzdem kann man sie noch lesen. Ich weiß jetzt, wo wir gewohnt haben. In der Goethestraße in Zehlendorf. Ich meine zu wissen, dass die Straße im Süden der Stadt liegt, in einem der besseren Viertel, aber ich würde es gern auf einem Stadtplan sehen, würde gern mit dem Finger auf die Stelle tippen. Da ist es, da habe ich gewohnt.

Immerhin habe ich jetzt ein Handy. Auch das hat Roland mir mitgebracht. Allerdings nützt es mir nicht viel, da wir in der Hütte keinen Empfang haben. Wenn Roland telefonieren muss, geht er ein Stück durch den Wald, bis zu einer Stelle, wo sich zwei Kanäle kreuzen. Gestern habe ich ihn begleitet, und tatsächlich hat auf meinem Bildschirm ein Balken aufgeleuchtet. Ich hätte jemanden anrufen können. Aber wen?

Als Roland mir das Handy überreichte, geschah etwas Merkwürdiges. Ich sah plötzlich eine Hand, die ein Telefon hält. Aber es war eine fremde Hand mit einem fremden Telefon. Das Bild war so real, dass ich für einen Moment glaubte, es würde tatsächlich gerade geschehen. Die Hand warf das Telefon in eine Tonne, in der Zweige auf einem Haufen frisch gemähtem Gras lagen. Ich hörte die Zweige knacken, und ich roch das saftig grüne Gras. Die Vision dauerte nur eine Sekunde. Seither lässt sie mich nicht los. Aber wer wirft ein Handy in eine Tonne mit Gartenabfällen?

Heute ist Montag, und wir sind auf dem Weg nach Lübbenau. Dank der Tablette, die Roland mir vorher gegeben hat, habe ich die Fahrt im Kahn gut überstanden. Vom Parkplatz aus brauchen wir mit dem Auto nur wenige Minuten. Es ist ein beruhigendes Gefühl, zu wissen, dass wir so nah an einer Stadt wohnen.

Roland setzt mich an einem Shoppingcenter ab. «Soll ich nicht doch mitkommen?»

«Ich werde es wohl noch schaffen, mir ein paar Klamotten zu kaufen.» Niemals würde ich zugeben, dass ich in Wahrheit große Zweifel habe, ob ich dieser Aufgabe gewachsen bin. Doch beim Aussteigen habe ich etwas entdeckt. Einen fetten gelben Schriftzug: STADTBIBLIOTHEK.

Dort gibt es bestimmt Bücher über Amnesie. Und noch etwas viel Besseres: Computer mit Internetzugang.

«Also, dann bin ich in zwei Stunden wieder hier, in Ordnung?», sagt Roland resigniert.

«Wunderbar.» Ich stakse in meiner nicht ganz sauberen weißen Leinenhose und einer himmelblauen Bluse auf die Eingangstür zu. Bevor ich in der Bibliothek recherchiere, gehe ich erst mal was zum Anziehen kaufen.

Innerhalb einer halben Stunde erstehe ich eine braune Lederhandtasche mit breitem Schultergurt, eine Jeans, verschiedene T-Shirts mit langem und kurzem Arm, eine leichte Strickjacke, die zu allem passt, zwei Blusen, die gut sitzen und nicht ganz so elegant aussehen, sowie ein Paar bequeme Sandalen und ein Paar Turnschuhe. Als die Verkäuferin im Schuhgeschäft mich nach meiner Größe fragt, komme ich kurz aus dem Tritt, doch ein rascher Blick auf die Sohle des Slippers, den ich bereits abgestreift habe, rettet mich. Achtunddreißig. Ich lasse die Turnschuhe, die Jeans und ein langärmliges T-Shirt sofort an, stopfe die alten Klamotten in die Tüte.

In meinem neuen Outfit betrete ich die Bibliothek. Ich mache ein Regal mit medizinischen Büchern ausfindig, ziehe einen dicken Band hervor und blättere darin. Tatsächlich gibt es einen Artikel über Amnesie, aber er ist knapp gehalten und bietet keine Informationen über das hinaus, was ich schon weiß. Was will ich denn eigentlich erfahren? Wie viele Patienten mit Amnesie ihr Gedächtnis nie zurückgewinnen? Wie man ohne Erinnerungen leben kann?

Mit zitternden Fingern suche ich nach einem anderen Stichwort. Wahnvorstellungen. Während meine Augen über die Seite gleiten, halte ich unwillkürlich die Luft an.

Wahn ist ein Krankheitssymptom aus dem Fachgebiet der Psychiatrie, lese ich. Mir wird übel. Ich presse die Hand auf den Magen und lese weiter. *Der Inhalt des Wahns oder des Wahnsystems kann sehr unterschiedlich sein. Der Patient kann einen einzelnen Wahn oder mehrere aufeinander bezogene Wahninhalte entwickeln, die im Allgemeinen lange, oft lebenslang, andauern. Der Wahn ist eine die Lebensführung behindernde Überzeugung, an welcher der Patient trotz der Unvereinbarkeit mit der objektiv nachprüfbaren Realität unbeirrt festhält. Dies kann eine Störung der Urteilsfähigkeit zur Folge haben. Abgesehen von ihren Wahnthemen funktionieren Patienten mit wahnhafter Störung im Alltagsleben in der Regel gut, solange keine weiteren Symptome hinzukommen. Eine Diagnose erfolgt eher selten, da die Gedanken vom Patienten selbst nicht als wahnhaft erkannt werden.*

Ich sinke auf den Boden und presse die Hände vor das Gesicht, als die Erkenntnis mich trifft. Für mich ist der Zugang zu meiner Vergangenheit gleich doppelt verschlossen. Ich habe die Erinnerung daran verloren, und wenn ich mich doch an etwas erinnern sollte, habe ich keine Chance zu unterscheiden, ob das, was ich zu wissen glaube, real oder Teil meines Wahngebildes ist. In diesem Augenblick auf dem Boden der Bibliothek vergesse ich all meine guten Vorsätze. Ich will in ein Loch kriechen und nie wieder herauskommen. Ich will sterben.

Eine junge Frau beugt sich zu mir herunter. «Alles in Ordnung mit Ihnen?»

Ich richte mich auf. «Nur ein kleiner Schwindel.» Ich presse die Hand auf meinen Bauch und lächle verlegen.

«Oh, verstehe. Herzlichen Glückwunsch!» Sie hilft mir auf.

Ich korrigiere das Missverständnis nicht. Besser, sie denkt, dass ich schwanger bin, als dass sie merkt, dass sie es mit einer Geistesgestörten zu tun hat. Sie stellt das Buch für mich zurück ins Regal. Ich bedanke mich und flüchte.

In einer Ecke am Fenster mache ich den einzigen öffentlichen Computer der Bibliothek ausfindig. Zuerst gebe ich unsere Adresse in die Suchmaschine ein. Es gibt sogar Street View. Mein Herz schlägt bis zum Hals, als das Foto eines großen, dunkel verputzten Hauses mit Sprossenfenstern auf dem Bildschirm erscheint. Hohe Bäume auf der Straße und auf dem Grundstück. Auf der rechten Seite eine Einfahrt samt Garage. Büsche und Sträucher im Vorgarten. Keine kitschigen Figuren, Vogelhäuser oder Laternen, soweit ich das erkennen kann. Das Haus wirkt auf altmodische Art gemütlich, man spürt, dass es ein echtes Zuhause ist.

Ein Gefühl der Ausweglosigkeit überkommt mich. Dieses Haus gibt es nicht mehr. Es ist abgebrannt. Für immer verschwunden.

Genau wie mein altes Ich.

Als Nächstes gebe ich den Namen «Clara Winter» ein. Es gibt eine Reihe Treffer, doch keine der Frauen bin ich. Ich habe keine Facebook-Seite, keinen Twitter-Account, nicht einmal einen Eintrag im Telefonbuch. Im Internet gibt es mich nicht.

Nach kurzem Zögern probiere ich es mit «Roland Winter». Ich finde nichts, bis mir einfällt, dass er unter einem Pseudonym veröffentlicht. Also versuche ich es mit «Marc Frost». Die Flut an Bildern und Informationen überwältigt mich. Mein Mann lächelt mich von unzähligen Fotos an, es gibt Rezensionen zu seinen Büchern, Interviews und Ankündigungen von Neuerscheinungen. Und natürlich hat Roland eine Website und eine Autorenseite bei Facebook.

Ich klicke mich durch die Bilder und entdecke eins mit der Unterschrift *Marc Frost mit seiner Frau bei der Präsentation seines neuen Romans*. Das Bild ist aus dem vergangenen Jahr. Es ist etwas unscharf, Roland hat den Arm um mich gelegt und strahlt in die Kamera, ich habe den Kopf nach vorn gebeugt, sodass mir die Haare ins Gesicht fallen, und blicke schüchtern zur Seite. Offenbar werde ich nicht gern fotografiert. Oder ich mag es nicht, Roland bei öffentlichen Auftritten zu begleiten. Ich vergrößere das Foto. Meine Haare sind zu einem kinnlangen Bob geschnitten, die Bluse kommt mir bekannt vor, es ist eine von denen, die im Ferienhaus im Schrank hängen. Und ich fülle sie ziemlich gut aus.

Ich bin schon wieder so müde, dass ich für einen Moment die Augen schließe. Als das Handy in meiner neuen Handtasche klingelt, fahre ich erschrocken zusammen. Hastig krame ich es hervor.

«Ja?»

«Liebling? Es tut mir so leid, aber ich bin noch nicht ganz fertig. Kannst du eine halbe Stunde länger warten?»

Roland wollte sich mit seiner Lektorin in einem Café treffen.

«Oh, ist es schon ...» Ich blicke auf die Uhr. Die zwei Stunden sind um. «Kein Problem.»

«Danke.» Die Verbindung wird unterbrochen.

Ich frage mich, was Roland wohl mit seiner Lektorin bespricht. Ich frage mich, ob sie jung ist. Und hübsch. Eins ist sie jedenfalls ganz bestimmt nicht: verrückt.

Als ich aufblicke, sehe ich, wie eine Gestalt mit einem Kapuzenpulli sich wegdreht und aus der Bibliothek hastet. Das Gesicht konnte ich nicht erkennen, doch ich bin mir sicher, dass ich den Typ vorhin beim Einkaufen schon gesehen habe.

Wieder wird mir übel. Kurz entschlossen krame ich die Visitenkarte von Dr. Morungen hervor. Bevor ich es mir anders überlegen kann, tippe ich die Nummer ins Handy. Es läutet so lange, dass ich schon auflegen will, doch dann meldet er sich.

«Morungen.»

«Hier ist Clara Winter, erinnern Sie sich an mich?»

«Natürlich. Frau Winter, wie geht es Ihnen?»

Was soll ich darauf sagen? «Gut so weit.»

«Geben Sie sich Zeit. Unser Gehirn ist ein sehr kompliziertes, weitgehend unerforschtes Organ. Alles ist möglich.»

«Ich habe eine Frage.»

«Nur heraus damit!»

Eine ältere Frau kommt auf mich zu und sieht mich böse an. «Hier ist telefonieren verboten!», zischt sie und bleibt auffordernd stehen, die Hände in die Hüften gestemmt.

Ich drehe mich weg und senke die Stimme. «Haben Sie mir ein Beruhigungsmittel verschrieben?»

«Ja, warum?»

Ich schließe die Augen. Was habe ich denn erwartet? Dass

Roland mich belogen hat? Dass er meine Erinnerung absichtlich unterdrückt? Dass er mich langsam vergiften will?

«Sind Sie noch dran, Frau Winter?»

«Ja.»

«Kann ich noch irgendetwas für Sie tun? Ich habe leider nicht viel Zeit, ich habe gleich ein Gespräch mit einer Patientin.»

«Ja, natürlich. Es ist nur – das Medikament, ich vertrage es nicht so gut. Kann ich …»

«Diese Situation ist extrem anstrengend für Sie, Sie stehen unter großem psychischen Druck. Deshalb halte ich es für wichtig, dass Sie etwas nehmen. Sie brauchen viel Ruhe. Aber natürlich gibt es andere Medikamente. Am besten besprechen Sie das mit Ihrem Psychiater. Sie haben sich doch jemanden gesucht?»

«Ja.»

«Wunderbar. Ich wünsche Ihnen alles Gute.»

Ich schiebe das Handy mit steifen Fingern zurück in die Handtasche.

Die halbe Stunde ist fast um, also schnappe ich mir meine Tüten und trete nach draußen. Ich stelle mich an den Straßenrand und halte nach Rolands schwarzem Mercedes Ausschau. Ich bin wütend auf mich selbst. Ich hatte so gute Vorsätze, ich wollte nicht argwöhnisch sein, ich wollte meinem Mann vertrauen. Warum habe ich mein ganzes Leben vergessen, aber diesen idiotischen Wahn nicht?

Aus den Augenwinkeln sehe ich einen Lkw heranfahren, instinktiv will ich zurücktreten, als mir jemand einen Stoß in den Rücken versetzt. Ich stolpere nach vorn. Ich kann mich nicht fangen, stürze auf die Fahrbahn. Bremsen quietschen, jemand schreit. Ich schließe die Augen, mache mich auf den Aufprall gefasst.

Doch nichts geschieht.

Als ich die Augen öffne, sehe ich den Kühlergrill dicht vor meinem Gesicht, so nah, dass ich die Wärme spüre, die der Motor ausstrahlt.

Menschen rufen durcheinander. Eine Autotür knallt. Aber ich starre unverwandt auf den Kühlergrill, gelähmt vor Schock. Ich bin gestoßen worden. Ich spüre noch die Hand in meinem Rücken. Aber ist das wirklich wahr? Kann ich mir selbst trauen? Oder phantasiere ich? So wie bei den Tabletten, mit denen Roland mich angeblich vergiften will?

ZWEIFEL

Ich komme erst wieder richtig zu mir, als ich neben Roland auf dem Mäuerchen vor dem Einkaufszentrum sitze. Ich zittere am ganzen Leib. Roland hat seine Jacke um mich gelegt, die Tüten sind säuberlich vor unseren Füßen aufgereiht. Der Lkw ist längst weitergefahren, auch die Menschenmenge hat sich zerstreut.

Meine neue Jeans ist von oben bis unten voll Matsch, mein Unterarm aufgeschrammt, aber das ist nichts gegen die Angst, den Verstand zu verlieren, ihn schon längst verloren zu haben.

«Meinst du, du schaffst es bis zum Auto?», fragt Roland.

«Ich denke schon.»

Mit seiner Hilfe humple ich zum Mercedes. Mein Bein schmerzt bei jedem Schritt, der aufgeschürfte Unterarm brennt, aber ich lasse mir nichts anmerken. Erleichtert atme ich auf, als ich mich endlich auf den Beifahrersitz fallen lassen kann.

Schweigend fahren wir zur Anlegestelle. Roland bleibt hinter dem Steuer sitzen, nachdem er den Motor ausgemacht hat, und starrt vor sich hin. Hinter seiner Stirn arbeitet es.

Ich nehme meinen ganzen Mut zusammen. «Jemand hat ... es hat sich so angefühlt ...», stammle ich, «... als hätte mich jemand gestoßen.»

«Ich weiß», sagt Roland. «Ich habe es gesehen.» Er schlägt mit der Faust aufs Lenkrad.

Ich starre ihn an. «Du hast gesehen, wie jemand mich auf die Straße gestoßen hat?» Mir fällt ein Stein vom Herzen. «O Gott! Ich dachte schon, ich hätte es mir nur eingebildet!»

«Nein, das hast du nicht, Liebes.» Er streicht mir über die Wange, dann lässt er die Hand sinken, blickt wieder geradeaus. «Ich verstehe nur nicht ...»

«Was?»

Er sieht mich an. «Der Typ trug einen dunklen Kapuzenpulli.»

Ich schließe die Augen. «Jemand mit Kapuzenpulli ist mir im Einkaufzentrum aufgefallen. Ich hatte den Eindruck, dass er mir folgt.»

«Hast du sein Gesicht gesehen?»

«Nein.»

«Mist.» Roland fährt sich durch die Haare.

«Hast du gesehen, wohin er geflüchtet ist, nachdem er mich gestoßen hat?»

«Ich habe nur auf dich geachtet. Bis ich sicher war, dass du unverletzt bist. Als ich mich dann umgeschaut habe, war er längst weg. Ich habe die Leute gefragt, die dir aufgeholfen haben, auch den Fahrer des Lkw. Keinem sonst ist er aufgefallen.»

«Meinst du, es gibt ihn doch, den Stalker?», frage ich hoffnungsvoll. «Den Mann, der schon einmal versucht hat, mich zu töten?» Plötzlich erscheint mir die Aussicht, dass jemand hinter mir her ist, beinahe verheißungsvoll. Alles ist besser, als geisteskrank zu sein.

Roland sieht mich lange an. «Nein, das glaube ich nicht.»

«Aber wer war es dann?»

«Ich habe da einen anderen Verdacht.» Er fasst mich am Kinn, sieht mir tief in die Augen. «Ruf dir den Typ noch mal in Erinnerung: Könnte es auch eine Frau gewesen sein?»

Gestern habe ich in mein Tagebuch gezeichnet, statt aufzuschreiben, was geschehen ist. Es fiel mir leichter, als alles in Worte zu fassen. Ich habe den Kerl – oder die Frau – mit dem

Kapuzenpulli gezeichnet und mich gewundert, wie gut es mir gelungen ist. Am liebsten hätte ich Roland die Skizze gezeigt und ihn gefragt, ob er die Person genau so in Erinnerung hat, aber dann habe ich mich gescheut. In dem Tagebuch stehen so viele persönliche Dinge, es ist das einzige bisschen Ich, das mir ganz allein gehört.

Gleich bekommen wir Besuch, die beiden Polizisten aus Berlin haben sich angekündigt. Roland hat sie angerufen und ihnen erzählt, was passiert ist. Dieser Mirko Rossbach war wohl sauer, weil wir nicht gleich die Polizei vor Ort verständigt haben. Aber was hätte die schon tun können?

Ich höre einen Motor, springe vom Sofa auf und trete vor die Hütte. Mein Bein tut beim Laufen noch immer etwas weh. Roland steht schon am Steg und hilft den beiden, das Boot zu vertäuen. Kein altmodischer Holzkahn, sondern ein schnittiges Motorboot, auf dem in großen Lettern POLIZEI steht.

«Nett einsam haben Sie es hier», sagt Rossbach.

Jan Colbe sagt gar nichts, nickt mir nur zu.

Wir setzen uns in die Essecke. Rossbach fragt uns, ob er das Gespräch aufzeichnen darf, dann legt er ein Diktiergerät auf den Tisch.

«Ist Ihre Erinnerung inzwischen zurückgekehrt?», fragt er mich.

«Nein.»

«Dann erzählen Sie mal, was gestern passiert ist.»

Ich berichte stockend. Als ich fertig bin, erzählt Roland, was er beobachtet hat.

«Warum waren Sie nicht bei Ihrer Frau?», fragt Colbe.

«Ich habe mich mit meiner Lektorin getroffen, während sie einkaufen war.»

«Und Sie kamen exakt in dem Moment zurück, als Ihre Frau vor das Fahrzeug gestoßen wurde?»

«Ja.» Roland sieht den Beamten herausfordernd an.

«Und außer dem Kapuzenpulli können Sie nichts zu dem Aussehen des Täters sagen?»

«Nein», sagt Roland. «Aber ich habe einen Verdacht.»

Ich halte die Luft an, obwohl ich bereits weiß, was kommt.

«Was für einen Verdacht?» Colbe sieht plötzlich alarmiert aus.

«Sie wissen ja, was ich beruflich mache», beginnt Roland.

Die beiden Männer nicken, Colbe hebt leicht die Augenbrauen. Ich ahne, was er von einem Mann hält, der Liebesromane schreibt.

«Ich bekomme viel Fanpost», fährt Roland fort. «Vor allem von Frauen. Ausschließlich von Frauen, wenn ich ehrlich bin. Normalerweise sind es E-Mails, manche schicken jedoch auch Briefe an den Verlag. Unsere Privatadresse ist nicht so leicht zu ermitteln. Einige dieser Mails sind … nun ja, sehr schwärmerisch.»

«Fahren Sie fort», sagt Rossbach.

«Die Frauen bilden sich ein, dass ich ihre große Liebe bin, dass wir zusammengehören. Eine Leserin hat mich sogar mal aufgefordert, meine Frau zu verlassen und mit ihr durchzubrennen.»

Colbe sieht Roland scharf an. «Wollen Sie andeuten, dass nicht Ihre Frau gestalkt wird, sondern Sie?»

«Vielleicht handelt es sich um dieselbe Person, und wir haben nicht begriffen, worum es ihr wirklich geht.»

«Aber ich dachte …» Colbe bricht ab und starrt mich an.

Ich weiß, was er sagen wollte: *Aber ich dachte, Ihre Frau ist verrückt und bildet sich das alles nur ein.*

«Von wie vielen Verdächtigen sprechen wir?», will Rossbach wissen.

«Nicht mehr als drei oder vier. Alle anderen Mails sind absolut harmlos.»

«Wir benötigen Ihren Rechner, um die entsprechenden Frauen zu ermitteln und zu überprüfen.» Colbe macht eine auffordernde Handbewegung.

«Das geht nicht. Ich brauche ihn zum Arbeiten.»

«Wir müssen die Mails analysieren», sagt Colbe in schneidendem Tonfall. «Sie wollen doch auch, dass wir die Person ausfindig machen, die es auf das Leben Ihrer Frau abgesehen hat?»

«Natürlich will ich das!»

Rossbach schaltet sich ein. «Was halten Sie davon, wenn Sie uns den Rechner in den nächsten Tagen vorbeibringen, dann machen unsere Experten aus der IT eine Kopie der Festplatte. Sie können das Gerät dann sofort wieder mitnehmen.»

Roland ist einverstanden. Damit ist das Thema erledigt. Die Polizisten haben keine Fragen mehr, es geht zurück zum Steg. Colbe bleibt zurück, während sein Kollege mit Rolands Hilfe das Boot losmacht.

Als er mich ansieht, fühle ich mich durchschaut, obwohl ich mir keiner Schuld bewusst bin. «Halten Sie es für möglich, dass Ihr Mann eine der Frauen näher kennt?», fragt er leise.

Seine Direktheit schockiert mich. «Wie meinen Sie das?»

Er antwortet nicht, aber das ist auch nicht nötig. Ich weiß genau, was er meint. Ich denke an die Lektorin oder wen auch immer Roland getroffen hat, während ich einkaufen war, und mein Hals wird plötzlich eng.

Ich öffne die Schlafzimmertür und spähe auf den Flur. Nach dem Besuch der beiden Polizisten habe ich eine unruhige Nacht hinter mir. Beinahe hätte ich doch wieder zu den Tabletten gegriffen. Aber ich habe es ohne geschafft.

Irgendwer will mich umbringen, und er könnte es jederzeit wieder versuchen. Ich muss einen klaren Kopf behalten. Das hat auch Roland eingesehen und die Tabletten erst einmal weggepackt, allerdings unter der Bedingung, dass ich mit dem Psychiater darüber spreche und mir von ihm etwas Leichteres verschreiben lasse. Ich bin jetzt nicht mehr ständig müde, und übel war mir seither auch nicht mehr. Der Preis dafür sind schlaflose Nächte, in denen mich wirre Bilder wach halten, die Erinnerungen sein könnten oder einfach nur Gebilde meiner Phantasie, wie das cremefarbene Sofa in dem Zimmer mit Gartenblick.

Bis eben habe ich Wasserrauschen gehört. Roland hat geduscht. Ich trete auf den Flur. Die Tür zum Gästezimmer ist nur angelehnt, ich kann ihn vor dem Schrank stehen sehen. Er ist nackt. Mir fällt auf, dass ich ihn noch nie nackt gesehen habe. Nicht seit ich mich erinnern kann.

Er ist schlank und doch muskulös, zu muskulös für einen Mann, der den ganzen Tag am Schreibtisch verbringt. Er muss regelmäßig Sport treiben, irgendwo trainieren. Bisher habe ich nichts davon mitbekommen. Vielleicht gab es in unserem Haus einen Fitnessraum.

Er reckt sich, um eine Hose aus dem oberen Fach des Schranks zu angeln, und ich bewundere das Spiel seiner Muskeln. Eine Mischung aus Erregung und Furcht kribbelt mir im Nacken. Eines Tages werde ich Farbe bekennen, werde ich mich auch den körperlichen Aspekten unserer Beziehung stellen müssen. Oder sie beenden. Wenn ich Roland so sehe, erscheint mir die Entscheidung einfach. Aber ich weiß, dass es nicht so einfach ist.

In dem Augenblick dreht Roland sich um und wirft die Hose auf das Bett. Ich weiche zurück, doch er hat mich bereits gesehen. Er reißt überrascht die Augen auf. Ich spüre, wie ich rot werde.

«Es – es tut mir leid», stottere ich. «Ich wollte dich nicht anstarren.»

«Warum nicht? Du bist meine Frau, du hast jedes Recht der Welt, mich anzustarren.» Er tritt zu mir in den Flur, berührt mein stoppelkurzes Haar, dann fährt er mit den Fingerspitzen über meine Wange.

Mein Herz schlägt wie ein Presslufthammer.

Er beugt sich vor, küsst mich, erst ganz behutsam, dann leidenschaftlich. Er legt die Arme um mich, zieht mich an sich, presst seinen Körper an meinen. Ich spüre sein Verlangen, doch über mir schlägt die Panik zusammen wie eine riesige todbringende Woge.

Ich stoße ihn weg und stolpere rückwärts. «Ich kann nicht», flüstere ich. «Es tut mir leid.»

«Schon in Ordnung», sagt er leise, doch ich sehe den Schmerz in seinem Gesicht.

Gestern Abend haben wir uns zum ersten Mal richtig gestritten. Bestimmt war er noch immer verletzt wegen meiner Zurückweisung, aber das war nicht der Grund. Es ging um etwas anderes. Heute fährt Roland nach Berlin, damit die Kripo die Daten von seinem Laptop kopieren kann, und ich habe gesagt, dass ich mitkommen will. Er hatte nichts dagegen, bis ihm klar wurde, dass ich nicht mit zur Polizei will, sondern vorhabe, allein durch die Stadt zu laufen.

«Das geht nicht», hat er gesagt. «Da draußen treibt sich jemand rum, der dich umbringen will.»

«Ich passe auf.»

«Kommt nicht in Frage.» Er sprach in dem gleichen harschen Tonfall, den er gegenüber Dr. Morungen angeschlagen hatte. «Ich lasse dich nicht allein durch Berlin spazieren. Wenn du unbedingt etwas von der Stadt sehen willst, begleite ich dich.»

«Nein! Ich will allein sein! Ich ersticke unter deiner permanenten Fürsorge. Du erdrückst mich.»

Er hat mich entgeistert angestarrt, die Augen zusammengekniffen. «Ach, so siehst du das?»

«Allerdings. Du behandelst mich wie eine Gefangene, ich ertrage das nicht länger.»

«Dann sieh doch zu, wie du allein klarkommst!»

«Das werde ich!» Mit diesen Worten bin ich die Treppe hinaufgestürmt, habe mich aufs Bett geworfen und meine Wut und Verzweiflung ins Kissen geheult.

Nachdem ich mich beruhigt hatte, bekam ich es mit der Angst zu tun. Im Haus war alles still, und ich dachte, Roland wäre mit dem Kahn abgehauen. Mir war klar, dass ich den Bogen überspannt hatte. Es wäre nicht verwunderlich gewesen, wenn er sich verdrückt hätte, wenn auch nur, um sich in der nächsten Kneipe den Frust wegzusaufen. Ich schlich die Treppe runter. Er saß am Küchentisch vor dem Laptop.

«Entschuldige», sagte ich. «Ich habe es nicht so gemeint. Es ist nur …»

Er blickte auf. «Als ich dich in unserem Haus auf dem Boden liegen sah, reglos und voller Blut, dachte ich, ich hätte dich verloren. Ich möchte das nicht noch mal durchmachen.»

Ich setzte mich zu ihm. «Aber ich brauche Zeit für mich. Ich brauche das Gefühl, Herrin über mein eigenes Leben zu sein, sonst werde ich verrückt.»

Er nickte. «Das verstehe ich ja, aber –»

«Ich werde mich mit dem Taxi herumfahren lassen. Okay?»

Er zögerte. «Also gut. Einverstanden.»

«Was machst du da?» Ich deutete auf den Bildschirm. «Arbeitest du?»

«Ich gehe die Fanmails durch. Vielleicht fällt mir etwas auf.»

«Und?»

«Bisher nichts. Aber ich habe eine Liste mit Namen erstellt. Wobei ich natürlich nicht weiß, ob die alle echt sind.»

Ich saß noch eine Weile bei ihm, dann bin ich wieder nach oben gegangen. Trotz der Aufregung habe ich tatsächlich ein paar Stunden geschlafen.

Jetzt allerdings bin ich kurz davor, einen Rückzieher zu machen. Mein Herz hämmert, mir wird abwechselnd heiß und kalt. Nicht wegen des Ausflugs nach Berlin, sondern wegen der Bootsfahrt. Meine erste Tour auf dem Wasser ohne die Hilfe von Medikamenten.

Roland schließt das Haus ab. «Können wir?»

Ich nicke tapfer. Zunächst geht alles gut. Doch als ich den Steg betreten soll, wird mir schwindelig. Ich kralle mich an Roland fest.

«Du schaffst das», sagt er. «Schau nicht ins Wasser. Konzentriere dich auf den Kahn.»

Er hilft mir, die Weste anzuziehen. Alles dreht sich, als ich die hölzernen Bohlen unter meinen Füßen spüre. Obwohl ich fast nichts sehe, setze ich einen Fuß vor den anderen. Dann sitze ich plötzlich im Kahn, ohne mich zu erinnern, wie ich hineingekommen bin. Die Fahrt erlebe ich wie im Vollrausch. Erst als ich auf dem Parkplatz stehe, komme ich wieder zu mir.

Wir sind schneller in Berlin, als ich erwartet habe. Roland hält an einem Taxistand in der Nähe der Keithstraße. Wir verabreden uns für später in einem Café in Schöneberg.

«Pass gut auf dich auf», sagt er und hält meine Hand fest. «Keine einsamen Spaziergänge, versprochen?»

Einen Moment lang bin ich hin und her gerissen. Was habe ich da vor? Warum tue ich mir das an? Bevor meine Angst die Kontrolle übernimmt, stoße ich die Tür auf und steige aus.

Roland wartet, bis ich sicher im Taxi sitze, bevor er weiterfährt.

«Goethestraße in Zehlendorf», sage ich zu dem Fahrer.

«Sind Sie sicher, dass das die richtige Adresse ist?», fragt der Fahrer, als wir halten, und äugt zweifelnd durch das Seitenfenster.

Mir wird flau im Magen, als ich die ausgebrannte Ruine sehe. Wie ein lebendiges Wesen, das jemand brutal abgeschlachtet und ausgeweidet hat. Ich starre auf die halb eingestürzte Front, die toten Fensterlöcher, die verkohlten Balken, die einmal das Dach getragen haben. Mein Atem geht schnell und flach.

«Was ist nun, Lady?»

Ich drückte ihm wortlos einen Fünfzig-Euro-Schein in die Hand und schiebe die Tür auf.

«Soll ich warten?»

Ich zögere. «Nein, ich weiß nicht, wie lange es dauert.»

Ohne mich noch einmal umzudrehen, gehe ich auf das Gartentor zu. Es quietscht leise, als ich es aufstoße. Ich komme mir vor wie eine Einbrecherin, obwohl es mein Haus ist. Mein Zuhause.

Keine Erinnerung steigt in mir auf, als ich über die Platten des Gartenwegs auf die Ruine zuschreite. Kein Wunder. Selbst wenn ich mich an das Haus erinnern würde, würde ich es in diesem Zustand kaum wiedererkennen. Ich muss an das Foto im Internet denken, und mir kommen die Tränen. Hastig wische ich sie mit dem Ärmel weg.

Die Haustür wurde brutal aufgebrochen, vermutlich von der Feuerwehr. Ich frage mich, wie die Kripo so sicher sein kann, dass die Person, die mich niedergeschlagen hat, kein Einbrecher war. Die Feuerwehrmänner haben sich bestimmt nicht die

Zeit genommen, die unversehrte Tür zu fotografieren, bevor sie sie aufgestemmt haben.

In der Türfüllung hängt rot-weißes Absperrband. Und ein Schild. BETRETEN VERBOTEN. EINSTURZGEFAHR.

Ich drücke das Band hinunter und steige darüber. Drinnen riecht es bitter nach geschmolzenem Plastik und verbranntem Holz. Rechts von der Diele liegt das Wohnzimmer. Hier habe ich auf dem Boden gelegen. Parkett, wenn ich das richtig sehe. Und das Sofa. Trotz des erbärmlichen Zustands erkenne ich das schwarze Leder. Natürlich. Was hatte ich denn erwartet?

Vor dem Sofa gehe ich in die Hocke, streiche mit den Fingern über den rußgeschwärzten Boden, entdecke einen dunklen Fleck. Blut? Mein Blut?

Unwillkürlich schaudere ich. Doch mehr passiert nicht. Kein Erinnerungsblitz. Nichts als absolute Finsternis, wenn ich versuche, diesen Ort in meinem Gedächtnis wiederzufinden. Enttäuscht erhebe ich mich.

In dem Moment knackt es über mir. Entsetzt halte ich mitten in der Bewegung inne. Ich bin nicht allein im Haus! Der Mörder! Er muss mir gefolgt sein.

Sekundenlang bin ich wie gelähmt, dann stürze ich nach draußen, zerreiße im Laufen das Absperrband. Im Vorgarten scheint die Sonne, Vögel zwitschern, ein Auto rollt am Haus vorbei. Meine Panik kommt mir plötzlich lächerlich vor. Vermutlich habe ich ein Eichhörnchen gehört. Oder eine Katze. Wie sollte mein Verfolger unbemerkt in den ersten Stock gekommen sein? Und was hätte er da gewollt?

Auf der Straße nähert sich eine Frau, und ich eile um das Haus herum in den Garten. Ich habe nicht die geringste Lust, irgendjemandem, von dem ich nicht weiß, ob ich ihn kennen sollte, meine Anwesenheit zu erklären.

Mein Blick fällt auf eine Tonne mit Gartenabfällen. Abrupt bleibe ich stehen. Meine Vision fällt mir wieder ein. Die Hand, das Mobiltelefon, die Tonne. Obwohl ich weiß, dass es albern ist, spähe ich hinein. Nichts. Ich schiebe die Zweige, die zuoberst liegen, zur Seite, und mir stockt der Atem.

Da liegt ein silbernes Smartphone.

Mit wild schlagendem Herzen nehme ich es heraus und schalte es ein. Der Akku ist fast leer. Und das Display zeigt eine ungelesene Nachricht an. Ich zögere, dann drücke ich auf «Öffnen».

Hallo Clara, muss mit dir reden. Bitte! Komme heute Nachmittag. Isabel

Schlagartig wird mir klar, dass das mein eigenes Telefon sein muss. Aber wie kommt es hierher? Habe ich selbst es in die Tonne geworfen? Warum hätte ich das tun sollen?

Ich schaue auf das Datum der Nachricht und erschrecke. Sie wurde am Nachmittag des Einbruchs verschickt. Ich war an dem Tag, an dem jemand mich umbringen wollte, mit einer Frau namens Isabel verabredet. Was ist geschehen? Haben wir uns getroffen? Oder kam das Feuer dazwischen? Aber warum hat sie mich dann nicht im Krankenhaus besucht? Was wollte sie? Wer ist sie?

Ich fische das Handy, das Roland mir besorgt hat, aus meiner Handtasche.

Er geht erst beim sechsten Klingeln ran. «Liebes? Alles in Ordnung?»

«Ja, mir geht es gut.»

«Ich bin noch im LKA, wir gehen ein weiteres Mal durch, was vor dem Einkaufszentrum passiert ist.»

«Gut. Ich wollte dich nur etwas fragen: Habe ich eine Freundin oder Bekannte, die Isabel heißt?»

Schweigen.

«Roland?»

«Ich habe über deine Frage nachgedacht. Mir fällt niemand ein. Mir gegenüber hast du diesen Namen noch nie erwähnt.»

«Sicher?»

«Ja, warum fragst du?»

«Nur so – ich hatte eine Art Erinnerung.»

«Möglicherweise kanntest du früher mal eine Isabel. Es könnte eine Schulfreundin sein. Vielleicht kommen die ältesten Erinnerungen als Erstes zurück.»

«Möglich», sage ich zögernd.

«War es das? Rossbach und Colbe warten auf mich.»

«Nur noch eine Frage: Ist unter den Frauen, die dir Mails geschrieben haben, vielleicht eine Isabel?»

«Nein. Ganz sicher nicht.»

«Danke.» Ich lege auf, stecke das Handy zurück in die Tasche und betrachte das andere Gerät in meiner Hand. Das Display ist dunkel geworden und lässt sich nicht mehr aktivieren. Ich brauche ein Ladegerät.

Ich starre auf den schwarzen Bildschirm, auf die Tonne mit den Gartenabfällen, dann auf die ausgebrannte Ruine. Was ist an dem Nachmittag geschehen? Und wer ist Isabel?

Als ich wieder um die Hausecke biege, steht die Frau, die ich vorhin schon gesehen habe, am Zaun. Ich bleibe abrupt stehen. Am liebsten würde ich weglaufen, aber ich weiß, dass das keine gute Idee ist. Die Frau könnte die Polizei benachrichtigen. Oder die Nachbarschaft zusammentrommeln. Oder – die schlimmste Vorstellung von allen – Roland anrufen und ihm erzählen, dass sich eine Fremde auf seinem Grundstück herumtreibt.

«Hallo!», ruft die Frau. Sie ist etwa zwanzig Jahre älter als ich, kräftig gebaut und macht einen resoluten Eindruck. Sie trägt eine schwarze Hose und ein locker sitzendes blau gemustertes T-Shirt, ihr von grauen Strähnen durchzogenes Haar ist kurz und wellig.

Zögernd gehe ich auf sie zu. Das ist genau die Situation, die ich um jeden Preis vermeiden wollte.

«Können Sie mir sagen, was Sie da machen? Das ist – » Die Frau reißt die Augen auf, starrt mich an. «Frau Winter? Sind Sie das? Du liebe Güte, ich hätte Sie fast nicht erkannt.»

Ich versuche ein Lächeln. «Hallo.»

Sie zieht die Brauen zusammen. «Sie haben keine Ahnung, wer ich bin», stellt sie fest.

Ich weiß nicht, was ich darauf sagen soll. Doch sie scheint keine Antwort zu erwarten. Sie winkt ab. «Ihr Mann hat mir erzählt, dass Sie Probleme mit dem Gedächtnis haben.» Sie späht über meine Schulter. «Wo ist er denn? Sind Sie allein hier?»

«Roland musste zur Polizei. Ich wollte die Gelegenheit nutzen …»

«Kein schöner Anblick.»

Ich weiß, dass sie das Haus meint, doch so, wie sie mich ansieht, könnte man es auch anders verstehen.

«Ach, Liebes, Sie sehen ja ganz verfroren aus.» Sie stößt das Gartentor auf. «Kommen Sie, ich koche uns einen Kakao. Ich bin übrigens Ihre Nachbarin, ich wohne gleich nebenan.» Sie deutet auf einen kleinen weißen Bungalow, der ein Stück von der Straße zurück in einem weitläufigen Garten voller Sträucher und Blumenbeete liegt.

Es sind fast dreißig Grad im Schatten, doch ich friere tatsächlich. Ich habe sogar Gänsehaut auf den Armen. Also folge ich der Frau den Gartenweg entlang zu ihrer Haustür. Auf dem Klingelschild steht K. UND I. HAYN.

Ein heißer Schreck durchzuckt mich. Steht das «I» für Isabel? Die Frau, die mich treffen wollte? Oder mich umbringen?

Ich fasse mir an die Stirn. «Ich weiß nicht einmal, wie Sie heißen», stammle ich.

«Oh. Ich bin Kathy. Also eigentlich Katharina. Katharina Hayn. Aber Katharina sagt seit über vierzig Jahren niemand mehr zu mir. Ich wollte immer lieber Kathy heißen. Weil es amerikanisch klingt. Und das war mein Traum. Ich wollte nach Amerika auswandern, ins gelobte Land.» Sie lächelt traurig. «Daraus ist nichts geworden, wie aus so vielen Träumen.»

Ich schäme mich für meinen albernen Verdacht und stolpere hinter Kathy ins Haus. Drinnen ist es kühl, und sofort fröstele ich wieder. Kathy bugsiert mich an den Küchentisch, ein Monstrum aus unbehandeltem Holz, übersät mit unzähligen Kaffeeringen und Weinflecken, und macht sich am Herd zu schaffen.

«Und Sie erinnern sich wirklich an gar nichts?», fragt sie über die Schulter.

«Als ich aufgewacht bin, wusste ich nicht einmal meinen eigenen Namen.» Inzwischen ist meine Angst verflogen, und ich bin sogar froh, dass ich Kathy in die Arme gelaufen bin. Das war es doch, was ich wollte: Mit jemand anderem als Roland sprechen, der mir etwas über mich erzählen kann. «Wie gut kennen wir uns?», frage ich.

«Eigentlich gar nicht. In den fünf Jahren, die wir nun schon Nachbarn sind, haben wir weniger miteinander geredet als in den letzten zehn Minuten.»

Ich starre sie an. Etwas an dem, was sie gesagt hat, beunruhigt mich. Aber ich komme nicht darauf, was es ist. Bevor ich dem Gefühl auf den Grund gehen kann, spricht Kathy weiter.

«Sie hatten mehr Kontakt zu meinem Mann. Ingo ist ein

großer Gartenliebhaber, genau wie Sie. Er beneidet Sie um Ihre wunderschönen Rosen. Und um den Rittersporn. Bei Ihnen blüht er immer so üppig.» Sie verdreht die Augen. Offenbar ist ihr der Rittersporn schnuppe.

«Ich arbeite viel im Garten?»

Kathy kommt mit zwei Kakaobechern zum Tisch und setzt sich. «Manchmal stundenlang. Allerdings haben Sie erst angefangen, als das Haus fertig war. Sie haben so ziemlich alles rausgerissen, was man rausreißen konnte, als Sie eingezogen sind. Sie haben sogar Wände versetzt. Monatelang haben Sie alles umgebaut. Das heißt, natürlich nicht Sie persönlich, sondern die Handwerker. Aber Sie haben jeden Hammerschlag überwacht, so wie es aussah. Und als es im Haus nichts mehr zu tun gab, haben Sie den Garten in Angriff genommen.»

Ich nehme einen Schluck Kakao. Er ist süß und heiß und tut gut. Dann blicke ich auf meine braun gebrannten Arme. Stunden im Garten. Daher die Farbe. Ich erinnere mich an den Traum, an das cremefarbene Sofa und den Blick auf die blühenden Stauden. Ich schaue aus Kathys Küchenfenster, von wo man einen Teil der Ruine sehen kann. Nicht das Haus aus meinem Traum, aber vielleicht ein früheres Zuhause, in dem ich auch schon die Blumen liebevoll gepflegt habe.

«War ein ganz schöner Schock», sagt Kathy, die meinem Blick gefolgt ist. «Und nicht der erste an dem Tag. Eine Bekannte rief gegen Mittag an und erzählte mir, dass auf der Fischerhüttenstraße eine Frau totgefahren wurde. Eine Mutter von zwei kleinen Kindern. Fahrerflucht. Sie haben den Mistkerl nicht gefasst. Können Sie sich das vorstellen? Zerstört eine Familie und macht einfach weiter, als wäre nichts geschehen. Und kaum hatte ich aufgelegt, rief Ingo mich nach draußen und fragte, ob ich auch was riechen würde. Er meinte, dass es irgendwo brennen müsse. Im gleichen Augenblick sahen wir den Rauch und dann Ihren Mann. Er kam mit dem Wagen aus der Garage geschossen, ließ das Seitenfenster runter und rief uns zu, er müsse Sie ins Krankenhaus bringen, Sie seien schwer verletzt. Ein Einbrecher. Und jemand solle die Feuerwehr benachrichtigen.» Kathy schüttelt den Kopf. «Was für eine Welt.»

«Sie haben also bei der Feuerwehr angerufen?» Ich habe noch immer das Gefühl, dass etwas von dem, was sie mir erzählt hat, eigenartig ist.

«Nicht ich, mein Mann hat das gemacht.» Sie seufzt. «War leider schon zu spät. So viel Holz, das Haus hat gebrannt wie eine Streichholzschachtel.»

«Ich glaube, der Einbrecher hat Brandbeschleuniger benutzt.» Ich erinnere mich dunkel, dass Roland das erwähnt hat. «In der Garage stand ein Kanister mit Benzin für den Rasenmäher. Den hat er im Wohnzimmer ausgekippt.»

Kathy sieht mich voller Mitgefühl an. «Wie schrecklich. Und das nach all der Arbeit, die Sie in das Haus gesteckt haben.»

Da fällt es mir wieder ein. Fünf Jahre! Ich bin seit fünf Jahren Kathys Nachbarin. Aber ich bin erst seit zwei Jahren mit Roland verheiratet. Und mein erster Mann ist schon seit sieben Jahren tot. Also war es mein Haus. Aber warum, um alles in der Welt, habe ich für mich allein so ein riesiges Anwesen gekauft?

Irgendwo im hinteren Teil des Bungalows schlägt eine Uhr. Erschrocken fahre ich zusammen. Roland wartet bestimmt schon auf mich. Ich springe auf. «Ich muss los. Danke für den Kakao.»

«Gern.»

Kathy ruft mir ein Taxi. Wir tauschen Telefonnummern aus. Vielleicht habe ich noch eine Frage. Oder Kathy fällt etwas ein. Den Einbrecher hat sie nicht gesehen, das hat sie der Polizei schon gesagt. Niemand hat ihn gesehen. Vielleicht, weil es kein Einbrecher war, sondern eine Einbrecherin. Eine Frau. Isabel.

Kathy bringt mich bis ans Tor.

«Ihnen ist nicht zufällig eine Frau aufgefallen an dem Tag?», frage ich.

«Das wollte die Polizei auch von mir wissen. Ein Kommissar Rossbach war gestern hier. Vom LKA. Mordkommission. Bisher hatte ich nur mit Beamten gesprochen, die den Einbruch und die Brandstiftung untersucht haben. Es war wohl kein gewöhnlicher Einbrecher ...» Sie hebt die Stimme am Ende des Satzes und sieht mich fragend an. Als ich nichts erwidere, spricht sie weiter. «Nein, ich habe niemanden gesehen. Keine Menschenseele. Nicht an dem Tag.» Sie zögert. Ich merke, dass sie noch etwas sagen will.

«Wann dann?»

Das Taxi nähert sich von der Fischerhüttenstraße her.

«Letzte Woche war jemand in Ihrem Haus. Ein Mann.»

«Und?» Natürlich waren Leute im Haus. Kripobeamte. Sachverständige.

«Er war blond. Auf eine etwas herbe Art attraktiv.» Sie sieht mich erwartungsvoll an.

Mein Magen krampft sich unter ihrem Blick zusammen. «Was wollte er?»

«Keine Ahnung. Er ging ins Haus, kam nach einiger Zeit wieder raus.» Sie winkt dem Taxi, das direkt vor uns hält, und sieht mir in die Augen. «Ich habe den Typ früher schon gesehen. Er hat Sie zwei oder drei Mal besucht, immer wenn Ihr Mann nicht zu Hause war.»

Roland trifft gleichzeitig mit mir vor dem Café ein. Ich bin total erschöpft und froh, als er vorschlägt, gleich nach Hause zu fahren.

Ich kriege Kathys Worte nicht aus dem Kopf. Die Andeutung war unmissverständlich. Ein anderer Mann hat mich besucht, während Roland fort war. Der Anlass könnte harmlos gewesen sein. Vielleicht wusste Roland sogar davon. Ich würde ihn gern fragen, aber ich weiß nicht, wie. Außerdem würde seine Antwort mich nicht weiterbringen. Selbst wenn er keine Ahnung von dem Besucher hatte, gäbe es mindestens ein halbes Dutzend Erklärungen, die nichts mit Ehebruch zu tun haben.

«Was hast du gemacht?», fragt Roland. «Dir ein bisschen die Stadt angesehen?»

«Nein.» Ich zögere. «Ich habe Kathy Hayn besucht. Unsere Nachbarin.»

Er bremst abrupt vor einer roten Ampel und starrt mich an. «Du erinnerst dich an Kathy?»

Ich betrachte meine Finger. «Ich wollte das Haus anschauen. Sie hat mich angesprochen, als ich im Garten stand. Ich habe wohl ziemlich verloren gewirkt.»

Roland streicht mir über das Stoppelhaar. «Du hättest dir das nicht antun sollen. Nicht allein. Wenn ich gewusst hätte, wie wichtig es dir ist, das Haus zu sehen, wäre ich mit dir hingefahren.» Es wird grün, er nimmt seine Hand weg, um den ersten Gang einzulegen.

«Ich hatte gehofft, mich zu erinnern, wenn ich …»

Roland antwortet nicht. Seine Lippen sind zusammengepresst.

Als wir auf die Autobahn fahren, nehme ich meinen Mut zusammen. «Ich habe schon in dem Haus gewohnt, bevor wir uns kennenlernten.»

«Das stimmt. Du hast es von dem Geld gekauft, das dein erster Mann dir hinterlassen hat. Du wolltest aus München zurück in deine Heimatstadt.»

«Und du?»

Ein kurzer, prüfender Blick, bevor er antwortet. «Ich hatte eine Eigentumswohnung in Charlottenburg. Die hatte ich Ende der Neunziger gekauft, nachdem meine Schwester ausgewandert war und meine Eltern gestorben waren. Da hat mich nichts mehr in meinem Heimatkaff gehalten. Und Berlin schien mir der Ort zu sein, an dem etwas passiert, an dem man als Künstler leben muss.»

Mir fällt auf, dass ich nichts über Rolands frühere Beziehungen weiß. War er auch schon mal verheiratet? Hat er mit jemandem zusammengelebt? Ein Mann wie er war bestimmt nie lange allein. «Hast du die Wohnung aufgegeben, als wir geheiratet haben?»

«Ich hätte gern weiter dort gelebt. Mit dir. Aber du wolltest unbedingt das Haus behalten.»

«Also bist du meinetwegen an den Stadtrand gezogen.»

«Ich habe es gern getan.» Er lächelt mich an. Aber es ist kein glückliches Lächeln. Er wirkt angespannt.

«Gibt es Neuigkeiten von den Ermittlungen?»

«Leider nein. Rossbach und Colbe melden sich, wenn bei der Überprüfung der Fanmails irgendwas herauskommt.»

Ich blicke auf den Wald, der rechts und links der Autobahn vorbeizieht. Unzählige Reihen von Bäumen, die mich an das endlose Grün um unsere Hütte erinnern. Ich überlege, ob ich Roland von meiner Entdeckung erzählen soll. «Ich habe mein Handy gefunden», sage ich schließlich.

Das Auto macht einen Schlenker. «Dein Handy? Du meinst, das Handy, das im Feuer zerstört wurde?»

«Es wurde nicht zerstört. Es ist voll funktionstüchtig.»

Er sieht mich mit gerunzelter Stirn an. «Das ist unmöglich. Die Polizei hat überall im Haus Spuren gesichert. Die können das Telefon nicht übersehen haben.»

Ich greife in meine Handtasche und ziehe es hervor. «Es war nicht im Haus. Ich habe es im Garten entdeckt.»

«Und es funktioniert?»

«Der Akku ist leer. Ich muss es erst laden.» Ich weiß nicht, warum ich die Nachricht von Isabel nicht erwähne. Vielleicht ist es das Bedürfnis, ein kleines Stück Wissen über mich ganz allein zu besitzen. «Ich glaube, das Kabel von meinem neuen Handy könnte passen. Vielleicht sind Fotos auf dem Gerät gespeichert. Oder andere interessante Daten. Adressen. Telefonnummern. Es könnte mir helfen, mich zu erinnern.»

«Mach dir keine allzu große Hoffnung. Wenn es die ganze Zeit im Garten lag, ist es vermutlich kaputt.»

Ich widerspreche nicht. Wir verbringen den Rest der Fahrt schweigend, jeder in seine eigenen Grübeleien versunken.

Wir erreichen die Hütte am späten Nachmittag nach der üblichen Kahnprozedur mit Rettungsweste und Händchenhalten. Ich laufe sofort ins Schlafzimmer und schließe das Handy an das Ladegerät an. Roland bringt mir einen Kakao. Schon mein zweiter heute. Ich komme mir vor wie ein kleines Mädchen, das sich bei einem Sturz vom Fahrrad das Knie aufgeschlagen hat und nun von seinem Papa getröstet und verwöhnt wird. Dabei habe ich keine Ahnung, ob meine Eltern mir je einen Kakao gekocht haben, wenn ich Trost brauchte.

Ich habe noch nicht ganz ausgetrunken, als mich eine bleierne Müdigkeit überfällt. Ich lege mich hin, um mich etwas auszuruhen, der Tag war extrem anstrengend. Sekunden später sinke ich in einen tiefen, traumlosen Schlaf.

Als ich erwache, ist es strahlend hell im Zimmer, obwohl ich das Gefühl habe, viele Stunden geschlafen zu haben. Eigentlich müsste tiefe Nacht sein. Ich drehe mich auf den Rücken und lausche. Im Haus ist es absolut still. Draußen schnattert eine

Ente und landet platschend im Fließ. Das Geräusch hat etwas Friedvolles, doch es erinnert mich zugleich daran, dass ich in einem Gefängnis aus Wasser festsitze.

Ein Schwindel erfasst mich, als ich mich aufsetze. Meine Haut fühlt sich klebrig an, als hätte ich im Schlaf stark geschwitzt. Ich stolpere ins Bad. Unter der Dusche werde ich richtig wach. Nur in ein Handtuch gewickelt, kehre ich ins Schlafzimmer zurück. Erst als ich angezogen bin, fällt mir das Handy wieder ein. Es liegt auf dem Nachttisch.

Bitte SIM-Karte einlegen erscheint auf dem Display, als ich es einschalte. Irritiert fahre ich über den Bildschirm. Da fällt mir das Datum auf. *Freitag, 24. Juli, 09:12 Uhr.* Freitag? Ich habe von gestern Nachmittag bis jetzt durchgeschlafen?

Der Bildschirm wird dunkel. Ich drücke auf die Taste, wieder erscheint die Aufforderung, die SIM-Karte einzulegen. Ich reibe mir die Stirn. Gestern muss die Karte doch noch drin gewesen sein, sonst hätte ich Isabels Nachricht nicht lesen können.

Mit dem Handy in der Hand stürze ich die Treppe hinunter. Roland sitzt nicht an seinem üblichen Arbeitsplatz. Ich rufe nach ihm, suche die ganze Hütte ab. Er ist nicht da. Mit wild hämmerndem Herzen stoße ich die Haustür auf. Draußen ist es angenehm mild, die Sonne hat die Baumwipfel noch nicht erreicht. Roland sitzt nicht auf der Bank vor dem Haus. Vielleicht ist er telefonieren gegangen. Ich schlinge die Arme um den Oberkörper, unsicher, was ich als Nächstes tun soll.

In dem Moment fällt mein Blick auf den Steg.

Der Kahn ist weg.

Entsetzt stöhne ich auf. Vor meinen Augen flimmert es, die Wasseroberfläche scheint sich auszudehnen, als wäre das Fließ ein lebendiges Wesen, das sich aus seinem Bett erhebt und auf mich zukriecht. Ich weiche zurück, pralle mit dem Rücken gegen den Türrahmen. Ich spüre meinen Puls in den Schläfen, presse die Handflächen dagegen, schließe die Augen. Das Rauschen in meinem Schädel verschwimmt mit dem Rauschen des Wassers.

Ich kann nur eins denken: Roland hat mich hier allein gelassen, ich bin gefangen, kann nicht weg, ich muss in diesem nassen grünen Kerker elendig verrecken.

Benommen taumle ich ins Haus zurück und schlage die Tür hinter mir zu. Ich zwinge mich, tief und langsam ein- und wieder auszuatmen. Allmählich beruhigt sich mein Puls.

Dann sehe ich etwas. Auf dem Küchentisch liegt ein Zettel.

Guten Morgen, Liebling. Ich hoffe, du hast gut geschlafen.
Meine Druckerpatrone ist leer. Ich muss eine neue besorgen.
Bin vermutlich erst gegen Mittag zurück. Genieß die Ruhe.
Roland.

Vor Erleichterung kommen mir die Tränen. Nachdem ich mich ausgeheult habe, koche ich Kaffee. Mit der Tasse setze ich mich auf die Bank vorm Haus, starre das Fließ herausfordernd an und denke nach. Gestern war die SIM-Karte noch da. Egal, wie ich es drehe und wende, mir fällt nur eine Erklärung ein: Roland muss sie aus dem Telefon entfernt haben, während ich geschlafen habe. Hat er mir etwa auch ein Schlafmittel in den Kakao getan? Unwillkürlich fröstele ich. Dann treffe ich eine Entscheidung.

Schnell renne ich ins Haus und hole das Handy, das Roland mir gekauft hat. Bevor ich es mir anders überlegen kann, kämpfe ich mich durch Gestrüpp und Unterholz an die Spitze der Insel, bis das Handy Netz anzeigt. Um mich herum gluckert das Wasser, in meinen Beinen kribbelt die Angst so sehr, dass ich kaum gerade stehen kann. Ich lehne mich an einen Baumstamm und wähle Colbes Nummer.

«Ja?»

«Herr Colbe? Hier ist Clara Winter.»

Ein überraschter Laut. Dann ein Poltern, als würde er hastig einen Raum verlassen. «Alles in Ordnung? Geht es Ihnen gut?»

«Ja. Und nein.»

«Ist Ihre Erinnerung ...»

«Nein. Nichts. Aber ...»

Plötzlich bin ich unsicher, was ich sagen soll. Was weiß ich denn wirklich? Keinesfalls will ich, dass Roland Ärger kriegt, nur weil meine Paranoia wieder mit mir durchgeht.

«Frau Winter?» Colbes Stimme klingt unerwartet sanft. «Sollen wir uns treffen? Ich könnte nach Lübbenau kommen. Manche Dinge lassen sich leichter von Angesicht zu Angesicht klären als am Telefon.»

Schlagartig kommt mir ein ganz anderer Gedanke. *Ein blonder Mann. Auf herbe Art attraktiv.* Das trifft auf Jan Colbe zu. Ich kannte ihn schon vor dem Anschlag. Er ist der Mann, bei dem ich die Anzeige wegen des Stalkers aufgegeben habe. Deswegen bearbeitete er ja meinen Fall. War Colbe aus diesem Grund so reserviert bei den Befragungen? So als würde er auf etwas warten? Auf irgendeinen Hinweis darauf, dass ich mich an ihn erinnere?

«Frau Winter?», fragt er wieder. «Sind Sie noch dran?»

Ich presse die Faust vor den Mund. Was weiß Jan Colbe über mich? Was weiß er über Roland? Über unsere Ehe? War er wegen des Stalkers mehrmals in meinem Haus, obwohl er behauptet hat, den Fall gar nicht ernst genommen zu haben? Oder hatte er einen anderen Grund? Ist er mein Geliebter?

«Entschuldigen Sie die Störung, es hat sich erledigt», stammle ich und unterbreche die Verbindung.

Ohne auf die Zweige zu achten, die mir ins Gesicht peitschen, renne ich zurück zur Hütte.

Eine halbe Stunde später hat sich mein Herzschlag so weit normalisiert, dass ich einigermaßen klar denken kann. Ich habe noch nichts gegessen, also schmiere ich mir ein Brot. Kauend schmiede ich einen Plan.

Nachdem ich aufgegessen habe, mache ich mich an die Arbeit. Als Erstes durchsuche ich den Müll. Keine SIM-Karte. Auch nicht in Rolands Jackentasche und in keiner der Küchenschubladen. Ich nehme mir das Gästezimmer vor. Auch hier finde ich die Karte nicht. Aber Rolands Smartphone liegt auf dem Nachttisch. Er muss es vergessen haben.

Ich zögere. Es widerstrebt mir, ihm hinterherzuspionieren. Andererseits muss ich nach jedem Zipfel Information greifen, der sich mir bietet. Vermutlich ist das Gerät ohnehin passwortgeschützt, also probiere ich es. Kein Passwort. Ich drücke auf «Kontakte» und gehe die Liste durch. Unzählige Namen, die mir nichts sagen. Auch meine Nummer ist abgespeichert unter «Clara». Und direkt dahinter ein weiterer Eintrag: «Clara neu».

Beim zweiten, gründlichen Durchgang stoße ich auf etwas Ungewöhnliches. Ein Kontakt lautet schlicht und einfach «I». Sonst nichts. Ich zögere, bevor ich mich noch einmal auf den Weg an die Inselspitze mache. Was soll ich sagen, wenn sich am anderen Ende jemand meldet? Oder wenn Roland in der Zwischenzeit zurückkehrt und mich mit seinem Smartphone in der Hand erwischt?

Aber ich bin schon zu weit gegangen, es gibt kein Zurück mehr. Wenige Minuten später stehe ich im Unterholz und drücke auf das Hörersymbol. Atemlos lausche ich dem Freizeichen. Dann eine automatische Ansage: «Dies ist der Anschluss von Isabel Dominik. Bitte hinterlassen Sie eine Nachricht nach dem Signalton.»

Das Telefon gleitet mir aus der Hand.

Isabel.

Nicht eine Sekunde zweifle ich, dass es sich um dieselbe Isabel handelt, die sich am Tag des Feuers mit mir treffen wollte. Die Isabel, von der Roland behauptet, es gäbe sie nicht.

Meine Gedanken rasen. Wer ist Isabel? Eine Freundin? Rolands Geliebte? Die Frau, die bereits zwei Mal versucht hat, mich umzubringen? Warum hat Roland nichts von ihr erzählt? Ist er bei ihr, jetzt, in diesem Moment? Schmieden die beiden Pläne, wie sie mich loswerden können?

Ganz vorsichtig, so als könnte es jeden Augenblick explodieren, fische ich das Telefon unter dem Laub hervor und wische es an der Hose ab. Als ich wieder in der Hütte bin, lasse ich mir die Nummer anzeigen und gebe sie in mein eigenes Telefon ein. Dann lege ich Rolands Gerät zurück auf den Nachttisch.

Roland kehrt am frühen Nachmittag zurück. Er hat tatsächlich eine frische Druckerpatrone dabei. Und Zutaten für Risotto. Ich helfe ihm beim Kochen, versuche, mir nichts anmerken zu lassen.

«Ich muss morgen noch mal nach Berlin», sage ich, als wir am Tisch sitzen.

«Morgen? Wieso?» Roland lässt die Gabel sinken. «Hat die Polizei angerufen? Gibt es was Neues über die Frau?»

«Welche Frau?», frage ich mit Unschuldsmiene.

Er runzelt die Stirn. «Die Stalkerin natürlich.»

Ich beiße mir auf die Zunge, um ihm nicht den Namen Isabel ins Gesicht zu schleudern. «Waren wir eigentlich glücklich?», frage ich stattdessen. «Vor dem ... also vor der Sache, meine ich. War unsere Ehe gut?»

Er sieht mich an. «Ich liebe dich. Du bist der wichtigste Mensch in meinem Leben. Ich würde alles für dich tun.»

Das ist keine Antwort auf meine Frage. Vielleicht weiß er, dass ich eine Affäre hatte, vielleicht hofft er, dass ich vergessen habe, dass ich in einen anderen Mann verliebt war. So wie ich alles vergessen habe. Vielleicht ist es wahr, dass er mich liebt. Aber was ist mit Isabel? Wer ist sie? Und warum verheimlicht er mir ihre Existenz?

Roland greift nach meiner Hand. «Was ist los, Liebling?»

«Kathy Hayn hat vorhin angerufen.» Das ist gelogen. Es war umgekehrt. Ich habe sie angerufen. Ich bin ein drittes Mal zur Inselspitze gelaufen, diesmal wieder mit meinem eigenen Handy, habe die drei Anrufe in Abwesenheit von Jan Colbe ignoriert und die Nummer meiner Nachbarin gewählt, um ein Treffen zu verabreden. Es gibt Dinge, die ich sie fragen muss. Aber nicht am Telefon.

«Sie hat angerufen? Hier?»

«Ich bin zu der Stelle gegangen, wo man Netz hat. Eigentlich wollte ich versuchen, dich zu erreichen. Das war, bevor ich den Zettel gefunden habe.»

Er blickt zerknirscht drein. «Es tut mir leid, dass ich einfach weggefahren bin. Aber du hast so tief und fest geschlafen ...»

«Schon okay. Jedenfalls will Kathy mit mir sprechen.»

«Ist ihr etwas eingefallen?» Roland hat diese Falte auf der Stirn, die anzeigt, dass ihm etwas nicht gefällt.

«Das wollte sie am Telefon nicht sagen.»

«Ich komme mit.»

«Nein», stoße ich etwas heftiger hervor als beabsichtigt. «Ich möchte allein mit ihr sprechen.»

Roland sieht mich an. «Du hast sie nie gemocht.»

«Kathy?»

«Ja. Ich erinnere mich, dass du sie eine arrogante Ziege genannt hast, als ich dich zum ersten Mal in dem Haus besucht habe. Mit ihrem Mann hast du dich hin und wieder unterhalten. Über die Rosen, glaube ich. Er ist ein Gartennarr. Aber die Frau hast du nicht einmal gegrüßt.»

«Warum erzählst du mir das?»

Roland zuckt mit den Schultern. «Ich weiß ja nicht, was sie dir erzählt hat. Ob sie so getan hat, als wärt ihr die besten Freundinnen gewesen.»

«Hat sie nicht.» Ich schiebe den Teller weg. «Also? Fährst du mich morgen nach Berlin?» Ich hasse es, ihn darum bitten zu müssen. Aber ich würde es niemals wagen, allein mit dem Kahn durch die Fließe zu schippern. Und Auto zu fahren, traue ich mir ebenso wenig zu. Genau genommen, weiß ich nicht einmal, ob ich überhaupt einen Führerschein habe.

«Wenn es dir so wichtig ist, fahre ich dich natürlich. Und ich warte draußen im Wagen. In Ordnung?»

«Danke.»

Als wir später Scrabble spielen, tut es mir leid, dass ich nicht offen zu ihm war. Am liebsten möchte ich meine Bitte zurücknehmen und ihn einfach fragen, wer Isabel Dominik ist. Aber dann denke ich an die verschwundene SIM-Karte und bleibe hart.

Kathy öffnet die Tür mit einem breiten Lächeln. «Kommen Sie rein, Clara. Ich habe auf der Terrasse den Tisch gedeckt. Eistee oder Kaffee? Sie mögen doch sicherlich Waffeln? Ich habe welche gebacken.»

Bis wir auf der Terrasse sitzen, jeder ein Glas Eistee und eine Waffel vor sich auf dem Tisch, plappert sie unaufhörlich. Nachdem sie einen großen Schluck getrunken hat, wird sie plötzlich ernst. «Ich nehme an, Sie sind nicht hier, weil Sie mir einen Höflichkeitsbesuch abstatten wollen. Also, wie kann ich helfen?»

Ich überlege, wie ich meine Frage formulieren soll. «Sie haben mir von dem Mann erzählt, der einige Male bei mir war», fange ich an. «Haben Sie ihn zwischenzeitlich noch einmal gesehen?»

Sie sieht mich scharf an. «Nach dem Feuer nur das eine Mal. Erinnern Sie sich an ihn?»

«Nein.»

Sie nickt.

«Aber ich erinnere mich an eine Frau.» Obwohl ich nicht hinschauen will, wird mein Blick von der Ruine auf dem Nachbargrundstück magisch angezogen. Der Anblick beklemmt mich. Ich drehe den Kopf zu den blühenden Stauden im Garten, aber das Bild der halb eingefallenen, geschwärzten Mauern hat sich in meine Netzhaut eingebrannt. «Erinnern ist vielleicht zu viel gesagt. Da ist ein Name in meinem Kopf. Isabel. Isabel Dominik. Haben Sie den schon einmal gehört? Oder ist Ihnen eine Frau aufgefallen, die uns besucht hat?»

«Sie haben nicht viel Besuch bekommen. Zumindest habe ich selten jemanden gesehen. Was nichts heißen muss. Es ist ja nicht so, dass ich den ganzen Tag hinübergestarrt und Buch geführt hätte, wer bei Ihnen ein und aus geht.» Kathy runzelt die Stirn. «Dominik, sagen Sie?»

«Ja.»

«Merkwürdig.»

Ich beuge mich vor. «Was ist merkwürdig?»

«Ich hatte es völlig vergessen, aber jetzt, wo Sie den Namen erwähnen …»

Ich zwinge mich, sie nicht mit ungeduldigen Fragen zu unterbrechen.

«In Ihrem Haus hat mal ein Professor Dominik gewohnt. Er hatte eine kleine Tochter. An ihren Namen erinnere ich mich nicht. Es ist schon eine Ewigkeit her.»

Ich starre meine Nachbarin an. «Wann war das?»

Kathy überlegt. «Anfang der Achtziger muss das gewesen sein. Der Professor hat nur ein paar Monate hier gewohnt. Zur Untermiete. Ich glaube, er war Historiker oder Archäologe. Jedenfalls hat er an der Universität gelehrt.»

«Was ist aus ihm geworden?»

«Ich habe keine Ahnung.»

«Und das Mädchen?»

«War noch ganz klein. Drei oder vier.» Kathy sieht plötzlich traurig aus. «Wir hatten nicht viel miteinander zu tun. Ich hatte damals meine eigenen Sorgen. Meine Nachbarn haben mich nicht sonderlich interessiert.»

«Gibt es noch irgendwas, an das Sie sich erinnern?»

Kathy überlegt. «Er war aus dem Osten. Mit seiner kleinen Tochter geflohen. Keine Ahnung, wie er das geschafft hat. Hier in der Nachbarschaft haben ihn jedenfalls alle den Ost-Professor genannt.»

Ich nippe an meinem Eistee und rechne nach. Wenn die Tochter von Professor Dominik Anfang der achtziger Jahre ein Kleinkind war, wäre sie ungefähr in Rolands und meinem Alter. Aber was bringt mir diese Information? Hat Roland zufällig eine Affäre mit der Frau, die als Kind für ein paar Monate in dem Haus wohnte, das nun seins ist? Oder ist das kein Zufall? Vielleicht wollte das Mädchen von damals das Haus noch einmal sehen und hat Roland bei der Gelegenheit kennengelernt. Oder die Frau ist aus einem ganz anderen Grund hierher zurückgekehrt. Aber aus welchem?

Ich stelle das Glas neben dem Teller ab. Meine Waffel habe ich nicht angerührt. All meine Überlegungen sind müßig, solange ich nicht weiß, ob die Isabel Dominik, die mich am Tag des Unglücks aufsuchen wollte, dieselbe ist, die vor über dreißig Jahren in meinem Haus wohnte.

So oder so ergibt es keinen Sinn. Warum sollte Roland mir die Existenz dieser Frau verheimlichen, wenn es lediglich um alte Erinnerungen geht? Ein anderer Gedanke kommt mir: Erhebt diese Isabel Dominik womöglich Ansprüche auf das Anwesen? Will Roland Ärger von mir fernhalten, von dem er glaubt, dass ich ihm noch nicht gewachsen bin?

Kathy sieht mich mit schräg gelegtem Kopf an. «Was geht Ihnen durch den Sinn, Clara?»

«Gibt es irgendjemanden, der noch mehr wissen könnte über die beiden? Ihr Mann vielleicht?»

Wieder diese plötzliche Trauer in Kathys Blick. «Ingo ist mein dritter Mann. Wir sind erst seit acht Jahren verheiratet.»

«Oh, verstehe. Und einer der anderen Nachbarn?»

Kathy legt die Stirn in Falten. «Die meisten wohnen noch nicht so lange hier wie ich. Höchstens … nein, die ist dement, das hat keinen Sinn.» Sie schneidet eine Grimasse. Dann leuchten ihre Augen auf. «Aber die Gerritsons müssten es wissen. Natürlich!»

«Wer sind die Gerritsons?» Ich lasse meinen Blick über die Nachbarhäuser schweifen, die man von Kathys Terrasse aus sehen kann, vermeide dabei jedoch, mein eigenes zerstörtes Heim noch einmal anzusehen.

«Na, die Vorbesitzer. Das Ehepaar, dem Sie das Haus abgekauft haben. Die haben damals an den Professor untervermietet. Sie haben mit dem Mädchen unter einem Dach gewohnt, bestimmt erinnern sie sich an ihren Namen.»

«Und wo wohnen die Gerritsons jetzt?»

«Das weiß ich nicht. Aber Sie haben doch bestimmt Verkaufsunterlagen, oder?» Kathy wirft einen verstohlenen Blick aufs Nachbargrundstück.

Unwillkürlich sehe ich auch hinüber. Ein dumpfer Schmerz überrollt mich.

«Ich kann mich umhören», sagt Kathy leise. «Vielleicht weiß jemand etwas.»

Ich verabschiede mich mit dem lähmenden Gefühl, dass jeder Weg, den ich einschlage, sich als Sackgasse erweist. Mein Hirn ist wie die vom Wasser umzingelte Blockhütte, in der ich wohne. Auf der Suche nach meiner Erinnerung ende ich jedes Mal vor einem Wasserlauf. Was am anderen Ufer liegt, ist unerreichbar.

Mein Kopf schwirrt, als ich zu Roland in den Wagen steige. So viele Puzzleteile, und doch passen sie nicht richtig zusammen. Zumindest kann ich nicht erkennen, welches Bild sie ergeben sollen.

Roland verstaut das Smartphone, mit dem er sich während meiner Abwesenheit vergnügt hat, in seiner Hemdtasche und dreht den Zündschlüssel. «Und? Was wollte Kathy von dir?»

Ich weiß nicht, was ich antworten soll. Ich habe keine Antworten, nur Fragen. Also sage ich nichts, und Roland hakt nicht nach.

Wir sind etwa fünf Minuten gefahren, als wir an einem Park vorbeikommen. Mitten auf der großen Rasenfläche sehe ich einen Spielplatz. Eine Rutsche, Schaukeln, ein Sandkasten, einige Klettergeräte. Kinder toben herum, Mütter sitzen auf Bänken und plaudern.

«Halt an!», rufe ich.

«Jetzt? Hier?»

«Ja.»

Roland lenkt den Mercedes in eine Parklücke und sieht mich fragend an.

«Lass uns aussteigen.» Ich löse den Gurt.

Er zuckt mit den Schultern und tut es mir gleich.

Wir finden eine freie Bank, die etwas abseits unter einer Kastanie steht. Hier, zwischen all den ahnungslosen fröhlichen Menschen, fühle ich mich sicher. Auch wenn ich nicht genau weiß, wovor.

Während ich überlege, wie ich meine erste Frage formulieren soll, kommt mir ein Gedanke. Jemand, der uns sieht, könnte meinen, dass wir ebenfalls Eltern sind, dass unser kleiner Sohn oder unsere Tochter gerade schaukelt oder eine Sandburg baut. Aber wir haben keine Kinder. Warum eigentlich nicht? Weil ich krank bin? Oder weil ich keine wollte?

Ich kann jetzt nicht darüber nachdenken. Andere, wichtigere Fragen brennen mir auf der Zunge.

Nein, nur eine Frage. «Wer ist Isabel?»

Roland starrt mich an.

«Bitte streite nicht ab, dass es sie gibt. Als ich mein Handy im Garten gefunden habe, hat es eine Nachricht von ihr angezeigt. Sie wollte mich treffen. Und du hast ihre Nummer in deinem Telefon gespeichert. Also, wer ist sie?»

Sein Blick wandert zu den spielenden Kindern.

Ich warte.

Schließlich sieht er mich wieder an. «Isabel ist deine Schwester.»

Die Bank beginnt unter mir zu wanken. «Meine Schwester? Ich habe eine Schwester? Was ist mit ihr? Wo ist sie?»

Roland faltet die Hände und presst sie vor das Gesicht. «Ich wollte dir das ersparen.»

«Was wolltest du mir ersparen?», flüstere ich.

Die Geräusche der spielenden Kinder sind plötzlich gedämpft, als wäre eine unsichtbare Wand zwischen dem Spielplatz und uns.

«Das ist eine komplizierte Geschichte», sagt Roland.

«Erzähl sie mir.»

Er nickt, sein Gesichtsausdruck ist grimmig. «Du weißt ja bereits, dass du in Ost-Berlin geboren wurdest. Dein Vater war Wissenschaftler, Professor an der Humboldt-Universität, glaube ich. Du hast nie viel von ihm gesprochen. Jedenfalls galt er wohl als linientreu, durfte zu Konferenzen in den Westen reisen. Und dann ist er eines Tages nicht zurückgekehrt. Er hatte deine Schwester dabei. Isabel. Sie war damals erst drei, zwei Jahre jünger als du.» Er bricht ab, scheint nach Worten zu suchen.

Ich halte die Luft an, meine Haut kribbelt. Aber ich warte geduldig, bis er weitererzählt.

«Du hast nie darüber sprechen wollen, was danach mit dir und deiner Mutter geschehen ist. Aber ich kann es mir ungefähr vorstellen. Repressalien. Verhöre wegen Beihilfe zur Republikflucht. Es muss schrecklich gewesen sein. Und dann fiel die Mauer. Du hast versucht, Isabel zu kontaktieren. Es hat eine Weile gedauert, bis du sie gefunden hast. Sie wollte nichts von dir wissen, ihrer armen Schwester aus dem Osten.»

Meine Finger umkrallen die Bank. «Und mein Vater?»

«Er war da schon tot. Glaube ich zumindest. Du hast jedenfalls nur von deiner Schwester erzählt.»

Ich habe noch immer keine Erinnerung. Nicht an meine Familie, nicht an das, was geschehen ist, aber die Geschichte macht mich unendlich traurig. «Was ist dann passiert?», frage ich mit belegter Stimme.

«Ihr hattet jahrelang keinen Kontakt. Einige Zeit nachdem

dein erster Mann gestorben war, stand Isabel plötzlich vor deiner Tür. Sie brauchte Geld. Und du hattest ein Vermögen geerbt. Du hast nicht sofort eingewilligt, ihr auszuhelfen, du wolltest sie erst besser kennenlernen. Da hat sie angefangen, überall Geschichten über dich zu erzählen. Bei deinen Nachbarn. Bei den Magazinen, für die du damals geschrieben hast. Du hättest in der DDR im Jugendknast gesessen. Wärst eine Verbrecherin, die von der Maueröffnung profitiert hätte. Solche Dinge. Du hattest nicht die Kraft, dich zu wehren. Du hast aufgehört zu arbeiten, bist aus München weggezogen und hast das Haus in der Goethestraße gekauft. Weit weg von deinem bisherigen Leben.»

«Aber sie hat nicht aufgegeben.» Es ist eine Feststellung. Keine Frage.

«Eine Weile hattest du Ruhe. Anfang dieses Jahres hat sie sich wieder bei dir gemeldet. Du warst völlig fertig. Ich wusste erst gar nicht, was mit dir los war, du hattest mir bis dahin nicht von ihr erzählt. Und dann hast du mich gebeten, sie nie wieder zu erwähnen.»

Eine Weile sage ich nichts, versuche, das, was ich gerade gehört habe, in mir zu spüren.

«Es tut mir so leid.» Roland drückt meine Hand. «Das ist eine von den Erinnerungen, die ich dir gern erspart hätte.»

Ich ziehe meine Hand zurück. «Warum hast du Isabels Nummer auf deinem Handy gespeichert?»

Er seufzt. «Vor einigen Wochen stand sie plötzlich vor dem Haus. Ich wollte sie loswerden, habe ihr versprochen, mit dir zu reden und mich dann wieder zu melden. Ich habe ihre Telefonnummer absichtlich nicht unter ihrem vollen Namen abgespeichert, damit du sie nicht zufällig entdeckst. Ich habe das getan, um dich zu schützen.» Er sieht mich an. «Zwei Wochen später habe ich mich mit ihr verabredet. Ich wollte ihr sagen, dass ich mit dir geredet hätte, dass du sie nicht sehen willst und dass sie endgültig verschwinden soll.»

«Und?»

«Sie ist nicht aufgetaucht.»

«Wann war das?»

«Ende Mai.»

«Aber das war vor zwei Monaten!»

«Ja. Ich weiß.»

«Und seither hast du nichts mehr von ihr gehört?»

«Ich dachte, sie hätte aufgegeben und wäre nach Hause gefahren.»

«Weißt du, wo sie wohnt?»

«Irgendwo im Ausland. Zumindest habe ich sie so verstanden.»

«Kann es sein, dass sie mich umbringen will?», platzt es aus mir heraus.

Roland stößt einen überraschten Laut aus. «Wie kommst du denn darauf?»

«Vielleicht will sie mein Geld.»

«Da hätte ich wohl das stärkere Motiv. Als dein Mann erbe ich alles.» Wieder ergreift er meine Hand. «Sie könnte vermutlich vor Gericht einen Pflichtteil erstreiten. Aber ich habe keine Ahnung …»

Als dein Mann erbe ich alles.

Der Satz schwingt in meinem Kopf nach, produziert ein lautes, hässliches Echo. Isabel und Roland. Meine Schwester und mein Mann. Bestimmt ist Isabel attraktiv. Und nicht geisteskrank.

Ich beiße mir auf die Lippe. Ich will das nicht denken.

Eifersucht.

Verfolgungswahn.

Halluzinationen.

Aber nicht alles ist eingebildet. «Du hast die SIM-Karte aus meinem Handy genommen.» Mein Herz klopft wild, während ich auf seine Antwort warte.

Roland mustert seine Schuhspitzen. «Nur um dich zu schützen. Wenn du Isabel angerufen hättest, ohne zu wissen, wer sie ist, was sie dir angetan hat …» Er schlägt die Hände auf die Oberschenkel. «Ich hätte mit dir reden sollen. Ich weiß. Ich wollte verhindern, dass sie dir wehtut. Aber es war nicht richtig. Nicht auf diese Art.» Er sieht mich an. Seine Augen sind feucht. «Ich kann wohl nicht alles Leid von dir fernhalten. Auch wenn ich das gern tun würde.»

Ich glaube ihm. Sein Kummer ist aufrichtig, das spüre ich. Und im gleichen Moment fluten so viele Gefühle auf einmal über mich hinweg, dass ich von ihnen mitgerissen werde. Ich breche in Tränen aus, schluchze laut und hemmungslos.

Einige Mütter drehen sich zu uns um. Es ist mir egal.

Roland schließt mich in die Arme und hält mich fest. Er murmelt beruhigende Worte, die ich nicht verstehe. Nicht verstehen muss. Seine Stimme genügt. Seine Stimme, seine Arme, seine Nähe. Sein Geruch ist mir vertraut, das weiß ich intuitiv. Ich lasse mich fallen und fühle mich zum ersten Mal, seit ich aus dem Koma erwacht bin, sicher und geborgen.

Drei Tage sind vergangen, in denen ich von meinen Gefühlen hin und her gerissen wurde wie eine Nussschale auf stürmischer See. Auf Momente, in denen ich beinahe glücklich mit Roland war, mit ihm gemeinsam Gemüse geschnippelt oder den Rasen vor der Hütte gemäht habe, folgten unvermittelt Momente tiefschwarzer Verzweiflung.

In den guten Momenten kann ich mir vorstellen, die Vergangenheit ruhen zu lassen und einfach neu anzufangen. In den verzweifelten spüre ich die Finsternis der Nacht in meinem Rücken.

Still.

Schwarz.

Bedrohlich.

Dann weiß ich, dass etwas in der Dunkelheit lauert, das schlimmer ist als mein zerstörtes Zuhause, als mein Gedächtnisverlust, als meine Angst vor dem Wasser. Eine Gefahr, die meine schrecklichsten Albträume in den Schatten stellt.

Noch immer erinnere ich mich nicht, aber ich glaube zu wissen, warum ich das Haus gekauft habe, obwohl es für mich allein viel zu groß war. Und warum ich es nach dem Kauf komplett auseinandergenommen und wieder zusammengesetzt habe. Es ist das Haus, in dem mein Vater und meine Schwester wohnten, nachdem sie mich und meine Mutter im Stich gelassen hatten. Indem ich es erworben habe, habe ich den Teil ihres Lebens in Besitz genommen, an dem sie mich nicht teilhaben ließen. Habe ihn mir zu eigen gemacht. Und ihn bis zur Unkenntlichkeit umgeformt.

Abrupt lege ich das Buch auf dem Schoß ab, in dem ich seit einer halben Stunde versuche zu lesen. Roland hat es mir in die Hand gedrückt. Es ist eine Art Märchen, handelt von einem Mädchen, das seinen Namen verloren hat. Es ist gut, aber ich kann mich nicht auf die Geschichte konzentrieren.

Ich blicke zu Roland, dessen Finger über die Tastatur seines Laptops gleiten. Er hat mir den Rücken zugewandt. Ich frage mich, an was für einer Szene er gerade schreibt. Küsst die Heldin ihren Helden? Oder streitet sie mit ihm? Schreit sie ihn an und sagt ihm, dass sie ihn nie wiedersehen will?

Ich sollte eins von Rolands Büchern lesen. Aber da ist noch immer diese vage Angst, es könnte mir nicht gefallen. Trivial sein oder kitschig. Ich glaube nicht, dass ich gern Liebesromane lese, ich kann es mir nicht vorstellen. Andererseits hat Roland mir erzählt, dass wir uns auf einer Lesung kennengelernt haben. Ich habe mir sein Buch signieren lassen, und er hat mich spontan auf ein Glas Wein eingeladen, weil er so fasziniert von mir war. Sechs Wochen später haben wir geheiratet.

Und Roland ist zu mir in das Haus gezogen. In das steinerne Symbol für den Verrat, den mein Vater und meine Schwester an mir begangen haben. Ich habe es an mich gerissen und so verändert, dass nichts mehr an die beiden erinnert. Dass keine Spur von ihnen zurückblieb. Dann kommt mir ein neuer Gedanke. War das möglicherweise nicht genug? Musste ich es endgültig zerstören? Habe ich mein eigenes Haus angezündet?

Ich bemerke erst, dass Roland aufgestanden ist, als er vor mir hockt.

«Was ist los, Liebling?» Er legt die Hände auf meine Knie.

«Nichts.» Den schrecklichen Verdacht, der mir gerade gekommen ist, kann ich nicht mit ihm teilen. Ich wage es ja kaum, ihn zu denken, wie könnte ich ihn da laut aussprechen?

«Du hast aufgestöhnt. Hast du Schmerzen?»

«Nein.» Ich lächele. «Alles bestens.»

Er lässt nicht locker. «Eine Erinnerung?»

«Nein.»

Er scheint zu überlegen. «Was hältst du davon, wenn wir ein wenig rausgehen? Wir sind seit drei Tagen hier auf dem Grundstück, isoliert vom Rest der Welt, dir muss die Decke auf den Kopf fallen. Wir könnten uns irgendwo in die Sonne setzen und einen Kaffee trinken.»

«Ich dachte, hier bin ich am sichersten, solange die Polizei nicht weiß, wer es auf mich abgesehen hat.»

Roland schließt für einen Moment die Augen. «Ich weiß doch auch nicht, was richtig ist. Ich sehe nur, dass es dir nicht gut geht. Und ich möchte nicht, dass du dich quälst.»

Eine halbe Stunde später parken wir in der Nähe des Großen Hafens in Lübbenau. Anders als um das Einkaufszentrum herum, wo lauter große Wohnblocks stehen, gibt es hier kleine alte Häuser und enge Gässchen mit Kopfsteinpflaster. Unzählige Touristen drängeln sich an den Anlegestellen. Ich bekomme eine Gänsehaut bei dem Gedanken, zum Vergnügen eine Kahnfahrt zu machen.

Roland greift nach meiner Hand. Seit dem Nachmittag im Park schrecke ich nicht mehr vor seiner Berührung zurück. Im Gegenteil. Sie gibt mir ein Gefühl von Sicherheit. Wir schlendern durch die Gassen wie ein ganz normales Paar. Auf einem kleinen Platz ergattern wir einen Tisch unter einem Sonnenschirm. Es ist einer von den guten Momenten. Um ihn richtig auszukosten, bestelle ich ein riesiges Stück Torte. Roland nimmt nur Kaffee. Gemeinsam beobachten wir die Leute, die an uns vorbeigehen, und denken uns Lebensgeschichten für sie aus. Wir lassen uns die verrücktesten Dinge einfallen. Und für eine Weile bin ich so mit den erfundenen Biografien anderer beschäftigt, dass ich meine eigenen Probleme völlig vergesse.

Gegen fünf brechen wir auf. Ich war lange nicht mehr so gelöst. Wir spazieren durch die Gassen, bis wir unvermittelt vor einem Fließ stehen. Wir sind ganz allein. Rechts führt eine hölzerne Treppenbrücke ans andere Ufer, links ist ein kleiner Bootssteg.

«Von hier könnten wir direkt nach Hause fahren», sagt Roland.

«Sind wir nicht durch ein Wehr abgeschnitten?»

«Da kann man den Kahn aus dem Wasser heben und herumtragen. Aber keine Sorge, dazu hätte ich gar keine Lust.»

Ich bin erleichtert. Von hier auf dem Wasser nach Hause zu fahren würde bedeuten, eine halbe Stunde oder länger im Kahn zu sitzen statt der zehn Minuten, an die ich mich inzwischen halbwegs gewöhnt habe.

«Vielleicht sollte ich schwimmen lernen», sage ich ohne echte Überzeugung. Allein die Vorstellung lässt mich frösteln.

Roland sieht mich überrascht an. «Das ist eine gute Idee.»

Ein älteres Ehepaar kommt über die Brücke und fragt nach dem Weg zum Hafen. Während Roland mit den beiden spricht, bewege ich mich auf den Steg zu. Je näher ich dem Wasser komme, desto enger wird meine Kehle. Schließlich habe ich das Gefühl, überhaupt keine Luft mehr zu bekommen.

Panisch taumele ich rückwärts, doch schon nach zwei Schritten pralle ich gegen einen Widerstand. Dann werde ich heftig geschubst und stolpere auf das Wasser zu.

Ich schreie.

Ein zweiter Stoß.

Ich kann mich nicht halten, rudere hilflos mit den Armen, dann umfängt mich eisige Finsternis.

Anders als in meinen Träumen ist es nicht still unter Wasser. Alles gurgelt, sprudelt, wirbelt um mich herum. Ich strample, reiße den Mund auf, ein Schwall Wasser erstickt meinen Schrei. Ich würge und spucke. Ich weiß nicht mehr, wo unten und wo oben ist, habe Todesangst.

Plötzlich spüre ich, wie etwas an mir zerrt. Der Wassermann! Er greift nach mir! Ich versuche, nach ihm zu treten, doch er lässt mich nicht los.

Dann ist mein Kopf plötzlich wieder über Wasser. Gierig sauge ich Luft in meine Lungen. Ich sehe ein Gesicht vor mir.

Roland. Er ruft etwas. Ich kann ihn nicht verstehen, doch ich weiß auch so, dass ich aufhören muss zu strampeln, damit er mir helfen kann.

Ich zwinge mich, ruhig zu bleiben, obwohl die Panik in mir vibriert wie Elektrizität. Krampfhaft halte ich meinen Kopf über Wasser, während Roland mich unter den Armen greift und ans Ufer zieht.

Sekunden später liege ich auf der Wiese. Ich keuche, spucke Wasser. In meinem Kopf dreht sich alles, leuchtende Punkte tanzen vor meinen Augen.

Roland nimmt mein Gesicht in seine Hände. «Bist du okay? Geht es dir gut?»

Ich kann nicht antworten, muss würgen. Wasser läuft mir aus der Nase. Dann nicke ich.

Roland hilft mir beim Aufsetzen. «Kann ich dich allein lassen? Nur für einen Moment?»

«Aber …»

«Dir passiert nichts. Vertrau mir.» Schon ist er weg. Hastet die Stufen der Brücke hinauf und verschwindet aus meinem Sichtfeld.

Noch immer hustend, stehe ich auf. Ein paar Schaulustige haben sich in einigem Abstand versammelt und gaffen zu mir herüber.

«Alles in Ordnung mit Ihnen?», fragt eine Frau.

«Mir geht es gut», erwidere ich, obwohl es gelogen ist. Ich zittere am ganzen Leib, und das nicht vor Kälte. Auch wenn das Wasser eisig war. Ich spüre noch immer die Hand im Rücken, die mich vorwärts schiebt.

Verstohlen betrachte ich die Leute. War es einer von ihnen? Der Mann, der mich so unverhohlen anstarrt? Oder die Frau, die scheinheilig nach meinem Befinden gefragt hat? Hat sie mich gestoßen?

Ich schlinge die Arme um meinen bibbernden Oberkörper und blicke zur Brücke. Wo steckt Roland? Warum hat er mich allein gelassen, durchnässt, hundeelend und völlig schutzlos?

VERRAT

Ich sitze in der Seitentür des Krankenwagens und schäme mich. So ein Zirkus – für nichts. Das Fließ, in das ich gefallen bin, ist nicht einmal einen Meter fünfzig tief. Ich hätte bloß aufstehen brauchen. Ich war nicht eine Sekunde in Lebensgefahr. Jetzt verstehe ich zumindest, warum die Leute so gegafft haben. Sie haben mich für hysterisch gehalten. Oder geistesgestört.

Mittlerweile sind die Schaulustigen verschwunden. Ausgesperrt. Streifenpolizisten haben das Gelände weiträumig abgeriegelt. Ein Mann in einer wasserdichten Latzhose steht im Fließ und stochert mit einer langen Stange im Wasser herum. Keine Ahnung, was er zu finden hofft. Ein anderer Mann vermisst den Steg, während eine Frau Fotos macht.

So viel Aufwand wird mit Sicherheit normalerweise nicht betrieben, nur weil eine Frau in einen Wasserlauf geschubst wurde, der ihr gerade bis zum Kinn reicht. Aber in der vergangenen Woche war es kein harmloses Gewässer, da war es ein Lkw, deshalb nimmt die Polizei die Sache ernst.

Und dann ist da noch Roland.

Als er endlich über die Brücke zurückkehrte, näherte sich von der anderen Seite bereits der Krankenwagen. Sanitäter wickelten mich in eine warme Decke und fragten mich, ob ich verletzt sei.

Ich beachtete sie gar nicht. Ich hatte nur Augen für meinen Mann, der, von oben bis unten mit Schlamm beschmiert, eine junge blonde Frau die Stufen hinunterschubste. Er hielt sein Handy ans Ohr und machte ein grimmiges Gesicht. Fünf Minuten später traf ein Streifenwagen ein, und die Polizisten nahmen die Frau in Empfang.

Inzwischen sitzt sie auf der Rückbank des Polizeiwagens. Ich kann ihr Gesicht auf die Entfernung nicht erkennen, aber ich weiß, wer sie ist. Die Polizisten haben ihre Papiere in ihrer Jackentasche gefunden. Yvonne Leinfeld. Ihr Name steht auf der Liste, die Roland zusammengestellt hat. Sie ist eine der vier Frauen, deren Fanmails auffällig waren. Sie wohnt in Berlin. Deshalb haben Rossbach und Colbe sie als Erste überprüft. Doch sie hatte ein Alibi für den Angriff vor dem Einkaufszentrum. Das müssen sie sich wohl jetzt noch mal genauer ansehen.

Roland hat neben mir am Krankenwagen gewartet, bis die beiden Kripobeamten aus Berlin eingetroffen sind. Jetzt spricht er mit ihnen.

Er hat gesehen, wie Yvonne Leinfeld mich gestoßen hat, wie sie danach über die Brücke geflohen ist. Deshalb hat er mich allein gelassen, nachdem er mich aus dem Wasser gezerrt hatte. Er ist ihr hinterher. Hat sie erwischt, weil es in diesem Labyrinth aus Kanälen nicht viele Fluchtwege gibt.

Jan Colbe löst sich aus der Dreiergruppe und kommt auf mich zu. Ausgerechnet! Er setzt sich neben mich.

«Geht es Ihnen gut?»

«Hm.»

Er zieht ein Foto aus der Tasche, einen Computerausdruck. «Haben Sie diese Frau schon einmal gesehen?»

Sie ist jünger als ich, Ende zwanzig, schätze ich. Sie sieht harmlos aus. Brav. Nicht wie eine Killerin. «Ist sie das?» Ich deute auf den Polizeiwagen.

«Ja. Aber ich wollte wissen, ob Sie sie vorher schon einmal gesehen haben.»

«Ich glaube nicht. Nein.»

«Sicher? Denken Sie nach. Sie muss Ihnen gefolgt sein, als Sie durch den Ort spaziert sind.»

«Sie ist mir nicht aufgefallen», sage ich. Eine wie sie fällt nicht auf, ergänze ich in Gedanken. Eine graue Maus. Nicht hässlich, aber auch nicht wirklich hübsch.

Colbe nickt. «Wessen Idee war es, herzukommen?»

Ich sehe ihn stirnrunzelnd an. «Nach Lübbenau?»

«Das auch. Aber vor allem, hier an diese Stelle. Sie hatten Kaffee getrunken, richtig?»

«Ja.»

«Und dann sind Sie aufgebrochen. Warum durch diese Gasse? Hier geht es nicht weiter, nur zu ein paar weiteren Häusern auf der anderen Seite der Brücke.»

«Wir sind einfach drauflosgegangen.»

«Wo steht Ihr Wagen? Sie sind doch mit dem Wagen hier?»

«Am Hafen.»

«Der liegt in der anderen Richtung.»

Ich versuche mich zu erinnern, ob wir vorhatten, sofort zum Auto zu gehen. Ich weiß es nicht mehr. «Wir wollten noch ein paar Schritte laufen. Ich hatte ein riesiges Stück Torte gegessen.»

«Haben Sie diesen Weg ausgesucht oder Ihr Mann?»

Plötzlich werde ich wütend. «Worauf wollen Sie hinaus?»

Colbe hebt abwehrend die Hände. «Schon gut. Beruhigen Sie sich. Ich will mir ein Bild machen von dem, was geschehen ist. Das ist alles.»

Ein blonder Mann, auf herbe Art attraktiv. Will er einen Keil zwischen Roland und mich treiben? Ist er eifersüchtig? Ich werfe einen hastigen Blick zu der Stelle, wo Roland mit Mirko Rossbach steht, doch er schaut nicht in meine Richtung. Irgendwo in meinem Schädel setzt ein leises Pochen ein. Ich reibe mir die Stirn.

«Es tut mir leid», sagt Colbe, seine Stimme ist mit einem Mal mitfühlend. «Ich weiß, dass das alles nicht leicht für Sie ist. Bitte helfen Sie mir trotzdem, meine Arbeit zu machen.»

Ich sehe ihn an. Da ist etwas in seinen Augen. Wenn er wirklich mein Geliebter war, wenn er mich verloren hat, weil ich das Gedächtnis verloren habe, muss das schlimm für ihn sein. «Ich glaube, wir haben beide nicht weiter darüber nachgedacht, wohin wir gehen», sage ich.

«Was geschah, als Sie hier eintrafen?»

«Ein älteres Ehepaar kam über die Brücke. Sie haben nach dem Weg gefragt.» Ich blicke mich suchend um.

Colbe scheint meine Gedanken zu lesen. «Die beiden haben bereits ihre Aussage gemacht. Der Mann meinte, Sie seien auf das Wasser zugelaufen wie in Trance.»

«Es war eine Art Mutprobe, schätze ich. Ich wollte testen, wie nah ich mich ranwage. Wir hatten darüber gesprochen, dass ich schwimmen lernen sollte.»

«Sie können nicht schwimmen?»

Müsste er das nicht wissen, wenn wir etwas miteinander hatten? Ich zucke mit den Schultern. «Habe es nie gelernt.»

Er starrt nachdenklich auf das Fließ. Ich spüre die Nähe seines Körpers. Es ist mir unangenehm, doch es gibt nicht genug Platz, um von ihm abzurücken.

«War es das? Ich bin sehr erschöpft.» Wieder schaue ich zu Roland. Diesmal erwidert er meinen Blick und lächelt.

«Eins noch», sagt Colbe neben mir. «Warum haben Sie am Freitag angerufen?»

Die Frage trifft mich unvorbereitet. Dabei hätte ich damit rechnen müssen. Ich habe nicht vor, ihm von Isabel zu erzählen. Nicht jetzt, wo meine Angreiferin gefasst und alles vorbei ist. «Es war nichts. Ich hatte eine Idee, aber sie war blöd. Vergessen Sie's.»

Er sieht mich an. «Sie haben mir einen ganz schönen Schreck eingejagt. Ich war drauf und dran, zu Ihnen rauszufahren. Bitte legen Sie beim nächsten Mal nicht einfach auf.» Sein Blick ist so durchdringend, dass ich ihn körperlich spüre. «Versprechen Sie mir das?»

«Okay. Ich verspreche es.»

«Gut. Sie können gehen. Aber Sie müssen in den nächsten Tagen ins LKA kommen, um Ihre Aussage zu unterschreiben.»

«Klar.»

Ich bin schon ein paar Schritte von ihm weggegangen, als er mich zurückruft. «Clara?»

Ich drehe mich um. «Ja?»

Er sieht mich an, dann winkt er ab. «Schon gut, hat sich erledigt.»

Erst als ich mich bei Roland unterhake, fällt mir auf, dass Jan Colbe mich beim Vornamen genannt hat.

Es dämmert, als Roland und ich über das stille Fließ zu unserer Hütte gleiten. Ich sage mir immer wieder, dass unter mir kaum mehr als ein Meter Wasser ist, dass ich nicht ertrinken kann, selbst wenn der Kahn kentern sollte. Aber mein Körper glaubt mir nicht. Obwohl meine Kleider längst getrocknet sind, zittere ich. In jedem Plätschern höre ich den Lockruf des Wassermanns, in jeder Lichtspiegelung auf der dunklen Wasseroberfläche erkenne ich seine gierig ausgestreckte Hand.

«Komm, Clara!», flüstert er. «Komm in mein Reich, du gehörst zu mir!»

Als ich endlich festen Boden unter den Füßen habe, möchte ich vor Erleichterung weinen.

Roland schickt mich unter die Dusche. Ich stehe so lange unter dem heißen Wasserstrahl, bis er anklopft und fragt, ob alles in Ordnung ist. Ich wickle mich in ein Handtuch und steige die Treppe hinunter. Es duftet nach frisch aufgebrühtem Tee und irgendeinem Gemüse. Spinat? Lauch? Brokkoli? Noch immer fällt es mir schwer, den Dingen die korrekten Namen zuzuordnen.

«Ich koche uns was», sagt Roland. «Du hast sicherlich Hunger.»

Eigentlich bin ich nur müde, aber ich nicke.

Roland legt das Messer weg, mit dem er das Gemüse geschnitten hat, und kommt auf mich zu. «Wir haben es geschafft. Jetzt können wir endlich nach vorne schauen.»

Können wir?

Ich denke an Jan Colbe.

«Was hast du?» Roland steht jetzt dicht vor mir. Er hat noch immer die schlammigen Klamotten an. Erde klebt auf seiner Stirn.

Ich muss lächeln und wische sie weg. «Du siehst ziemlich verwegen aus. Als hättest du dich für mich geprügelt.»

«Ich *habe* mich für dich geprügelt. Dieses Weib ist eine wahre Furie. Sie hat getreten, gespuckt und gekratzt. Sieh es dir an!» Er krempelt seinen Ärmel hoch und legt rote Striemen frei.

«Du liebe Güte!»

«Halb so wild. Jedenfalls ist es jetzt vorbei.»

Er steht noch immer ganz dicht vor mir. Er duftet nach Fließ und Wald und Erde. Ich muss daran denken, wie ich ihn nach dem Duschen beobachtet habe. Wie sein nackter Körper mich erregt hat. Mein Herz schlägt schneller. Ich fühle mich von meinen eigenen Gefühlen überrumpelt. Kann man sich in einen Mann verlieben, wenn man vergessen hat, dass man ihn eigentlich schon liebt?

Vorsichtig fahre ich mit der Fingerspitze über die Kratzer auf seinem Arm. Dann hoch bis zu seiner Schulter, seinem Hals, seinen Lippen. «Ich bin so froh, dass ich dich habe.»

«Das bin ich auch.» Er beugt sich vor.

Als sich unsere Lippen berühren, explodiert etwas in mir. Es fühlt sich gut an. Fremd, aufregend und zugleich vertraut. Mein Körper erinnert sich an diesen Körper, auch wenn mein Geist es nicht tut.

«Ich könnte später kochen», murmelt Roland, während er meinen Hals mit Küssen bedeckt.

Ich lasse das Handtuch fallen, ziehe ihm das Hemd aus der Hose und schiebe meine Arme unter den schlammigen Stoff. «Gute Idee», murmle ich.

Aber ich bin mir nicht sicher, ob Roland meine Antwort gehört hat. Er hat mich bereits hochgehoben und trägt mich zum Sofa.

Ich liege auf dem Bett und lausche dem Regen, der auf das Dach prasselt. Aus der Küche dringt gedämpftes Klappern nach oben. Roland macht Frühstück, ich darf nicht helfen, denn ich muss mich noch immer schonen. Das Laken unter mir ist weich und riecht nach Sex.

Es ist der dritte Morgen. Der dritte Morgen, seit wir nicht mehr in getrennten Zimmern schlafen. Jedes Mal, wenn ich Roland anschaue, gerät mein Herz ins Stolpern. Wenn es etwas Schönes an meinem Gedächtnisverlust gibt, dann, dass ich mich noch einmal in ihn verlieben durfte.

Alles könnte perfekt sein, wenn nicht die Albträume wären. Und dieses Gefühl der Bedrohung in meinem Rücken, das nicht verschwunden ist, obwohl die Frau, die mich umbringen wollte, hinter Schloss und Riegel ist.

Gestern waren wir in Berlin. Diesmal ist Mirko Rossbach meine Aussage mit mir durchgegangen, worüber ich sehr froh war. Jan Colbe habe ich gar nicht zu Gesicht bekommen. Nachdem wir noch einmal jedes Detail besprochen haben, gab es eine Gegenüberstellung. Ich wurde in einen kleinen Raum geführt. Hinter einer Scheibe standen fünf Gestalten, alle mit dem Rücken zu mir, alle trugen dunkle Kapuzenpullis. Ich habe wirklich versucht, mir die Person, die ich in der Bibliothek gesehen habe, ins Gedächtnis zu rufen. Aber ich habe sie einfach zu kurz gesehen. Ich hätte nicht sagen können, welche von ihnen es war.

«Ich hatte an dem Tag den Eindruck, dass es ein Mann ist», habe ich anschließend zu Rossbach gesagt.

«Warum?»

«Ich weiß nicht. Wegen der Größe vermutlich. Der Typ in dem Pulli war größer als ich.»

«Yvonne ist eins dreiundsiebzig. Wie groß sind Sie?»

«Keine Ahnung.»

Er hat mich kritisch gemustert. «Knapp unter eins siebzig, schätze ich. Also ist sie größer als Sie. Und viel kräftiger.»

«Dann habe ich mich wohl davon täuschen lassen.»

Rossbach war unzufrieden, weil ich die Täterin nicht identifizieren konnte, das habe ich gespürt. Bei der Verabschiedung war er kurz angebunden. Aber vielleicht habe ich mir das auch nur eingebildet, weil ich selbst von mir enttäuscht war.

Ich wische die Erinnerung fort. Es fällt mir schwer, in dieser blonden jungen Frau die Person zu sehen, die mir all das angetan haben soll. Ich kann mir vorstellen, dass sie die Stalkerin ist und mich mit Anrufen tyrannisiert hat. Oder ins Wasser gestoßen. Aber hat sie mich wirklich niedergeschlagen und mein Haus angezündet? Es ist doch auch Rolands Haus. Und ihm wollte sie sicher nicht schaden, oder?

Ich schaffe es nicht, meine kreisenden Gedanken anzuhalten. Ein Teil von mir ist glücklich verliebt. Aber der andere hat noch immer ein schwarzes Loch im Gedächtnis, dort, wo andere ihre Erinnerungen haben. Außerdem gruselt es mir vor Montag. Da ist der Termin bei dem Psychiater.

Die Tür springt auf, Roland balanciert ein Tablett ins Zimmer und stellt es am Fußende des Bettes ab.

«Ich hätte doch auch runterkommen können!», protestiere ich halbherzig.

«Dann hätte ich dich aber nicht da, wo ich dich haben will.» Er grinst.

«Du bist unersättlich.» Ich setze mich auf, nehme einen Becher Kaffee entgegen.

«Ich habe endlich meine Frau wieder.»

«Ich dachte, du hast einen Abgabetermin?»

Er nimmt einen Schluck von seinem Kaffee. «Eben. Ich schreibe Liebesromane. Ohne gründliche Recherche läuft da gar nichts.»

Ich muss lachen. Und vergesse meine dunklen Gedanken.

Schritte knarren auf der Treppe. Hastig schiebe ich das Buch unter eins der Sofakissen und lehne mich zurück, als würde ich dösen. Im gleichen Augenblick komme ich mir lächerlich vor. Was tue ich da eigentlich?

Heute Vormittag, nach dem ausgiebigen Frühstück im Bett, habe ich auf der Suche nach frischer Wäsche unten im Kleiderschrank ein Buch gefunden. Rolands ersten Roman. Er handelt von einer Frau, die sich von ihrem Ehemann entfremdet hat. Er hat Geheimnisse vor ihr, und sie glaubt, dass er eine Geliebte hat. Als sie ihm nachspioniert, findet sie einen Stapel alter, vergilbter Liebesbriefe. Die Briefe machen die Frau neugierig, und sie begibt sich auf die Suche nach der Verfasserin.

Mit einem Kribbeln im Bauch habe ich die ersten Seiten überflogen. Voller Angst, es könnte mir nicht gefallen. Ich nahm mir vor, das Buch wieder im Schrank verschwinden zu lassen, falls der Anfang albern oder kitschig wäre.

Aber das ist er nicht. Im Gegenteil. Innerhalb kurzer Zeit habe ich über dreißig Seiten gelesen. Das Schicksal dieser Frau berührt mich. Die Tatsache allerdings, dass sie der Phantasie meines Mannes entsprungen ist, irritiert mich. Ich komme mir wie eine Spannerin vor. Als würde ich Roland hinterherspionieren.

Jedenfalls habe ich es mir nach dem Duschen mit dem Buch auf dem Wohnzimmersofa bequem gemacht. Der Regen hat vor einer Weile aufgehört. Die Sonne lässt Wald und Wiesen dampfen. Die Temperaturen sollen heute noch einmal auf über dreißig Grad klettern, bevor es in der nächsten Woche deutlich kühler wird. Roland ist draußen und repariert den Kahn. Der Motor wäre gestern beinahe nicht angesprungen. Nicht auszudenken, wenn wir dringend hier wegmüssten und der Kahn nicht fahrtüchtig wäre.

Wieder knackt es auf der Treppe. Ich recke den Hals, aber ich sehe niemanden. Natürlich nicht. Ich bin allein im Haus.

Oder nicht?

Ich verharre reglos und horche. Draußen schlägt ein Hammer gegen Metall. Drinnen ist alles ruhig.

Erleichtert stoße ich Luft aus. Mein schlechtes Gewissen spielt mir Streiche. Ich schäme mich, weil ich Rolands Buch lese und es vor ihm verheimliche. Habe ich so wenig Vertrauen? Ist unser Glück etwa davon abhängig, ob sein Roman mich berührt?

Gerade will ich das Buch wieder unter dem Kissen hervorziehen, als die Treppe erneut knackt.

Ich schreie auf.

Sekunden später stürzt Roland in die Hütte. «Was ist los?»

«Ich fürchte, ich bin etwas schreckhaft heute. Die Treppe

hat geknackt, und ich habe wohl schon den Eindringling mit dem Messer vor mir gesehen.»

Roland lächelt. «Das ist die Hitze. Das Holz dehnt sich aus.»

«Ich weiß. Ich habe nur ...»

Über uns kracht es.

«Warte hier!» Roland ist schon bei der Treppe, er nimmt zwei Stufen auf einmal.

Es ist fast wie eine Wiederholung der Episode in Lübbenau. Wieder eine Treppe, über die Roland verschwindet. Oben poltert es, dann klirrt Glas, und im gleichen Moment ertönt ein schriller Schrei, unmittelbar gefolgt von Rolands Stimme. Er ruft etwas, aber ich verstehe seine Worte nicht. Verdammt, was ist da los? Sollte ich zur Inselspitze laufen und die Polizei rufen? Oder nach oben stürmen, um ihm zu helfen?

Ich springe vom Sofa auf und stürze zur Küchenzeile. Kurzerhand ziehe ich das größte Messer aus dem Messerblock. Als ich Schritte höre, hebe ich das Messer, doch es ist Roland, der die Treppe hinunterpoltert. Er hat einen blutigen Kratzer im Gesicht, doch davon abgesehen scheint es ihm gut zu gehen.

Er starrt mich an. «Du liebe Güte, was hast du vor?»

«Dir helfen.» Ich lasse das Messer sinken. Meine Hand zittert.

Roland tritt zu mir und löst das Messer aus meinen verkrampften Fingern. «Alles in Ordnung, Liebling.»

«Was in aller Welt ...»

«Ein Dachs oder Marder. Ich kenne mich mit diesen Viechern nicht aus. Jedenfalls hat er die Lampe auf dem Nachttisch im Gästezimmer geschrottet, bevor er durch das Fenster abgehauen ist.»

Ich betrachte den blutigen Kratzer auf Rolands Stirn. «Er hat dich angegriffen.»

«Nein. Ich habe eine der Scherben abgekriegt. Die Lampe ist quasi explodiert.» Er nimmt mein Gesicht in seine Hände. «Du zitterst ja noch immer.»

Es ist so dunkel, als wäre ich im Bauch eines Monsters. Und genauso bedrohlich fühlt sich die Dunkelheit an. Als würde sie atmen, mich belauern. Ich liege flach auf dem Rücken, kann mich nicht rühren. Es ist, als würde mich etwas Schweres zu Boden drücken. Vielleicht die Dunkelheit selbst, die mich umhüllt wie eine bleierne Decke.

Plötzlich rieche ich etwas. Der Geruch ist vertraut, ich kenne ihn aus meiner Kindheit. Noch bevor mir einfällt, woran er mich erinnert, begreife ich.

Qualm! Das ganze Zimmer ist voller Qualm!

Wenn ich nicht sofort aufstehe und wegrenne, muss ich jämmerlich ersticken. Panisch versuche ich, mich zu bewegen, meinen Oberkörper aufzurichten, doch die Dunkelheit drückt mich mit solcher Kraft nach unten, dass ich nicht dagegen ankomme.

Ich will um Hilfe schreien, doch kaum öffne ich den Mund, kriecht die Dunkelheit hinein und erstickt jeden Laut. Ich muss würgen, kriege kaum noch Luft.

In den Moment erblicke ich einen Schatten, der sich auf mich zubewegt, etwas Graues in all dem Schwarz. Es ist ein Mann.

Ich will die Arme nach ihm ausstrecken, aber sie sind genauso gelähmt wie der Rest meines Körpers.

Der Schatten kommt näher, jetzt ist er über mir. Er hält etwas in der erhobenen Hand. Der Gegenstand schimmert unheildrohend. Und da begreife ich.

Er ist nicht mein Retter.

Er will mich umbringen.

Da endlich schreie ich mir die Dunkelheit aus der Kehle. Ich schreie und schreie, bis ich schweißgebadet aufwache.

Roland legt seine Arme um mich.

Ich schluchze vor Erleichterung, presse mein Gesicht an seine Brust.

«Keine Angst», murmelt er. «Es war nur ein Traum. Niemand tut dir etwas. Alles wird gut.»

Als Roland längst wieder eingeschlafen ist, liege ich noch immer hellwach in seinen Armen und starre die Zimmerdecke an. Obwohl ich am liebsten gar nicht mehr daran denken würde, versuche ich die Bilder zu rekonstruieren. War es mehr als ein Albtraum, eine Erinnerung, die in mein Bewusstsein drängt?

Ein Raum voller Qualm. Ich hilflos am Boden. So könnte es am Tag des Feuers tatsächlich gewesen sein. Ist das eine winzige Erinnerungsinsel im schwarzen Meer des Vergessens?

Aber warum war der Schatten ein Mann? Hatte Yvonne Leinfeld sich an dem Tag verkleidet, um nicht erkannt zu werden? So überzeugend, dass ich sie für einen Mann gehalten habe? Genau wie in der Bibliothek?

Ich knabbere nervös an meinen Fingerspitzen, während wir über die Autobahn fahren. Heute ist der Termin bei dem Psychiater. Er heißt Daniel Gottfried und hat seine Praxis in Berlin-Mitte. Während ich dort bin, muss Roland einige Dinge erledigen. Unter anderem hat er von mir eine Vollmacht für die Bank bekommen, damit er neue Karten für mich beantragen kann. Im Augenblick kann ich mir nicht einmal ein Eis holen, ohne dass er mir vorher Bargeld gibt.

Das Geld bereitet mir allerdings im Augenblick die geringsten Sorgen. Der bevorstehende Termin bei Dr. Gottfried macht mir zu schaffen. Einerseits war es bestimmt gut gemeint von Roland, mir einen Arzt zu suchen, den er kennt, dem er vertraut. Andererseits fühle ich mich dadurch noch mehr ausgeliefert. Bestimmt weiß Daniel Gottfried viel mehr über mich als ich selbst.

«Sind wir uns eigentlich je begegnet?», frage ich.

Roland schaut zu mir rüber. «Daniel und du? Nein. Hat sich bisher nicht ergeben. Ich kenne Daniel von früher. Er ist kein Freund, mit dem ich regelmäßig einen trinken gehe oder so.»

«War er nicht mal bei der Hochzeit?»

Roland sieht wieder auf die Straße. «Wir wollten keine große Feier. Es war niemand sonst dabei.» Er setzt zum Überholen eines Lkw an. «Wir haben ja auch beide kaum noch Familie. Meine Schwester wohnt in Kanada, und ...» Er verstummt abrupt.

«Verstehe.» Ich schiebe das Wort «Schwester» aus meinen Gedanken. «Und woher kennt ihr euch?»

«Von der Uni.»

«Aber ...»

Roland lächelt. «Ich habe Germanistik und Geschichte studiert, ja. Allerdings erst nach einem Fehlstart in einem anderen Bereich. Ich war immer ein guter Schüler, das Lernen ist mir leichtgefallen. Und was macht ein Sohn aus gutem Hause mit einem Einser-Abitur? Er studiert Medizin. Ich habe gar nicht großartig darüber nachgedacht.»

«Du hast Medizin studiert?»

Der Mercedes rast auf den nächsten Lkw zu. Roland sucht eine Lücke auf der linken Spur und antwortet nicht sofort. «Drei Semester», sagt er schließlich. «Ein bisschen Anatomie und Tiere sezieren. Ich habe sehr schnell gemerkt, dass das nichts für mich ist. Immerhin habe ich Daniel kennengelernt, und wir haben uns in all den Jahren nicht aus den Augen verloren. Irgendwie hat es uns beide nach Berlin verschlagen. Aber im Gegensatz zu mir hat er durchgehalten und seinen Facharzt in Psychiatrie gemacht.»

Ich bin noch immer damit beschäftigt, diese neue Information zu verarbeiten, als der Stadtverkehr dichter und dichter wird und Roland schließlich in einer kleinen Straße in der Nähe des Regierungsviertels anhält.

«Hier?» Ich spähe nach draußen.

«Das Haus da vorne. Mit dem weißen Schild neben der Tür. Schaffst du es allein? Oder soll ich mit reinkommen?»

«Geht schon.» Ich stoße die Tür auf und steige aus. Frischer Wind bläst mir ins Gesicht. Es ist tatsächlich deutlich kühler geworden, nicht nur im Spreewald, sondern auch in der Stadt.

Ich überquere die Straße und drehe mich zu Roland um, der keine Anstalten macht, loszufahren. Als hätte er Angst, ich würde mich um den Arztbesuch drücken. Nicht ganz unberechtigt, wenn ich ehrlich bin.

Schnell winke ich ihm und gehe auf das Haus zu. Roland gibt Gas und fährt davon. Ich kann von hier aus das Straßenschild entziffern. Reinhardtstraße. Also bin ich ganz in der Nähe der Charité. Die Vorstellung beunruhigt mich, obwohl ich nicht sagen kann, warum. Als wäre ich an den Ort eines Verbrechens zurückgekehrt. Den Ort, an dem etwas Schreckliches passiert ist. Dabei ist das Gegenteil der Fall: Hier wurde ich ins Leben zurückgeholt.

Vor dem Schild bleibe ich stehen. DR. DANIEL GOTTFRIED, FACHARZT FÜR PSYCHIATRIE UND PSYCHOTHERAPIE. Auf in den Kampf. Ich drücke die Klingel, es summt, ich trete in ein hellgraues Treppenhaus, das nach frischer Farbe riecht. Ein Aufzug bringt mich ins oberste Stockwerk.

Gottfried erwartet mich an der Tür. Wie auch immer ich mir Rolands Freund vorgestellt habe, so nicht. Er ist kräftig gebaut, hat einen Bauch, der nach zu viel gutem Essen aussieht, und leicht gewellte, etwas zu lange Haare. Er trägt ein weißes Hemd ohne Krawatte, darüber ein Jackett. Kleine Schweißperlen glitzern auf seiner Stirn. Vermutlich würde er das Jackett gern ausziehen, aber das wäre unprofessionell.

Er lächelt, als er mir die Hand entgegenstreckt, es ist ein einstudiertes Lächeln ohne Wärme. «Frau Winter, schön, Sie kennenzulernen.»

Er führt mich in einen hellen Raum mit einer riesigen Fensterfront, die einen weiten Blick über die Dächer der Stadt bietet. Ich kann den Fernsehturm erkennen. Und ein Hochhaus ganz in der Nähe.

Gottfried lässt mich auf einem cremeweißen Sofa Platz nehmen und setzt sich mir gegenüber in einen Sessel. Auf dem Glastisch zwischen uns liegen ein Block, ein Kugelschreiber und eine dünne Mappe. Etwas abseits steht diskret eine Box mit Papiertaschentüchern.

«Wir sollten zunächst einige Formalitäten klären», beginnt Gottfried.

«Was denn für Formalitäten?»

«Da wäre als Erstes die Anrede. Sie sind die Frau eines guten Freundes. Ich fände es merkwürdig, Frau Winter zu Ihnen zu sagen. Wäre es in Ordnung, wenn ich Sie Clara nenne? Und Sie können selbstverständlich Daniel zu mir sagen.»

«Hm. Ja, ich denke, das ist in Ordnung.»

«Sie können es sich jederzeit anders überlegen, Clara.»

Ich nicke.

«Und dann würde ich gern Ihre Patientenakte von dem Psychiater anfordern, bei dem Sie im vergangenen Jahr waren. Dazu brauche ich Ihre Vollmacht.»

«Oh.» Erst jetzt wird mir bewusst, dass Roland ausführlich mit seinem Freund über mich gesprochen haben muss.

«Ist Ihnen das nicht recht?», fragt Gottfried.

«Doch, doch. Ich dachte nur …»

Er scheint meine Gedanken zu erraten. «Roland hat mir einiges erzählt. Aufgrund der besonderen Situation hielt ich das für angebracht. Da Sie sich an gar nichts erinnern, haben wir so wenigstens einige Ansatzpunkte. Wenn es also für Sie in Ordnung ist, möchte ich Sie bitten, hier zu unterschreiben.» Er schlägt die Mappe auf und schiebt sie mir hin.

Die Worte flimmern vor meinen Augen – ich könnte mein eigenes Todesurteil unterschreiben und wüsste es nicht. Außerdem bin ich noch immer unsicher, was meine Unterschrift angeht. Mein eigener Name ist mir fremd. Schon als ich heute Morgen die Unterlagen für die Bank unterschrieben habe, musste ich ein halbes Dutzend Mal ansetzen. Ich habe Roland gefragt, ob er eine Schriftprobe von mir hat. Aber er meinte, es wäre besser, einfach aus dem Bauch heraus zu schreiben, als zu versuchen, etwas imitieren, das nicht intuitiv aus mir herauskommt.

Jetzt brauche ich wieder mehrere Versuche, bis ich endlich den Stift ansetzen und «Clara Winter» schreiben kann.

«Gar nicht so leicht, mit einem Namen zu unterschreiben, der sich noch immer fremd anfühlt», sage ich mit einem verlegenen Lächeln. «Ich komme mir vor wie eine Betrügerin.»

Er sieht mich an. «Das führt uns zu Punkt drei der Formalitäten. Ich bin Psychiater, aber ich bin kein Hirnspezialist, kein Experte für Gedächtnisstörungen. Ich kann Ihnen dabei helfen, mit den psychischen Folgen Ihrer Situation zurechtzukommen. Ich kann Sie therapeutisch begleiten, wenn Ihnen Erinnerungen kommen, die schwierig zu ertragen sind, wie etwa die Erinnerung an den Überfall in Ihrem Haus. Aber für Ihr Gedächtnis müssten Sie zu einem Spezialisten gehen. Davon gibt es nicht sehr viele in Deutschland. Eigentlich kommt da nur eine einzige Klinik in Frage. Ich suche Ihnen gern die Adresse raus.»

Ich starre ihn an. Das ist nicht das, was ich erwartet habe.

«Hat Roland nicht mit Ihnen darüber gesprochen?»

Ich bin mir nicht sicher. «Ich – ich glaube nicht. Ich dachte eigentlich …»

«Sie wollen sich erinnern.»

«Natürlich.»

«Und warum, glauben Sie, hat Ihre Seele entschieden, Ihnen Ihre Erinnerungen zu nehmen?»

Meine Seele? Das war ich doch nicht selbst! Es war die verfluchte Stalkerin, die Frau, die mich beseitigen wollte, weil sie auf meinen Mann fixiert ist!

Gottfried beugt sich vor. «Ein Gedächtnisverlust ist eine Schutzmaßnahme der Seele gegen eine Erfahrung, eine Wahrheit, die sie nicht verarbeiten kann. Wir können gemeinsam versuchen herauszufinden, wovor Sie sich selbst schützen wollen, indem wir Ihre größten Ängste aufspüren. Möchten Sie das?»

«Und meine Ängste bringen mir meine Erinnerung zurück?»

«Sie können es. Aber oft tun sie es nicht. Sie müssen sich auch mit der Vorstellung anfreunden, dass Sie eventuell nie mehr herausfinden werden, was Sie vor jenem Tag gedacht und gefühlt haben. Das hat man Ihnen doch sicherlich schon im Krankenhaus gesagt?»

Ich denke an Niklas Morungen. «Ja», sage ich mit gepresster Stimme.

«Wenn Sie eine Erinnerung zurückbekommen könnten, nur eine einzige, welche wäre das?»

Isabel, denke ich sofort.

Aber gibt es nicht Wichtigeres? Die Erinnerung an meine erste Begegnung mit Roland? Oder an den Tag des Feuers? Das Gesicht meines Mörders?

Nein, das kenne ich inzwischen. Auch wenn ich noch immer damit ringe, zu begreifen, warum diese so harmlos wirkende junge Frau so brutal und grausam vorgegangen ist. Aber Stalker erscheinen häufig vollkommen normal, das hat Mirko Rossbach mir erzählt. Dass sie besessen sind, merkt man ihnen nicht sofort an. Erst nach und nach steigern sie sich in ihren Wahn, bis er jede Vernunft ausschaltet.

Daniel Gottfried sieht mich aufmerksam an. Er drängt nicht, hakt nicht nach, wartet einfach ab.

«Isabel», sage ich schließlich. «Ich würde sie gern ... also ich würde zumindest gern wissen, wie sie aussieht.»

Gottfried unterdrückt mühsam seine Überraschung. Oder ist er erschrocken? Er weiß von Isabel. Natürlich.

«Erzählen Sie mir von Isabel», fordert er mich auf.

Ich fasse stockend zusammen, was Roland mir berichtet hat, obwohl ich mir bewusst bin, dass er das alles schon einmal gehört haben muss. Trotzdem befreit es mich, darüber zu reden.

«Warum möchten Sie wissen, wie sie aussieht?», fragt er, als ich geendet habe.

«Ich möchte mir ein Bild machen.»

«Warum?»

«Ich ...» Ich reibe mit den Handflächen über meine Jeans. Sie sind verschwitzt. «Ich fühle mich ihr so ausgeliefert. Ich würde sie ja nicht einmal erkennen, wenn sie mir auf der Straße begegnet. Wie soll ich mich gegen eine Gegnerin zur Wehr setzen, deren Gesicht ich nicht kenne?»

«Ist sie das für Sie? Eine Gegnerin?»

Ich zögere. «Sie hat Lügengeschichten über mich verbreitet, hat versucht, an mein Geld zu kommen. Reicht das nicht?»

«Das entscheiden Sie, Clara.»

«Aber ...»

«Ja?»

«Ach, nichts.» Ich bin wütend, aber ich weiß nicht genau, auf wen. Daniel Gottfried und seine scheinbar unerschütterliche Gelassenheit? Auf Isabel, die sich in meine Gedanken gefressen hat? Yvonne Leinfeld, die mich verfolgt und angegriffen hat? Seltsamerweise spüre ich auf die Stalkerin am wenigsten Wut. Und am meisten auf Daniel Gottfried, der mir aus unerfindlichen Gründen das Gefühl gibt, an allem, was mir in letzter Zeit widerfahren ist, selbst schuld zu sein.

Ich bin mit Roland in einem Café in der Friedrichstraße verabredet, aber er ist noch nicht da. In meiner Handtasche liegt die Packung mit den Tabletten, die Dr. Gottfried mir verschrieben hat. Für den Notfall.

Am liebsten würde ich eine nehmen. Ich bin schon den ganzen Tag flatterig, und der Besuch beim Psychiater hat dieses Gefühl noch verstärkt. Es ist, als hätte ich Angst vor mir selbst, Angst vor dem, was ich über mich herausfinden könnte.

Ich sage mir, dass das Blödsinn ist. Es gibt keinerlei Anlass, solche Ängste zu haben. Doch dann fallen mir lauter Gründe ein, warum jenseits des Vergessens etwas Dunkles liegen könnte, das nichts mit einer Gefahr von außen zu tun hat. Warum habe ich keine einzige Freundin? Warum hasst meine eigene Schwester mich? Warum leide ich unter Wahnvorstellungen?

Lauert das Monster womöglich gar nicht irgendwo da draußen, sondern in mir selbst?

Hektisch zerre ich den Reißverschluss meiner Handtasche auf und fummle die Tablettenpackung heraus. Ich drücke eine Pille aus der Folie, werfe sie in den Mund und spüle mit einem Schluck Milchkaffee nach.

Ich versuche, mich abzulenken, während ich auf die Wirkung

warte, und ziehe mein Smartphone hervor. Das neue, nicht das alte ohne SIM-Karte. Ohne darüber nachzudenken, gebe ich «Isabel Dominik» bei Google ein. Es gibt ein paar hundert Treffer, aber nur etwa ein Dutzend, die tatsächlich den vollen Namen enthalten. Bei genauem Hinsehen ist die Schreibweise nicht immer korrekt, ein paar Isabels erweisen sich als Isabellas, und anscheinend lebt nicht eine von ihnen in Deutschland. Hat Roland nicht angedeutet, dass meine Schwester im Ausland wohnt? Aber in Chile?

Ich probiere es noch eine Weile mit unterschiedlichen Schreibweisen und zusätzlichen Suchbegriffen. Aber keine der Frauen kann die Isabel sein, die ich suche. Zu jung, zu alt, zu weit weg.

Immerhin eine Gemeinsamkeit zwischen uns. Wir sind offenbar beide nicht sehr versessen darauf, uns der ganzen Welt im Netz zu präsentieren.

Von der Fahrt nach Hause kriege ich kaum etwas mit. Die Pille wirkt so gut, dass ich sogar ohne Hilfe in den Kahn steige. Der Motor springt erst beim dritten oder vierten Versuch an. Roland hat den Fehler noch nicht gefunden. Aber nicht einmal das kann die Welt aus Watte, in der ich mich bewege, ernsthaft erschüttern.

«Echt toller Stoff, den dein Freund mir verschrieben hat», nuschle ich.

Roland sieht mich finster an. Er ist sauer auf Daniel, weil er mir so starkes Zeug verschrieben hat, ohne mich auf mögliche Nebenwirkungen hinzuweisen. Ich hätte vor ein Auto laufen können. Oder in die Spree fallen.

In der Hütte angekommen, lasse ich mich auf das Sofa sinken und schlafe sofort ein. Als ich aufwache, ist es draußen dunkel. Roland sitzt am Rechner, sein Gesicht wird gespenstisch blau vom Bildschirm angeleuchtet. Ich versuche, mich aufzurichten, mein Schädel brummt. Noch so eine Nebenwirkung, die Daniel Gottfried mir verschwiegen hat. Etwas drückt unsanft gegen meine Hüfte. Rolands Roman. Schnell schiebe ich ihn zurück unter das Kissen.

Als ich den Kopf hebe, steht Roland vor mir. «Wie geht es dir?»

Ich reibe mir die Stirn. «Frag lieber nicht.»

Roland geht in die Hocke und sieht mich eindringlich an. «Versprich mir, dass du dieses Zeug nicht mehr nimmst, wenn ich nicht in der Nähe bin.»

Ich nicke, halte jedoch abrupt inne, als mein Schädel droht zu explodieren.

«Ich habe vorhin mit Daniel telefoniert. Diese Tabletten sollten für den Notfall sein, und das hat er dir auch gesagt.»

«Ich habe mich so beschissen gefühlt.»

Er nimmt meinen Kopf zwischen seine Hände. «Mein armer Liebling.»

«Darf ich dich etwas fragen?»

«Natürlich.»

«Wie sieht Isabel aus?»

Er lässt mich los, steht abrupt auf. «Warum willst du das wissen?»

«Ich möchte ein Bild von ihr haben, in meinem Kopf. Verstehst du das nicht?»

«Warum quälst du dich damit?»

Ich stehe ebenfalls auf, obwohl mein Schädel beinahe auseinanderfliegt. «Solange ich nichts über sie weiß, könnte sie jede Frau sein, die mir auf der Straße begegnet. Es könnte die Fremde sein, die mich nach dem Weg fragt, oder die Kellnerin, die mir Kaffee bringt. Ohne Gesicht ist sie eine stetige Bedrohung.»

«Sie ist keine Bedrohung. Sie wird dir nie wieder zu nahe kommen, glaub mir.»

Ich verschränke die Arme vor der Brust. «Wie kannst du da so sicher sein?»

«Ich weiß es einfach. Vertrau mir.»

Ich drehe mich weg. Stelle mich ans Fenster, starre hinaus in die Dunkelheit.

Eine Weile ist es absolut still, so still, dass ich es draußen gluckern und rascheln höre. Der Wald atmet.

«Sie hat braune Haare», sagt Roland unvermittelt hinter mir. «Wie du. Und helle Augen, grau, glaube ich. Oder blau. Ich bin mir nicht sicher. Ich habe sie ja nur das eine Mal vor unserem Haus gesehen. Ich erinnere mich wirklich nicht an Details.»

«Danke», flüstere ich.

«Es tut mir leid, dass ich dir nicht mehr sagen kann.»

Ich presse meine pochende Stirn gegen das kalte Glas. «Bestimmt ist es besser so. Entschuldige, dass ich so schwierig bin.»

Roland berührt vorsichtig meine Schultern. «Du bist nicht schwierig. Du hast Schreckliches erlebt und versuchst, damit klarzukommen. Du bist sehr stark.»

Ich schließe die Augen, lehne mich an ihn, und für einen Moment will ich glauben, dass er recht hat.

Der Wind treibt Wolken über den grauen Himmel und kräuselt die Oberfläche des Fließes. Ein Mann in einem ölverschmierten, ehemals blauen Arbeitsoverall ist mit seinem Kahn gekommen und repariert unseren Motor. Roland geht ihm zur Hand und streicht sich ständig die Haare nach hinten, die der Wind ihm ins Gesicht bläst.

Nicht zum ersten Mal fällt mir auf, wie gut er aussieht. Ich kann verstehen, dass einige seiner Leserinnen nicht nur für seine Romane schwärmen.

Ich wende mich vom Fenster ab und blicke wieder auf das Buch, das vor mir auf dem Küchentisch liegt. Mein Tagebuch. Seit zwei Wochen habe ich es nicht angerührt, mein letzter Eintrag ist vom einundzwanzigsten Juli und zeigt meinen Versuch, die Kapuzengestalt, die mich vor den Lkw gestoßen hat, auf Papier zu bannen.

Nachdenklich klopfe ich mit dem Bleistift gegen mein Kinn. Dann schreibe ich den Namen Yvonne Leinfeld unter die Zeichnung. Ich schlage eine neue Seite auf und beginne eine Skizze von meinem Haus, so wie es jetzt aussieht, vom Feuer zerstört. Laut dem Gutachten, das die Versicherung hat anfertigen lassen, wäre es teurer, das Haus instand zu setzen, als es komplett abzureißen und ein neues zu errichten.

Als Nächstes zeichne ich ein Porträt von Kathy. Dabei fällt mir auf, dass ich sie gern mag. Ich kann nicht verstehen, warum ich sie Roland gegenüber als arrogante Ziege bezeichnet habe. Vielleicht war ich voreingenommen, weil sie schon die Nachbarin meines Vaters war.

Vor der Hütte erwacht der Motor stotternd zum Leben. Der Mann im Overall lässt ihn aufheulen. Roland beobachtet ihn mit verschränkten Armen.

Ich mache mich wieder an die Arbeit. Auf einer Doppelseite lege ich eine Tabelle an mit all den Dingen, die ich inzwischen weiß. Ganz links steht der Name der Person: außer meinem eigenen Roland, Kathy, Isabel und Daniel Gottfried. Nach kurzem Zögern lege ich auch für meine Eltern je eine Zeile an. Dabei fällt mir auf, dass ich nicht einmal ihre Vornamen kenne. Dann kommt eine Spalte für Basisinfos wie Geburtsdatum, Schulbildung und Ähnliches. Als Drittes eine für Aussehen. Eine vierte Spalte nenne ich einfach «sonstige

Informationen». Als Letztes kommt eine, in die ich eintrage, ob mir die Person seit meinem Blackout persönlich begegnet ist.

Ich bin noch nicht ganz fertig, als Roland die Tür aufstößt. Hastig schlage ich das Tagebuch zu. Es ist ein Reflex, ich denke mir nichts dabei. Als ich nach draußen schaue, ist der zweite Kahn verschwunden. Ich war so vertieft in meine Arbeit, dass ich gar nicht mitbekommen habe, wie der Mann weggefahren ist.

«Und? Ist der Motor wieder fit?», frage ich.

«Ich hoffe es.» Roland tritt ans Spülbecken und wäscht sich die Hände.

Das klingt nicht sonderlich beruhigend. «Wenn wir irgendwo in diesem Wasserlabyrinth liegen bleiben, sterbe ich vor Angst.»

Roland trocknet sich die Hände ab. «Das wird nicht passieren.»

«Und wenn doch?»

«Dann trage ich dich ans Ufer. Vergiss nicht, dass die Fließe an den meisten Orten kaum mehr als einen Meter tief sind. Du würdest nicht einmal nass werden.»

«Aber nicht überall.»

«Das stimmt.» Roland setzt sich zu mir an den Tisch. «Es gibt Stellen, da sind es sieben Meter bis zum Grund, aber die liegen weiter nördlich.»

Sieben Meter. Allein die Vorstellung, so viel Wasser unter mir zu haben, jagt mir einen eisigen Schauder durch den Körper. Plötzlich sehe ich den Wassermann vor mir, mit langem grünen Bart und Algen im Haar. Seine Haut ist schuppig, seine Augen blitzen triumphierend.

«Du gehörst mir!», grölt er mit tiefer Stimme. «Früher oder später kriege ich dich, denn du gehörst mir!»

Heute ist Mittwoch. Zwei Tage sind seit meinem Besuch beim Psychiater vergangen. Die Pillen habe ich nicht mehr angerührt, aber das Päckchen liegt griffbereit in meiner Handtasche. Für den Notfall.

Der Wind von gestern hat sich zu einem ausgewachsenen Sturm gemausert, schwarze Wolken lassen einen Schauer nach dem anderen herabregnen. Es ist so kühl, dass Roland den Kamin angezündet hat. Ich sitze auf dem Sofa und schaue zu, wie die Flammen die Holzscheite nach und nach verschlingen. Meine Hand ruht auf dem Kissen, unter dem das Buch liegt. Bis eben habe ich gelesen. Bis zu einer Stelle, an der die Frau herausfindet, dass die mysteriöse Briefeschreiberin vor vielen Jahren gestorben ist. Das hat mich so traurig gemacht, dass ich die Lektüre abbrechen musste.

Mit einem Mal mischt sich ein anderes Geräusch in das Heulen und Prasseln draußen vor der Hütte: das Tuckern eines Motors.

Überrascht blicke ich auf. Aber vom Sofa aus kann ich nichts erkennen.

Auch Roland hat es gehört. Er erhebt sich von seinem Arbeitsplatz und tritt ans Fenster.

«Wer ist es?», frage ich.

«Unsere Freunde von der Polizei, Rossbach und Colbe.» Das Wort «Freunde» klingt wie eine Verwünschung.

Mein Herz setzt einen Schlag aus. «Bei dem Wetter? Meinst du, es ist etwas Wichtiges?»

Roland hebt die Schultern. «Wir werden es gleich erfahren.» Er sagt es leichthin, doch ich erkenne an seinem angespannten Gesichtsausdruck, dass er sich Sorgen macht.

Wenig später stehen die beiden Polizisten in unserem Wohnzimmer. Roland kocht Kaffee, ich nehme die durchnässten Jacken entgegen und hänge sie an die Garderobe.

Als wir am Tisch sitzen, sagt Rossbach: «Wir haben vergeblich versucht, Sie telefonisch zu erreichen.»

«Es gibt nur eine Stelle auf der Insel, wo wir Empfang haben», erklärt Roland. «Und die liegt mitten im Unterholz. Gibt es denn etwas Neues?»

Die beiden Polizisten sehen sich an.

Mein Magen macht einen Salto. Ich presse die Hände auf den Bauch.

«Yvonne Leinfeld hat ein absolut wasserdichtes Alibi für den Tag, an dem Sie auf die Straße gestoßen wurden», sagt Rossmann, an mich gewandt. «Und nicht nur das. Als Ihr Haus in Brand gesteckt wurde, war sie nachweislich im Ausland.»

Irgendwie habe ich die ganze Zeit geahnt, dass diese Frau nicht die Täterin ist. Aber ich habe meine Zweifel meiner Paranoia zugeschrieben.

«Was soll das heißen?», blafft Roland den Polizisten an.

«Das heißt, dass sie nicht die Person ist, die wir suchen», erwidert Rossbach vollkommen ruhig. Mal wieder übernimmt er das Reden, während Colbe wachsam zwischen mir und Roland hin und her blickt, als wäre es sein Job, unsere Reaktionen zu beobachten.

«Aber sie hat meine Frau ins Wasser gestoßen!», protestiert Roland.

«In ein Fließ, das ihr mit Mühe und Not bis zur Brust reichte», korrigiert Rossbach. «Das lässt sich wohl kaum als Mordanschlag werten. Aber natürlich steht es Ihnen frei, Anzeige zu erstatten.»

«Heißt das, Sie werden sie freilassen?», frage ich.

«Das haben wir schon getan.»

«Wann?» Roland funkelt Rossbach an.

«Am vergangenen Freitag.»

Roland schlägt mit der Faust auf den Tisch, dass der Kaffee

aus den Tassen schwappt. «Das war vor fünf Tagen! Diese Frau ist seit fünf Tagen wieder auf freiem Fuß, und erst jetzt sagen Sie uns Bescheid? Was denken Sie sich dabei?»

Jan Colbe räuspert sich. «Wie mein Kollege schon sagte, sind Sie schwer zu erreichen. Und von Frau Leinfeld geht definitiv keine Gefahr aus.»

«Wie können Sie da so sicher sein?»

«Sie war an dem Tag in Lübbenau, um ihre Tante zu besuchen. Das haben wir überprüft. Es war reiner Zufall, dass sie Ihnen über den Weg gelaufen ist, sie hat Ihnen nicht nachgestellt. Sie hat uns glaubhaft versichert, dass sie wütend und enttäuscht war, weil sie kurz zuvor auf der Website von Marc Frost gelesen hatte, dass er alle Lesungen und Signierstunden in den nächsten Wochen abgesagt habe, weil er sich um seine kranke Frau kümmern müsse. Und dann hätte sie diese angeblich so schwer kranke Frau im Café gesehen, ganz offensichtlich gesund und munter. Da seien bei ihr die Sicherungen durchgebrannt. Wir haben keinen Anlass, ihre Aussage anzuzweifeln.»

Ich sehe Roland an. «Du hast meinetwegen Lesungen abgesagt und das öffentlich bekannt gegeben?»

Er reibt sich müde die Stirn. «Ich habe mir nichts dabei gedacht.»

Ich wende mich wieder den Polizisten zu. «Was ist mit den anderen Frauen, die meinem Mann Mails geschrieben haben? Sind die alle überprüft worden?»

«Gegen keine von ihnen hat sich ein konkreter Verdacht ergeben.» Colbe betrachtet mich. Ich weiß, dass er gern mehr sagen würde, Dinge, die er in Rolands Anwesenheit nicht aussprechen möchte. Aber ich will sie nicht hören.

«Also stehen wir wieder am Anfang», stellt Roland mit gepresster Stimme fest. «Und was gedenken Sie jetzt zu tun?»

Mirko Rossbach nimmt einen Schluck von seinem Kaffee. «Wir suchen weiter, gehen noch einmal die Spuren durch, die auf Ihrem Grundstück gesichert wurden.»

«Was für Spuren?» Roland betrachtet den Ermittler argwöhnisch. «Ich dachte, da ist alles zerstört?»

«Das meiste, ja. Im Haus zumindest. Aber wir haben den Benzinkanister. Und den Teilabdruck einer Hand am Garagentor, der weder Ihnen noch Ihrer Frau zuzuordnen ist.» Rossbach stellt seine Tasse ab. «Wir sind noch längst nicht am Ende.»

Ich sehe zu Colbe. Als unsere Blicke sich treffen, durchzuckt es mich wie ein elektrischer Schlag. Mir fällt ein, dass ich den beiden von dem Handy erzählen müsste, das ich in der Gartentonne gefunden habe. Aber das ungute Gefühl, es selbst hineingeworfen zu haben, und das womöglich aus gutem Grund, hält mich davon ab. Außerdem müssten wir dann erklären, was mit der SIM-Karte passiert ist. Und ich habe keine Lust, mit der Polizei über Isabel zu sprechen.

«Ich vermute, Polizeischutz für meine Frau ist keine Option», sagt Roland mit bitterem Unterton in der Stimme.

Rossbach und Colbe tauschen einen Blick.

«Selbst wenn Sie nicht so abgelegen wohnen würden, könnten wir dafür nicht die Mittel bereitstellen», sagt Rossbach. «Der Angriff in Lübbenau liegt mehr als vierzehn Tage zurück. Wir können also nicht von einer akuten Gefahr sprechen. Es könnte Wochen dauern, bis der Täter sich Ihrer Frau wieder nähert. Inzwischen sind wir außerdem gar nicht mehr so sicher, dass es diesen einen Täter überhaupt gibt. Womöglich haben wir es bei dem Feuer und bei dem Zwischenfall in Lübbenau doch mit zwei isolierten Ereignissen zu tun. Wobei das, was vor dem Einkaufszentrum passiert ist, dann wohl eher ein Unfall war.»

«Ein Unfall?» Ich starre ihn fassungslos an. «Ich bin gestoßen worden!»

Rossbach sieht hilfesuchend zu seinem Kollegen. Doch Colbe reagiert nicht. «Wir haben ein wenig nachgeforscht», sagt er schließlich zögernd. «Ich weiß, dass Sie sich nicht erinnern, Frau Winter, aber Sie haben vor einigen Jahren schon einmal eine Anzeige wegen Stalkings erstattet.»

Oh nein. Bitte nicht!

«Das war vor Ihrer Ehe mit Herrn Winter, damals hießen Sie noch Rupprecht. Deshalb haben wir die Verbindung nicht sofort hergestellt. Jedenfalls gab es im Zusammenhang mit dieser ersten Anzeige ebenfalls keinerlei Spuren oder Beweise und auch keine Zeugen. Nur Ihre Aussage.»

Ich wage es nicht, einem der drei Männer in die Augen zu schauen. Ich starre in meine Kaffeetasse, die unberührt vor mir steht, und möchte vor Scham im Boden versinken.

Als die beiden Polizisten wenig später aufbrechen, nimmt Colbe mich zur Seite, während Roland seinem Kollegen hilft, das Polizeiboot loszumachen. Genau wie beim letzten Mal. Als hätte er auf diesen Moment gewartet.

Der Wind heult noch immer um die Hütte. «Ist noch was?», frage ich mit verschränkten Armen.

«Ich muss Sie unter vier Augen sprechen», raunt Colbe.

«Wieso das?» Ich blicke an ihm vorbei auf das Fließ.

«Sie bestimmen Ort und Zeit.»

«Was sollte das bringen? So wie es aussieht, habe ich schon vor meinem Gedächtnisverlust zu viel Phantasie gehabt, und ohne Erinnerung …»

«Bitte!»

Das Boot ist startklar, Rossbach ist bereits eingestiegen und sieht zu uns herüber.

«Sie sollten gehen», sage ich. «Ihr Kollege wartet.»

«Erst wenn ich eine Antwort habe.» Er stellt sich so vor mich, dass ich ihn ansehen muss. «Es ist wichtig. Bitte, Clara.»

Mir wird schwindelig. «Ich denke darüber nach», murmle ich und eile zurück in die Hütte.

Ich habe eine grauenvolle Nacht hinter mir. Stundenlang habe ich mich schlaflos hin und her gewälzt, und die wenigen Male, die ich doch eingenickt bin, habe ich wirr geträumt von Wassergeistern, die mich mit Flammenwerfern verfolgen, und uniformierten Polizisten, die mit dem Finger auf mich zeigen und mich auslachen. Das Echo ihres Gelächters hallt mir jetzt noch in den Ohren.

Immerhin habe ich in den frühen Morgenstunden eine Entscheidung getroffen: Ich werde mich auf Spurensuche begeben. Auch wenn es schmerzhaft werden könnte. Ich habe keine andere Wahl. Ich darf nicht weiter blind durch mein Leben stolpern. Selbst wenn ich einen Stalker erfunden habe, um mich wichtig zu tun, ist die Gefahr dennoch real: Es gibt den Unbekannten mit dem Kapuzenpulli, Roland hat ihn ebenfalls gesehen. Und auch die Narbe auf meinem Hinterkopf ist real, die Verletzung habe ich mir definitiv nicht selbst zugefügt. Jemand will mich töten. Wenn ich herausfinden will, wer und warum, wenn ich überleben will, muss ich so viel wie möglich über mich selbst in Erfahrung bringen. Das ist meine einzige Chance.

Beim Frühstück habe ich Roland davon erzählt. Er wirkte nicht begeistert. «Findest du nicht, dass das zu gefährlich ist?», hat er gefragt.

«Warum sollte es?»

«Weil irgendwo da draußen, wie du ganz richtig festgestellt hast, noch immer jemand rumläuft, der dich umbringen will.»

Ich bin froh, dass Roland das nach wie vor so sieht. Trotz der Bombe, die Rossbach und Colbe gestern haben platzen lassen. Es hat Roland ganz schön geschockt, zu hören, dass ich schon einmal Anzeige wegen Stalkings erstattet habe. Trotzdem, so sagt er, ändert das nichts an dem, was er mit eigenen Augen gesehen hat.

«Glaubst du denn, dass die Polizei ernsthaft ermittelt?», habe ich zurückgefragt. «Die halten mich doch für verrückt.»

Es ging noch eine Weile hin und her, aber schließlich hat Roland klein beigegeben, unter der Bedingung, dass ich ihn auf dem Laufenden halte und nicht allein nach Berlin fahre.

Wie sollte ich auch? Ich komme ja ohne seine Hilfe nicht einmal von dieser gottverdammten Insel weg.

Da ich in der Hütte kein Internet habe und es draußen regnet, sodass ich mich auch nicht ins Unterholz hocken und mit meinem Handy surfen kann, nutze ich den heutigen Tag, um aufzulisten, was ich unternehmen möchte, wenn wir morgen nach Berlin fahren.

Als Erstes werde ich eine Meldeauskunft über meine Mutter einholen. Immerhin konnte Roland mir sagen, dass sie mit Vornamen Gudrun hieß. Das dürfte die Suche erleichtern. Zudem hat sie offenbar ihr ganzes Leben in Berlin verbracht, also müsste ich ihr Todesdatum herausfinden können und den Ort, wo sie beerdigt wurde. Vielleicht auch ihren ehemaligen Wohnsitz. Wenn sie in den letzten Jahren ihres Lebens nicht mehr umgezogen ist, müsste das die Wohnung sein, in der ich früher mit ihr gemeinsam gelebt habe. Vielleicht gibt es noch Nachbarn, die uns gekannt haben.

Etwas über meinen Vater herauszufinden dürfte schwieriger sein. Ich habe keine Ahnung, wohin er gegangen ist, nachdem er aus der Goethestraße weggezogen ist. Möglicherweise kann Kathy mir weiterhelfen. Oder die Vorbesitzer meines Hauses.

Falls ich herausfinde, wo sie jetzt wohnen. Wenn mein Vater an der Universität unterrichtet hat, müsste es dort Unterlagen geben. Das wäre eine weitere Möglichkeit.

Ich starre auf den Zettel. Viel ist das nicht.

Kathy schließt mich in die Arme und drückt mich an sich. Ich weiß nicht so recht, wie ich mit dieser körperlichen Nähe umgehen soll. Roland ist der Einzige, den ich an mich heranlasse. Aber ich will meine neue Freundin nicht vor den Kopf stoßen, also lasse ich es über mich ergehen.

Sie scheint sich wirklich zu freuen, mich zu sehen. Ich habe das Gefühl, dass sie nicht mehr Freunde hat als ich. Vielleicht bin ich auch eine Art Studienobjekt. Die verrückte Nachbarin, die sie jahrelang nur aus der Ferne beobachten konnte, endlich live und in Farbe.

Ich scheuche den Gedanken weg und lasse mich an dem herrlich abgelebten Küchentisch nieder. Bisher war mein Tag nicht sonderlich erfolgreich. Beim Meldeamt habe ich ein Formular ausgefüllt, das ich auch online hätte abschicken können. Eine direkte Auskunft gibt es nicht. Aber die Gebühren musste ich sofort entrichten. Meine erste Zahlung mit meiner neuen Karte. Jetzt heißt es warten.

Kathy stellt zwei dampfende Tassen auf dem Tisch ab. «Und? Wie läuft es so? Irgendwelche Erinnerungen?»

«Leider nein.»

«Wer weiß, wofür es gut ist. Lassen Sie die Vergangenheit hinter sich! Blicken Sie nach vorn!»

«Können Sie sich vorstellen, ohne Erinnerungen zu leben?»

Kathy sieht mich an. «Auf manche könnte ich verzichten. Andererseits … nein, Sie haben recht. Auch die schlimmen Erfahrungen möchte ich nicht missen, wenn ich ehrlich bin.» Sie seufzt.

«Ich muss wissen, wohin Professor Dominik gegangen ist, nachdem er hier gewohnt hat», sage ich unvermittelt.

Sie runzelt die Stirn. «Ich verstehe nicht …»

Ich hole tief Luft. «Er war vermutlich mein Vater. Und das kleine Mädchen, das er bei sich hatte, meine kleine Schwester Isabel.»

Kathy starrt mich an.

«Er ist geflohen und hat meine Mutter und mich im Osten zurückgelassen.»

«Sie haben ihn nie wiedergesehen?»

«Nein.»

«Und Ihre Schwester?»

Ich blicke in meine Tasse. Kakao. Ich muss lächeln, Kathy scheint zu wissen, was ich brauche. «Das ist eine komplizierte Geschichte. Jedenfalls habe ich keine Ahnung, wo sie wohnt. Oder wie ich Kontakt zu ihr aufnehmen könnte.»

«Sind Sie sicher, Clara, dass Sie schon wieder stark genug sind, um sich dieser Vergangenheit zu stellen?», fragt Kathy leise.

«Ich muss.»

Sie sagt nichts.

«Jemand versucht, mich umzubringen.»

«Der Einbrecher?» Sie sieht mich ungläubig an.

«Ja. Die Person, die mich im Haus niedergeschlagen hat, hat mich vor zwei Wochen vor einen Lkw gestoßen. Ich hatte Glück, der Fahrer konnte rechtzeitig bremsen.»

«Oh Gott!» Kathy schlägt sich die Hand vor den Mund. «Deshalb war dieser Kommissar von der Mordkommission bei mir. Aber er hat nach einer Frau gefragt.»

«Es gibt Hinweise darauf, dass es sich um eine Täterin handeln könnte.»

«Das ist ja furchtbar.» Kathy blickt nachdenklich nach draußen. Ich folge ihrem Blick nicht, ich weiß auch so, dass sie die kümmerlichen Überreste meines Zuhauses betrachtet. «Wenn ich irgendwie helfen kann, sagen Sie es mir.»

«Professor Dominik», antworte ich sofort. «Bitte erzählen Sie mir alles, was Sie über ihn wissen.»

«Ach Gott, Kind, das ist nicht viel. Er war aus dem Osten geflohen, hat einige Monate hier gelebt und an der Freien Universität unterrichtet, und dann ist er mit dem kleinen Mädchen fortgezogen.»

«Wissen Sie, wohin?»

«Leider nicht.»

«Was war sein Fachgebiet?»

Kathy legt die Stirn in Falten. «Er hat irgendwas mit Geschichte gemacht. Nein, Archäologie. Ich bin mir sicher, dass er Archäologe war. Das war wohl auch der Grund für seine Flucht. Er wollte zu den Ausgrabungsstätten, zu denen er als DDR-Bürger nicht reisen durfte. Ich habe mich einmal mit Frau Gerritson darüber unterhalten. Der Vorbesitzerin, Sie wissen schon.»

«Aber Ihnen ist noch immer nicht eingefallen, wo die Gerritsons hingezogen sind?»

«Ich habe mich bei den Nachbarn umgehört, die schon länger hier leben. Dummerweise hatte jeder eine andere Geschichte parat: eine Seniorenresidenz an der Ostsee, eine Finca auf Mallorca, die Schwiegertochter in Frankfurt.»

Ich blicke angestrengt in meinen Kakao, damit Kathy nicht sieht, wie enttäuscht ich bin. «Wäre ja auch zu schön gewesen.»

«Moment!» Kathy springt auf. «Vielleicht habe ich da was. Warten Sie hier.»

Ich höre, wie Kathy im hinteren Teil des Bungalows verschwindet. Eine Tür knallt, dann tritt Stille ein. Das Ticken der

Küchenuhr ist das einzige Geräusch. Ich frage mich, wo Kathys Mann steckt. Ich habe ihn bisher nicht zu Gesicht bekommen. Vermutlich ist er im Garten beschäftigt, das scheint sein Hauptaufenthaltsort zu sein.

Es dauert mehr als zehn Minuten, bis Kathy wieder auftaucht. Ihr Gesicht ist gerötet, Triumph blitzt in ihren Augen, als sie einen Zettel vor mir ablegt.

Professor Manfred Hochstättler steht darauf. Und eine Telefonnummer in Berlin. «Wer ist das?»

«Ein Kollege Ihres Vaters. Nachdem er weggezogen war, ist Hochstättler hier gewesen, um einige Sachen abzuholen. Ich habe mich darum gekümmert, weil die Gerritsons im Urlaub waren. Er hat mir seine Nummer dagelassen. Falls noch irgendwas sein sollte. Natürlich weiß ich nicht, ob die Nummer noch aktuell ist. Das ist ja über dreißig Jahre her. Aber ich erinnere mich, dass ich vor einigen Jahren einen Artikel über ihn in der Zeitung gelesen habe, als er nach fast vierzig Jahren am Institut in den Ruhestand gegangen ist.»

Ich betrachte den Zettel. Jemand, der meinen Vater gekannt hat, vielleicht sogar mit ihm befreundet war. «Danke.»

«Entschuldigen Sie, dass ich nicht früher daran gedacht habe. Aber ich war damals mit anderen Dingen beschäftigt.»

«Das sagten Sie schon.» Ich sehe sie an, ich spüre, dass sie ihre Geschichte loswerden muss. «Was ist geschehen?»

Kathys Blick wandert wieder zum Fenster. «Ich habe erwähnt, dass ich nach Amerika auswandern wollte.»

«Ja, ich erinnere mich.» Es ist ein seltsames Gefühl, diese Worte zu sagen. Ein gutes Gefühl.

Kathy lächelt schwach. «Sie müssen wissen, dass es anfangs ein völlig absurder Traum war, ich bin nämlich auch aus dem Osten, aufgewachsen in Lichtenberg. 1976 wurde ich schwanger. Ich war verlobt, mit meiner großen Liebe. Thorsten und ich freuten uns auf das Baby, obwohl es bedeutete, dass unser Traum von Amerika in noch weitere Ferne rückte. Während der Schwangerschaft gab es keinerlei Komplikationen. Aber dann ging bei der Geburt etwas schief. Mein kleines Mädchen starb, sie haben es mir nicht einmal zeigen wollen, haben es einfach verschwinden lassen. Da hat uns nichts mehr gehalten. Wir wollten nur noch weg. Im folgenden Sommer sind wir nach Bulgarien gefahren, als Urlaub getarnt. An einer abgelegenen Stelle im Gebirge wollten wir über den Grenzzaun nach Jugoslawien klettern und uns von dort zur bundesdeutschen Botschaft in Belgrad durchschlagen. Aber wir wurden geschnappt. Wir hatten Glück, dass wir nicht erschossen wurden.»

Kathy presst die Lippen zusammen.

«Wir kamen ins Gefängnis. Es dauerte mehr als ein Jahr, bis wir freigekauft und ausgebürgert wurden. Wir sind zu Thorstens Tante gezogen, hier in dieses Haus, und wir haben es nach ihrem Tod geerbt. Wir haben gearbeitet und Geld gespart für unsere Ausreise in die USA. Doch schon bei unserer Hochzeit war Thorsten krank. Wir wussten nicht, was er hatte. Es ging ihm immer schlechter. Irgendwann war klar, dass wir es nie nach Amerika schaffen würden. Thorsten starb 1981. Woran genau, wussten wir damals nicht. Ich war jedoch sicher, dass die Stasi ihn vergiftet hatte. Ich war darauf gefasst, ebenfalls zu sterben. Doch ich habe mich getäuscht. Thorsten wurde nicht vergiftet. Jahre später kontaktierte mich sein Arzt. Thorsten war Bluter, er bekam regelmäßig ein Präparat gespritzt, das aus Plasmaspenden gewonnen wurde. So muss er sich infiziert haben. Erst im Nachhinein hatte der Arzt begriffen, dass Thorsten einer der ersten Menschen in Deutschland gewesen war, die an Aids starben. Es ist ein Wunder, dass ich mich nicht angesteckt habe.»

«Das tut mir sehr leid.» Ich komme mir plötzlich lächerlich vor mit meinen Sorgen über mein verlorenes Gedächtnis.

Kathy winkt ab. «Das ist alles lange her. Es ist nicht so, als ob ich danach keine Freude mehr am Leben gehabt hätte. Ich musste ein paar Träume für immer begraben. Aber das müssen wir doch alle.» Sie zieht einen Gegenstand hervor, den sie die ganze Zeit unter ihrer Strickjacke verborgen hat, und legt ihn zwischen uns auf den Tisch.

Ich schnappe entsetzt nach Luft. «Was ist … was soll …?»

«Das ist ein niedlicher kleiner Damenrevolver, Clara. Passt in jede Handtasche. Ich habe ihn mir damals besorgt, als ich dachte, die Stasi hätte es auf mich abgesehen. Glücklicherweise habe ich ihn nie gebraucht. Aber ich hätte nicht gezögert, wenn es hätte sein müssen.»

Ich zweifele keine Sekunde an ihren Worten.

«Nehmen Sie ihn. Aber seien Sie vorsichtig, er ist geladen.»

«Ich weiß nicht.»

«Aber ich. Da draußen läuft jemand herum, der Sie umbringen will, Clara. Wenn ich an Ihrer Stelle wäre, würde ich es ihm nicht zu leicht machen.»

Zögernd strecke ich die Hand aus und berühre das kalte Metall.

«Sie sollten das Ding vielleicht nicht gegenüber der Polizei erwähnen», sagt Kathy. «Und was Ihren Mann angeht …»

Ich hebe den Revolver an. Er ist leichter, als ich erwartet habe, und liegt doch schwer in meiner Hand. Und da ist noch etwas anderes. Eine Art Kraft, die mich durchströmt, als ich probeweise meinen Finger um den Abzug lege.

Zum ersten Mal, seit ich aus dem Koma erwacht bin, fühle ich mich stark.

Wieder liege ich hilflos im Bauch des Monsters. Wieder presst mich die Dunkelheit mit solcher Kraft zu Boden, dass ich nicht einen Finger rühren kann. Und wieder rieche ich den Qualm, der droht, mir die Luft zu rauben.

Ich bin starr vor Angst und warte auf den Schatten, den Mann mit dem glänzenden Gegenstand, der mich erschlagen will. Meinen Mörder.

Ein Teil von mir weiß, dass es nur ein Traum ist, dass ich sicher in meinem Bett liege, und dieser Teil fordert mich auf, dem Mann ins Gesicht zu schauen. Aber der andere Teil will nichts sehen.

Da! Die Gestalt nähert sich. Wieder erkenne ich sie nur als grauen Schemen in dem alles verschlingenden Schwarz. Schon ist er über mir, die Hand mit dem glitzernden Gegenstand hoch erhoben.

Ich will schreien, doch als ich den Mund öffne, quillt noch mehr Qualm heraus. Ich muss spucken und würgen, meine Kehle brennt. Ich versuche, die Arme hochzureißen, doch sie werden von der Dunkelheit am Boden festgehalten.

In dem Moment ist das Gesicht meines Angreifers so nah, dass ich die Augen funkeln sehe. Aber seine Züge sind mir fremd, es ist kein Gesicht, das ich kenne.

Der glänzende Gegenstand fährt auf mich nieder, ich wache schreiend auf.

«Ich habe angefangen, über mein Leben zu recherchieren.» Triumphierend sehe ich Daniel Gottfried an.

Heute ist mein zweiter Termin bei ihm, und ich fühle mich völlig anders als vor einer Woche. Nicht mehr so ohnmächtig. Dabei sollte es eigentlich umgekehrt sein. Beim letzten Mal war ich noch überzeugt, dass eine Frau, die auf meinen Mann fixiert ist, mich umbringen wollte, aber sicher hinter

Schloss und Riegel sitzt. Von dieser Gewissheit ist nichts mehr übrig.

Trotzdem empfinde ich mich nicht mehr als Opfer, zumindest solange ich nicht gerade einen Albtraum habe. Was auch daran liegen mag, dass Kathys kleiner silberfarbener Damenrevolver griffbereit in meiner Handtasche liegt.

Ich habe Roland nichts davon erzählt. Er hätte die Waffe bestimmt bei der ersten Gelegenheit verschwinden lassen. Natürlich nur zu meinem Schutz. So wie er die SIM-Karte entsorgt, so wie er mir Isabel verschwiegen hat.

Daniel Gottfried sieht mich erwartungsvoll an.

«Also, ich war beim Meldeamt. Bald erfahre ich, wo meine Mutter zuletzt gewohnt hat.» Ich zögere. «Und wo sie beerdigt ist.»

«Wie fühlt sich das für Sie an, Clara?»

«Gut. Ich meine, natürlich wäre es mir lieber, wenn meine Mutter noch leben würde. Aber wenigstens kann ich mir so mein Leben Stück für Stück zurückerobern.»

«Und das ist Ihnen wichtig?»

«Ja, natürlich.» Irritiert sehe ich ihn an.

«Haben Sie noch mehr unternommen?»

«Ich habe die Telefonnummer eines ehemaligen Kollegen meines Vaters. Ich hoffe, dass er mir etwas über ihn erzählen kann.»

«Ihr Vater lebt ebenfalls nicht mehr?»

«Meine Eltern sind beide tot. An meinen Vater hätte ich vermutlich auch keine Erinnerung mehr, wenn ich nicht mein Gedächtnis verloren hätte. Er hat uns verlassen, als ich noch ganz klein war.»

«Er ist mit Ihrer Schwester in den Westen geflohen.»

«Ja.»

«Sind Sie wütend auf ihn?»

Ich starre Gottfried an. «Ich – ich weiß nicht.» Ich denke an das Haus. «Vermutlich schon. Ich habe das Haus gekauft, in dem er nach seiner Flucht gewohnt hat, und es komplett umbauen lassen.»

Zum ersten Mal sehe ich so etwas wie echtes Interesse in Gottfrieds Gesicht. «Das bedeutet, dass Sie schon einmal Nachforschungen über Ihre Familie angestellt haben. Um das Haus ausfindig zu machen, meine ich.»

So habe ich das noch gar nicht gesehen. «Sieht so aus.»

«Fühlen Sie irgendetwas, wenn Sie an Ihren Vater denken?»

«Wie sollte ich? Ich erinnere mich ja nicht an ihn.»

«Löst das Wort ‹Vater› nichts aus?»

Ich schließe die Augen, horche in mich hinein. Überraschenderweise fühlt sich das Wort gut an. Warm. Vertraut. «Kein negatives Gefühl, nein.»

«Das ist schön. Dann haben Sie ihm vermutlich vergeben.»

Das erstaunt mich. Alles, was ich bisher über mich erfahren habe, spricht eher dafür, dass ich ein nachtragender Mensch bin. Aber was weiß ich schon wirklich über mich?

«Woran denken Sie?»

«An nichts Spezielles.»

Daniel Gottfried sieht mich an.

Ich seufze. «Ich muss ständig mein Bild über mich selbst korrigieren.»

«Verstehe.»

«Nein, Sie verstehen gar nichts!» Ich bin plötzlich wütend. «Erst erfahre ich, dass ich einen Stalker habe. Dann heißt es plötzlich, dass mein Stalker ein Phantasiegebilde ist. Kurz darauf ist er doch real, aber kein Mann, sondern eine Frau, die eigentlich meinen Mann stalkt. Und dann hat diese Frau gar nichts von dem getan, was man ihr vorwirft, aber dafür stellt sich heraus, dass ich früher schon einmal einen Stalker hatte, der vermutlich ebenfalls nur in meiner Einbildung existierte.»

«Moment!» Gottfried sieht mich bestürzt an. «Sie meinen, die Frau, die festgenommen wurde …»

«Sie hat mich nicht niedergeschlagen und nicht unser Haus angezündet. Und sie war auch nicht die Person, die mich vor den Laster gestoßen hat.»

Gottfried steht abrupt auf und stellt sich an die große Fensterfront. «Ist das sicher?»

«Das sagt jedenfalls die Polizei.»

«Verdammt!»

Irritiert sehe ich zu dem Psychiater hoch. Er hat mir den Rücken zugewandt, sein Blick ist in die Ferne gerichtet. «Was ist denn los?»

«Weiß Roland darüber Bescheid?»

«Natürlich.» Ich stehe ebenfalls auf. «Ich verstehe nicht …»

Er dreht sich zu mir um. Der Ausdruck auf seinem Gesicht erschreckt mich. Seine Gelassenheit ist wie weggeblasen. «Bitte verzeihen Sie, Clara. Ich kann Ihnen nicht erklären, was los ist, aber ich muss Sie bitten zu gehen.»

Unwillkürlich fasse ich mir an den Hals. Er will keine durchgeknallte Irre behandeln, schießt es mir durch den Kopf.

«Es hat nichts mit Ihnen zu tun, Clara, bitte glauben Sie mir. Ich kann nicht Ihr Therapeut sein, das ist alles.»

«Aber …»

«Bitte.»

«Heißt das, Sie setzen mich vor die Tür? Einfach so?»

«Es tut mir leid.»

Ich fühle mich noch immer wie vor den Kopf gestoßen, als ich draußen vor der Praxis auf dem Bürgersteig stehe und überlege, was ich tun soll. Bis zu meiner Verabredung mit Jan Colbe habe ich noch eine Stunde Zeit. Wir treffen uns in der Keithstraße. Ich habe darauf bestanden, jeder andere Ort hätte das Treffen zu privat gemacht.

Unentschlossen schlendere ich zur nächsten Kreuzung und laufe dann die Luisenstraße entlang in Richtung Spree. Ich stoße auf ein Café mit einer großen Fensterfront. Es sieht einladend aus, voller junger Leute, einige habe ihre Notebooks vor sich auf dem Tisch stehen. Beherzt trete ich ein, und fünf Minuten später sitze ich mit einer großen Tasse Milchkaffee am Fenster und blicke nach draußen.

Ich zerbreche mir den Kopf, doch ich kann mir nicht erklären, warum Daniel Gottfried so heftig reagiert hat. Vielleicht versteht Roland, was mit ihm los ist. Ich sollte ihn anrufen. Ich habe versprochen, nach der Therapie direkt mit dem Taxi zum LKA zu fahren. Aber ich brauche einen Moment für mich. Ich ziehe mein Tagebuch aus der Handtasche und schlage meine To-do-Liste auf. Die Telefonnummer von Professor Hochstättler springt mir ins Auge. Ich nehme meinen Mut zusammen und tippe die Ziffern in mein Smartphone.

Nach dem zweiten Klingeln wird abgenommen. «Hochstättler?»

Ich bin sprachlos. Erst jetzt wird mir klar, dass ich nicht zu hoffen gewagt habe, dass die Nummer noch gültig ist.

«Hallo? Wer ist da?»

«Guten Tag, Herr Hochstättler. Mein Name ist Clara Winter. Ich würde Ihnen gern einige Fragen zu Professor Dominik stellen.»

Kurzes Schweigen. «Wie war noch mal der Name?»

«Clara Winter, geborene Dominik. Ich bin seine Tochter.»

«Oh. Die andere Tochter, ich verstehe.»

Die andere Tochter. Ich schlucke die kleinen, kribbelnden

Blasen runter, die meine Kehle hinaufsprudeln. «Können wir uns treffen?»

«Sie wissen, dass Ihr Vater tot ist?»

«Ja. Ich würde gern mit jemandem sprechen, der ihn gekannt hat.»

Wieder ein kurzes Schweigen. Ich umklammere das Telefon mit feuchten Fingern.

«Passt es Ihnen morgen Nachmittag? Gegen drei?»

«Das wäre wunderbar.»

Er nennt mir eine Adresse im Stadtteil Dahlem. Ich bedanke mich und lege auf.

Die andere Tochter.

Immerhin hat mein Vater mich nicht verleugnet. Oder totgeschwiegen. Wer weiß, vielleicht hat er sogar versucht, mich und meine Mutter nachzuholen. Morgen Abend weiß ich mehr. Hoffentlich.

Mein Handy zeigt eine neue E-Mail an. Sie ist vom Einwohnermeldeamt. Ich halte die Luft an und drücke auf «Öffnen».

Vor meinen Augen flimmert es so sehr, dass ich nichts als tanzende Buchstaben sehe. Ich zwinkere einige Male, dann endlich sehe ich scharf. Gudrun Dominik, geborene Fischer, war zuletzt gemeldet in der Wörther Straße. Ich habe keine Ahnung, wo das ist, und der Name löst keinerlei Erinnerungen aus.

Dafür starre ich wie gebannt auf das Todesdatum. Meine Mutter starb fünf Jahre nach dem Mauerfall. Da war ich neunzehn. Ich presse die Hand vor den Mund. Natürlich wusste ich, dass meine Mutter tot ist. Aber dieses Datum hat etwas so Endgültiges. Unumkehrbares. Wie eine vertane Chance, die niemals wiederkommt.

Ich zucke zusammen, als mein Handy den Eingang einer SMS anzeigt. Roland. *Bin Nähe Brand. Tor. Und du?*

Ich bin so froh, von ihm zu hören, dass ich ihm am liebsten sofort entgegenlaufen möchte. Schnell gebe ich den Namen des Cafés ein und schicke die Nachricht ab.

Zehn Minuten später habe ich bezahlt und trete vor die Tür. Ungeduldig blicke ich hin und her. Ich kann es kaum erwarten, Roland zu sehen, meinen Rettungsanker in diesem Chaos, in diesem Auf und Ab der Gefühle. Er ist der einzige Fixpunkt in meinem Leben. Ohne ihn würde ich vermutlich längst mit einem Nervenzusammenbruch in der Psychiatrie liegen.

Plötzlich höre ich seine Stimme. «Was soll das heißen?»

Ich fahre erschrocken herum, aber da ist niemand.

Wieder höre ich Roland laut sprechen. «Das ist Blödsinn! Isabel hat nichts damit zu tun!» Und nach einer kurzen Pause. «Ich dachte, du wärst mein Freund!»

Direkt neben dem Eingang zum Café ist eine Toreinfahrt. Von dort muss die Stimme kommen. Roland telefoniert, und ich ahne auch, mit wem.

«Dann halte dich einfach raus!»

Ich höre Schritte. Rasch drehe ich mich weg, tue so, als würde ich nach Rolands Wagen Ausschau halten.

«Liebling? Ich dachte, du sitzt im Café!»

Ich drehe mich zu ihm um und erkenne an seinem Blick, dass mein Gesicht ein offenes Buch ist.

«Du hast mitgehört», sagt er.

«Es war nicht zu vermeiden.»

«Daniel sagt, er hat dich gebeten zu gehen. Stimmt das?»

«Rausgeschmissen trifft es besser.»

«Scheißkerl!» Roland tritt zu mir, umfasst meine Arme. «Hat er dir den Grund genannt?»

«Nein. Aber es hat damit zu tun, dass diese Frau, Yvonne Leinfeld, nicht die Täterin ist.»

Roland nickt grimmig.

«Ihr habt über Isabel gesprochen.»

Er schneidet eine Grimasse. «Daniel glaubt, sie könnte …»

«Kennt er sie?»

«Nein.»

«Er könnte trotzdem richtig liegen.»

«Nein!»

«Wie kannst du so sicher sein?»

Roland streicht mir mit dem Handrücken über das Gesicht. «Vertraust du mir?»

Ich zögere nicht. «Ja.»

«Dann glaub mir bitte, dass deine Schwester nicht hinter den Angriffen steckt. Ich weiß es.»

«Aber wie …»

«Bitte frag nicht weiter nach, Liebling. Vertrau mir einfach. Ich weiß es.»

Jan Colbe erwartet mich im Eingangsbereich des LKA, der ein bisschen aussieht wie die Vorhalle eines altmodischen Bahnhofs, rechts und links Treppenaufgänge, in der Mitte eine große Uhr. Er begrüßt mich mit einem knappen Nicken und führt mich in einen Raum, der bis auf einen Tisch und zwei Stühle leer ist. Auf dem Tisch steht eine Thermoskanne mit Kaffee, daneben zwei angeschlagene Becher. Als er die Tür hinter mir schließt, kommt er mir so nah, dass ich seine Körperwärme spüre. Mir flattern die Nerven.

Die Ungewissheit zerrt an mir. Am liebsten würde ich Colbe einfach fragen, ob wir vor meinem Krankenhausaufenthalt etwas miteinander hatten. Dann hätte ich wenigstens Gewissheit. Aber ich könnte auch nicht mehr die Ahnungslose spielen.

Während er Kaffee einschenkt, schaue ich mich unauffällig um. Keine Überwachungskamera in der Zimmerecke, kein Einwegspiegel, kein Aufnahmegerät. Was auch immer wir hier besprechen, können nur wir beide später bezeugen.

Colbe klappt seinen Laptop auf. «Ist es in Ordnung, wenn ich mir während unseres Gesprächs Notizen mache?»

Ich nicke.

«Darf ich Sie fragen, wie Sie hergekommen sind?»

Mit dieser Frage habe ich nicht gerechnet. «Mein Mann hat mich gebracht. Warum?»

«Sind Sie manchmal auch allein unterwegs?»

«Hin und wieder. Aber wir müssen die Insel immer zusammen verlassen, wir haben ja nur den einen Kahn. Und ich ...»

«Ja?»

«Ich kann ihn nicht steuern.»

Colbe streicht sich eine blonde Strähne aus dem Gesicht und runzelt die Stirn. «Das ist nicht sonderlich schwer.»

«Wenn man Angst vor Wasser hat, weil man nicht schwimmen kann, schon.»

Er nickt, tippt auf der Tastatur herum. «Noch immer keine Erinnerung, nehme ich an?»

«Nur ein tiefschwarzer Krater.» Allmählich entspanne ich mich. Was ich erwartet habe, ist nicht eingetreten. Das ist eine ganz gewöhnliche Befragung.

«Auch keine besonderen Vorkommnisse? Dinge, die Sie sich nicht erklären können?»

Ich überlege kurz. «Nein.»

Colbe sieht mich über den Bildschirm hinweg an. «Können Sie sich vorstellen, warum ich mit Ihnen allein sprechen wollte?»

Von einer Sekunde auf die andere verkrampfe ich mich wieder. Ich schüttle den Kopf.

«Es gibt da ein paar kleine Unstimmigkeiten.» Er schiebt den Laptop so zur Seite, dass er nicht mehr zwischen uns steht. «In der Aussage Ihres Mannes zu dem Überfall auf Sie und der Brandstiftung.»

Unwillkürlich verknote ich meine Finger. «Was denn für Unstimmigkeiten?»

«Es geht um die zeitlichen Abläufe. Ihr Mann hat ausgesagt, dass er um Viertel vor drei von einem Treffen mit einem Bekannten aufgebrochen sei. Der Bekannte hat das bestätigt. Zu Hause angekommen, habe Ihr Mann den Wagen in die Garage gefahren, sei ins Haus gegangen, habe gemerkt, dass alles voller Qualm ist und dass Sie auf dem Boden liegen, ohnmächtig und mit einer Verletzung am Hinterkopf. Er habe Sie hochgehoben, zum Wagen getragen und sei mit Ihnen auf dem schnellsten Weg ins Krankenhaus gefahren. In der Einfahrt habe er kurz gestoppt, um einen Nachbarn zu bitten, die Feuerwehr zu rufen. Das hat dieser auch unverzüglich getan. Der Notruf ging um zwei Minuten vor halb vier ein.»

Der Nachbar muss Kathys Mann gewesen sein. Ich erinnere mich, dass Kathy mir davon erzählt hat. «Und? Was stimmt daran nicht?»

«Wir haben die Fahrzeit von der Gaststätte, in der Ihr Mann das Treffen hatte, bis zu Ihrem Haus mehrfach gestoppt. Selbst bei dichtem Verkehr sind es maximal dreißig Minuten. Ihr Mann muss spätestens um Viertel nach drei zu Hause gewesen sein. Aber er hat erst zehn Minuten später Ihren Nachbarn alarmiert. Zehn Minuten erscheinen mir ziemlich lange, um ins Haus zu gehen, seine schwer verletzte Frau am Boden zu entdecken und zu bemerken, dass es brennt.»

Ich schweige betroffen, gehe in Gedanken die möglichen Gründe für die Diskrepanz durch. Unterschiedlich gehende

Uhren. Ein Hindernis auf der Straße. Aber hätte Roland das nicht erwähnt?

«Das muss nicht unbedingt etwas heißen», sagte Colbe. «Aber es macht meine Kollegen und mich nachdenklich. Zumal einige andere Ungereimtheiten hinzukommen.»

Unwillkürlich richte ich mich in meinem Stuhl auf.

«Nachdem Sie im Krankenhaus aus dem Koma erwacht waren, hat Ihr Mann alles getan, um zu verhindern, dass wir mit Ihnen sprechen. Außerdem hat die Spurensicherung ganz hinten im Garten eine Feuerschale gefunden, in der Unterlagen verbrannt wurden. Und dann ist da noch die Tatsache, dass er Sie selbst ins Krankenhaus gefahren hat, anstatt Feuerwehr und Krankenwagen zu rufen.»

Dass mein Mann mich vor den Fragen der Polizei abgeschirmt hat, finde ich nicht verdächtig. Und dass er mich selbst gefahren hat, kann ich gut nachvollziehen. Nur das mit der Feuerschale erscheint mir rätselhaft.

Hat Roland Unterlagen verschwinden lassen, die die Polizei nicht finden sollte? Aber was für welche? Und warum sollte er Unterlagen in einer Schale verbrennen, wenn das ganze Haus in Flammen steht? Oder war ich das selbst? Vor dem Feuer? Mein Verdacht fällt mir wieder ein.

O Gott, was habe ich getan?

«Was waren das für Unterlagen in der Feuerschale?»

«Das ließ sich nicht mehr feststellen.»

«Aber Sie sind sicher, dass es Papiere waren? Nicht vielleicht alte Zeitungen?»

«Absolut. Wir haben Reste einer Aktenmappe sicherstellen können.»

«Konnten Sie ermitteln, wann die Papiere verbrannt wurden?»

«Nicht genau. Aber es muss kurz vor oder kurz nach dem

Feuer im Haus gewesen sein. Wenn es länger zurückgelegen hätte, hätte sich in der Schale Regenwasser gesammelt.»

«Und was schließen Sie daraus?», frage ich mit belegter Stimme.

«Zunächst einmal gar nichts. Ich stelle nur Fragen.» Er zögert. «Bitte nehmen Sie es mir nicht übel, Frau Winter, aber könnte es sein, dass Ihr Mann ... Ich meine, wäre es möglich, dass Sie ... dass er eifersüchtig ist? Dass es in Ihrem Leben jemand anderen gibt?»

Ungläubig starre ich ihn an. Kriminalhauptkommissar Jan Colbe, der Mann, den ich bis zu diesem Augenblick für meinen heimlichen Geliebten gehalten habe, fragt mich, ob ich eine Affäre haben könnte. Schlagartig wird mir die Absurdität meines Verdachts klar.

Die forschenden Blicke, die Andeutungen. Es ging nie um ihn und mich, es ging um Roland und mich. Jan Colbe hatte Roland von Anfang an im Visier, und er hat sich Sorgen um mich gemacht. Er hat versucht, mich zu warnen, mir klarzumachen, dass es da noch etwas anderes geben könnte, das ich vergessen habe.

Ich vergrabe mein Gesicht in den Händen und hoffe, dass Colbe nichts von meinem Verdacht gemerkt hat.

«Geht es Ihnen nicht gut? Soll ich Ihnen ein Glas Wasser holen?»

Ich nehme die Hände herunter. «Nein, danke. Schon in Ordnung.»

Er rückt mit dem Stuhl an mich heran, legt seine Hand auf meine. Diesmal ist seine Nähe nicht beklemmend. «Das muss ein Schock für Sie sein. Wenn Sie möchten, machen wir für heute Schluss. Aber denken Sie bitte über meine Frage nach.»

«Danke.» Ich wage nicht, ihn anzusehen. Dann fällt mir

etwas ein, das mir schon die ganze Zeit im Kopf herumgeht. «Womit wurde ich eigentlich niedergeschlagen?»

Colbe verzieht das Gesicht. «Das ist auch eins der Rätsel, die wir bislang nicht lösen konnten. Der Täter muss die Tatwaffe mitgenommen haben. Die Form Ihrer Verletzung war schwer zu interpretieren. Wir wissen also nicht einmal, wonach wir suchen müssen.»

Ich denke an den schimmernden Gegenstand aus meinen Albträumen und nicke abwesend.

«Wo treffen Sie sich mit Ihrem Mann? Wenn Sie möchten, bringe ich Sie hin.»

Ich reiße mich aus meinen Grübeleien. «Das ist nicht nötig.»

«Wie Sie meinen.»

Er begleitet mich zurück in die Eingangshalle. «Passen Sie auf sich auf, Clara.» Er gibt mir die Hand. «Und wenn Ihnen irgendetwas merkwürdig vorkommt oder wenn Sie auf etwas stoßen, rufen Sie mich an. Egal, wann. Auch mitten in der Nacht. Versprochen?»

Ich nicke, noch immer benommen von der plötzlichen Wendung der Ereignisse. «Versprochen.»

Rolands Mercedes steht nicht in der Keithstraße. Er wollte noch etwas besorgen und dann vor dem LKA auf mich warten. Ich schlendere in Richtung Zoologischer Garten, ohne zu wissen, wohin ich will. Ich fühle mich taub, als wäre etwas in mir abgestorben. Doch mit jedem Schritt kehrt das Leben in meinen Körper zurück. Und mit ihm der Zorn.

Ich bin mir sicher, dass Roland etwas vor mir verheimlicht. Etwas, das mit Isabel zu tun hat. Und es geht nicht darum, mich zu schützen. Wie konnte er meine Hilflosigkeit nur so schamlos ausnutzen?

Ich denke an das Telefongespräch, das ich mitgehört habe. Und ich treffe eine Entscheidung. Das nächste freie Taxi, das auf mich zukommt, halte ich an. Mein Herz hämmert, aber ich bin wild entschlossen.

Zehn Minuten später stehe ich wieder vor Daniel Gottfrieds Tür.

Er reißt die Augen auf, als er mich sieht. «Clara! Das geht jetzt nicht, ich habe eine Patientin.»

«Das ist mir scheißegal.» Ich schiebe mich in die Praxis. Durch den Türspalt sehe ich eine füllige Frau auf dem Sofa hocken, die Knie eng zusammengepresst, ein Papiertaschentuch vor das Gesicht gedrückt. Sie tut mir leid. Aber ich kann keine Rücksicht auf sie nehmen. «Ich muss Sie sprechen. Sofort.»

Daniel seufzt. «Warten Sie da drin.» Er schiebt mich in ein Arbeitszimmer. Weiße Regale voller Bücher, nur Bildschirm und Tastatur auf dem Schreibtisch. Kein einziger privater Gegenstand im ganzen Raum.

Ich höre Gemurmel, kurz darauf die Tür.

Daniel erscheint. «Ich habe ihr gesagt, dass es sich um einen Notfall handelt. Kommen Sie mit.»

Ich folge ihm in das Zimmer mit dem grandiosen Blick über die Stadt, aber ich weigere mich, auf dem Sofa Platz zu nehmen.

Ich stelle mich mit dem Rücken zum Fenster, die Arme verschränkt. «Erzähl mir von Roland und Isabel», fordere ich ihn auf. Ich bin nicht mehr seine Patientin, ich bin die betrogene Ehefrau seines Freundes, also können wir uns die Höflichkeitsscharade mit dem Siezen sparen. «Und lüg mich bloß nicht an!»

Er zuckt nicht einmal mit der Wimper. «Du solltest mit Roland darüber sprechen.»

«Er lügt, wann immer er den Mund aufmacht. War das schon immer so? Oder macht er das speziell für mich?» Ich möchte nicht sarkastisch klingen, aber nur so gelingt es mir, nicht hysterisch loszuheulen. «Wusstest du, dass die Polizei Roland verdächtigt?»

Daniel starrt mich entgeistert an. «Das glaube ich nicht!»

Ich warte.

«Irgendwann im Frühjahr kam Roland zu mir», sagt er schließlich. «Ich glaube, es war Ende Mai. Er wollte meinen Rat. Er …»

«Ja?»

«Ich sollte das wirklich nicht tun.» Daniel fährt sich durch das Haar.

Jetzt setze ich mich auf das Sofa, schlage die Beine übereinander.

Daniel schließt kurz die Augen. «Also gut», sagt er. «Aber bitte bedenke bei allem, was ich dir erzähle, dass ich Roland für den sanftmütigsten Mann halte, den ich kenne. Er würde niemals einem anderen Menschen Gewalt antun. Er kann nicht mal Blut sehen. Was glaubst du, warum er das Medizinstudium abgebrochen hat? Wenn überhaupt, würde ich sagen, er hat zu viele Skrupel, nicht zu wenige.»

«Das hindert ihn nicht daran, seine Frau zu betrügen.»

Daniel lässt sich mir gegenüber im Sessel nieder und senkt den Blick. «Als er im Mai zu mir kam, bat er mich um Hilfe. Er hatte diese Frau kennengelernt. Isabel. Sie hatte alles, was er an dir liebte, aber ohne die Schattenseiten. Ohne das Misstrauen, ohne den Verfolgungswahn, ohne diese ständige Achterbahnfahrt zwischen Liebe und Hass.»

Misstrauen.

Verfolgungswahn.

Halluzinationen.

Ich beiße mir so fest auf die Unterlippe, dass ich Blut schmecke.

«Er wollte meinen Rat», fährt Daniel fort. «Er wollte, dass ich mit dir rede, dass ich einschätze, wie du mit einer Trennung klarkommen würdest.»

Der Boden öffnet sich unter mir. «Er wollte sich von mir trennen?»

«Er wollte mit Isabel nach Frankreich gehen. Sie hat dort ein Haus, glaube ich. In der Provence.»

Ich spüre den Sog des Abgrunds zu meinen Füßen. Roland wollte mich verlassen, für eine andere Frau. Für meine Schwester. All die glücklichen Momente der vergangenen Wochen fallen mir ein. Die Zweisamkeit in der Hütte. Seine Fürsorge. Seine Geduld. Seine Zärtlichkeit. War das alles nur gespielt?

Obwohl ich mich am liebsten in den Abgrund stürzen würde, blicke ich Daniel fest in die Augen. «Und? Wozu hast du ihm geraten?»

«Ich habe ihm gesagt, dass ich das nicht tun kann. Seine Frau, also dich, begutachten und ihm dann quasi die Absolution für eine Scheidung erteilen.»

«Wie hat er reagiert?»

«Er hat es verstanden. Denke ich.»

«Hast du sie mal getroffen? Isabel?»

«Nein. Ich wusste bis vor kurzem nicht einmal, dass sie deine Schwester ist.»

«Und dann?»

Daniel zuckt mit den Schultern. «Als er mich wegen eines Therapietermins für dich anrief, sagte er, er hätte sich für dich entschieden. Das mit Isabel sei nur eine kleine Flucht gewesen, weil ihr beide gerade eine schwere Phase durchgemacht hättet. Isabel wäre zurück nach Frankreich gegangen, er hätte keinerlei Kontakt mehr zu ihr.»

Meine Augen brennen. Ich möchte so gern glauben, dass

das die Wahrheit ist. Aber ich kann nicht. «Wenn das stimmt, warum warst du dann eben so schockiert? Warum hast du mich rausgeworfen? Warum habt ihr euch am Telefon über Isabel gestritten?»

Er guckt ertappt.

«Warum, Daniel?»

«Als Roland mir erzählt hat, dass Isabel nach Frankreich zurückgekehrt ist, kam mir das sofort komisch vor. Warum hat sie sich einfach so abschieben lassen? Warum hat sie nicht um Roland gekämpft? Nach seinen Erzählungen schien sie nicht der Typ Frau zu sein, der sich herumschubsen lässt. Und als du vorhin sagtest, dass diese andere, dieser Fan, nichts mit den Attacken auf dich zu tun hat, da dachte ich …»

«… dass es Isabel gewesen sein muss.»

Er zuckt mit den Schultern. «Ich schätze ja.»

Verbitterung steigt in mir auf. «Kein Grund, mich ohne Erklärung wegzuschicken. Im Gegenteil.»

«Entschuldige.» Er beugt sich vor. «Ich war mit der Situation überfordert. Mir war klar, dass ich nicht mehr länger dein Therapeut sein kann und gleichzeitig Rolands Freund. Ich hätte einem von euch gegenüber illoyal sein müssen. Also habe ich Roland aufgefordert, dir die Wahrheit zu sagen.»

«Das hat er aber nicht getan.» Ich stehe auf. Meine Beine sind zittrig, aber ich kann nicht länger hierbleiben. Ich habe nicht einmal die Kraft, auf Daniel wütend zu sein. Ich will nur weg.

Daniel erhebt sich ebenfalls. «Ich bin mir sicher, dass er es gut meint.»

«Und was gut für mich ist, entscheidet er?» Ich wanke in die Diele.

Er kommt mir hinterher. «Soll ich dir ein Taxi rufen?»

«Nicht nötig.»

Er zieht die Tür auf. «Gib Roland eine Chance, dir seine Version zu erzählen. Bitte!» Er zögert. «Und pass auf dich auf, Clara.»

Mit letzter Kraft schaffe ich es die Treppe hinunter. Als ich vor die Haustür trete, wird mir schwarz vor Augen, und ich muss mich mit dem Rücken gegen die Wand lehnen, um nicht umzukippen. Erst jetzt, während ich dastehe und darauf warte, dass meine Beine mich wieder tragen, wird mir die Ungeheuerlichkeit von Rolands Lügengebilde bewusst. Alles, was er angeblich zu meinem Schutz getan hat, das Abschirmen vor der Polizei, vor der Vergangenheit, vor der Wahrheit über Isabel, diente in Wirklichkeit einzig und allein dazu, zu verhindern, dass seine erbärmliche kleine Affäre auffliegt.

Ich habe keine Ahnung, wie es jetzt weitergehen soll. Ich kann Roland nicht mehr vertrauen. Ich muss alles in Frage stellen, was er mir über mich und mein Leben erzählt hat. Ich stehe wieder ganz am Anfang.

Der Schwindel verfliegt allmählich. Zurück bleibt eine schmerzvolle Leere. Ich fühle mich taub, ausgehöhlt. Benommen stehe ich unter dem Vordach in der Reinhardtstraße, unschlüssig, in welche Richtung ich mich wenden soll. Ich weiß nur, wohin ich nicht will. Zögernd setze ich mich in Bewegung. Zu allem Überfluss hat es auch noch angefangen zu regnen. Und ich habe keinen Schirm dabei. Schon nach wenigen Metern bin ich nass bis auf die Haut.

Plötzlich bremst ein Wagen neben mir. Roland. Bestimmt hat Daniel ihn angerufen.

Er springt aus dem Mercedes, rennt durch den Regen auf mich zu. «Steig ein, wir müssen reden.»

«Es gibt nichts mehr zu reden. Oder willst du behaupten, dass Daniel gelogen hat?»

Roland sieht mich an. «Bitte steig in den Wagen. Wir müssen das nicht hier draußen klären.»

«Du hast meine Frage nicht beantwortet: Hat Daniel gelogen?»

«Liebling.» Roland fasst mich bei den Schultern.

Ich schüttele ihn ab. «Also ist es wahr.» Ich bin froh, dass mein Gesicht so nass ist, dass die Tränen nicht auffallen.

«Es ist nicht, wie Daniel erzählt hat.»

«Hattest du eine Affäre mit meiner Schwester? Ja oder nein?»

«Die Sache ist kompliziert. Bitte –»

«Ja oder nein?»

«Also, wenn du es darauf reduzieren möchtest ...»

«Okay, mehr wollte ich nicht wissen.» Ich wende mich ab, laufe durch den Regen davon.

Roland rennt mir nach, fasst mich am Arm. Auch er ist inzwischen klatschnass, das Haar klebt ihm am Kopf, Tropfen fließen über seine Stirn. «Bitte, Liebling, ich kann es dir erklären.»

«Fass mich nicht an!»

Er hebt die Hände. «Ich habe dir nie schaden wollen, das musst du mir glauben. Ich würde alles für dich tun. Alles, verstehst du?»

Wenn ich es nicht besser wüsste, würde ich glauben, auch in seinen Augen Tränen schimmern zu sehen. Aber ich habe inzwischen begriffen, was für ein guter Lügner er ist.

«Lass mich in Ruhe, Roland. Ich will dich nicht mehr sehen!» Es auszusprechen fühlt sich an, als würde ich mir selbst das Herz herausreißen.

Er starrt mich an, als hätte ich ihm ein Messer in den Bauch gerammt. «Wohin willst du jetzt gehen?»

Gute Frage. «In ein Hotel.»

«Ich fahre dich hin.»

«Nein! Ich brauche keinen Babysitter mehr! Geh weg! Hau ab! Verschwinde aus meinem Leben!» Ich wende mich ab und laufe weiter. Die Kleidung klebt mir auf der Haut. Ich friere, ich habe keine Ahnung, in welche Richtung ich mich bewege, aber ich bleibe nicht stehen. An der Straßenecke schaue ich über die Schulter zurück.

Roland ist weg.

Ich sinke auf die Knie, schlage die Hände vor das Gesicht und schluchze hemmungslos. Noch nie habe ich mich so allein gefühlt.

SCHMERZ

Das Hotelzimmer ist dämmrig und still. Es hat ein großes bodentiefes Fenster, aber es geht auf einen düsteren Innenhof hinaus. Regen prasselt auf das Glasdach des Wintergartens unter mir, in dem morgens das Frühstück serviert wird.

Ich streife die nassen Klamotten ab. Unter der heißen Dusche verschwindet die Taubheit aus meinem Körper. Aber nicht die in meinem Herzen.

Ich trockne mich ab und ziehe den Hotelbademantel an. Dann hänge ich meine Sachen über die Heizung. Ich muss einkaufen. Wäsche. Kosmetikartikel. Und vor allem muss ich überlegen, wie es jetzt weitergehen soll.

Ich setze mich an den Schreibtisch und schlage mein Tagebuch auf. Eine neue Seite. Ich darf nicht in Selbstmitleid versinken, ich muss Pläne schmieden. Ich starre auf das weiße Blatt Papier, bis es vor meinen Augen verschwimmt.

Rasch blättere ich zurück, auf der Suche nach meiner Tabelle über die Dinge, die ich weiß. Es gibt einiges zu ergänzen. Ich stoße auf die Seiten mit den Zeichnungen. Die Kapuzengestalt. Kathy.

Und Roland.

Ich habe ihn gut getroffen. Er schaut mich mit diesem halb verlegenen, halb verschmitzten Lächeln an. Behutsam zeichne ich mit dem Finger die Form seines Gesichts nach. Als mir bewusst wird, was ich da tue, knalle ich das Buch wütend zu.

Es ist noch dunkel draußen, als ich am nächsten Morgen aufwache. Ich habe eine unruhige Nacht hinter mir. Bis weit nach Mitternacht habe ich mich hin und her gewälzt, bin immer wieder aufgeschreckt von wirren Träumen, in denen ich Roland mit einer Frau überrasche. Die beiden aalen sich nackt auf einem Bootssteg an einem einsamen See im Wald. Die Frau erblickt mich und lacht laut auf. «Clara!», ruft sie. «Du hast doch nicht ernsthaft geglaubt, dass Roland dir gehört. Nichts gehört dir. Alles gehört mir! Mir! Mir!» Ihre Stimme hallt über die Oberfläche des Sees. Ich will mir die Ohren zuhalten, doch ich kann meine Arme nicht bewegen. Als ich das nächste Mal zum Steg schaue, sind Roland und die Frau weg. Dafür sitzt dort der Wassermann und streckt auffordernd seine Hand nach mir aus.

An der Stelle bin ich jedes Mal schweißgebadet aufgewacht. Der Traum war immer gleich, nur die Frau sah unterschiedlich aus, mal hatte sie lange rote Haare, mal einen kurzen brünetten Pagenkopf, mal blonde Locken. Aber es war jedes Mal Isabel. Irgendwann war ich so erschöpft, dass ich in einen traumlosen Schlaf fiel.

Einen Moment bleibe ich reglos liegen. Alles ist still. Im Hotel rührt sich noch nichts. Das Prasseln vor meinem Fenster hat aufgehört. Vorsichtig setze ich mich auf. Ich fühle mich, als hätte mich jemand verprügelt.

Immerhin sind meine Klamotten über Nacht getrocknet. Sie sind steif und kratzen auf der Haut. Ich spritze mir kaltes Wasser ins Gesicht. Trotzdem sehe ich aus, als hätte ich eine Woche nicht geschlafen. Nach dem Frühstück, das aus viel Kaffee und einer trockenen Scheibe Brot besteht, rufe ich Jan Colbe an. Der Wintergarten ist fast leer. Die meisten Hotelgäste liegen wohl noch im Bett.

«Geht es Ihnen gut?»

«Nein.»

«Ist etwas passiert?» Er klingt alarmiert.

«Nicht direkt. Ich meine, niemand hat versucht, mich umzubringen, wenn Sie das meinen.»

«Was dann? Ist Ihre Erinnerung zurückgekehrt?»

«Nein. Es geht um meinen Mann.» Ich zögere. Trotz allem, was vorgefallen ist, kommt es mir schäbig vor, Roland bei der Polizei anzuschwärzen.

«Was ist mit ihm?»

«Ich ...»

«Sagen Sie mir, wo Sie sind. Ich komme zu Ihnen.»

«Nein!» Ich schlage mir die Hand vor den Mund. Ich wollte nicht schreien, aber die Vorstellung, Colbe in die Augen zu schauen, während ich ihm von Roland und Isabel erzähle, ist unerträglich.

Die junge Frau, die mir Kaffee gebracht hat, starrt zu mir herüber. Ich tue so, als würde ich ihren Blick nicht bemerken.

«Schon gut», sagt Colbe am Telefon. «Wie Sie wollen.»

«Sie haben mich doch gefragt, ob Roland ein Motiv haben könnte, mir etwas anzutun, ob ich vielleicht mit jemandem ...»

«Ja?»

«Es ist umgekehrt. Er hatte eine Affäre. Mit meiner Schwester.»

Am anderen Ende der Leitung ist es still.

«Sind Sie noch dran?»

«Ja. Ich bin nur etwas überrascht. Ich wusste nicht, dass Sie eine Schwester haben.»

«Ich auch nicht. Angeblich waren wir zerstritten. Sie ist im Westen aufgewachsen, ich in Ost-Berlin. Jedenfalls hat Roland sie vor einigen Wochen kennengelernt.»

«Hat er Ihnen das erzählt?»

«Erst nachdem ich es auf anderem Weg herausgefunden und ihn damit konfrontiert habe.»

«Und Sie denken, Ihr Mann – »

«Ich glaube nicht, dass Roland mir etwas antun will», unterbreche ich ihn.

«Also steckt Ihre Schwester dahinter?»

«Ich weiß es nicht. Ich kenne sie doch überhaupt nicht. Aber vielleicht könnten Sie überprüfen ... Isabel lebt angeblich in Frankreich.»

«Wie heißt sie mit vollem Namen?»

«Isabel Dominik.»

«Und wo in Frankreich wohnt sie?»

«Irgendwo in der Provence.»

«Hm. Ich sehe, was sich machen lässt. Aber das kann dauern. Könnte es sein, dass Ihr Mann die Anschrift hat?»

Ich denke daran, dass er vorhatte, zu ihr zu ziehen. «Möglich.»

«Das muss schlimm für Sie sein.»

«Ich komme klar.» Bevor er noch etwas hinzufügen kann, beende ich das Gespräch.

Eine Weile betrachte ich das Display. Roland hat nicht ein einziges Mal versucht, mich zu erreichen. Respektiert er meinen Wunsch, allein zu sein? Oder ist er froh, dass er mich endlich los ist?

Professor Manfred Hochstättler wohnt in einer schicken kleinen Villa in der Nähe der Freien Universität. Unschlüssig stehe ich vor dem grauen Tor und spähe in den Vorgarten. Wenn ich hindurchgehe, erfahre ich möglicherweise Dinge, die schmerzhaft sind. Will ich das wirklich?

Ich streiche mir über die nackten Arme. Vormittags war ich einkaufen. Eine zweite Hose, ein Kleid, T-Shirts, Blusen,

Schuhe, einen Schlafanzug und Unterwäsche. Bevor ich zu Hochstättler aufgebrochen bin, habe ich mich umgezogen. In dem leichten Sommerkleid fühle ich mich verwundbar. Aber aus irgendeinem Grund hatte ich das Bedürfnis, mich hübsch zu machen.

Ich nehme meinen Mut zusammen. Auf mein Klingeln hin ertönt eine knisternde Stimme in der Gegensprechanlage.

«Ja, bitte?»

«Clara Winter hier. Ich bin mit Professor Hochstättler verabredet.»

Es summt, und ich drücke das Tor auf. Gerade als ich beim Haus ankomme, wird die Tür aufgezogen.

Eine Frau steht da, vielleicht Ende fünfzig, straff gebundener Pferdeschwanz, resoluter Blick. «Frau Winter?»

Wer denn sonst? «Ja. Guten Tag.»

«Kommen Sie.»

Ich folge ihr durch einen Flur voller Antiquitäten in ein Wohnzimmer mit Blick auf den Garten hinter dem Haus. Nicht der Garten aus meinem Traum. Natürlich nicht.

Ein Mann steht beim Fenster. Kahl bis auf einen weißen Kranz um den Kopf, ein ebenso weißer Vollbart, eine dunkel gerahmte Brille. Seine Haltung ist aufrecht.

Er lächelt mich an: «Sie sind also Clara.»

«Professor Hochstättler?»

«Sparen Sie sich das ‹Professor›. Kommen Sie herein! Setzen Sie sich! Kaffee?»

Ich nicke, lasse mich auf dem Sofa nieder. Beklommenheit sitzt in meinem Hals fest. Ich fühle mich wie bei einem Bewerbungsgespräch. Als wäre Hochstättler der verlängerte Arm meines Vaters, der prüfen soll, ob ich seiner würdig bin. Mir wird klar, weshalb ich dieses viel zu dünne Kleid angezogen habe. Ich will Hochstättler gefallen. Wenn er mich mag, fühlt es sich ein bisschen so an, als würde mein Vater mich auch mögen.

Die Frau mit dem strengen Gesicht trägt ein Tablett herein und stellt es auf dem Marmortisch vor mir ab. «Brauchen Sie noch was, Herr Professor?»

Nicht seine Frau also.

«Danke, Sie können jetzt gehen.»

Als sie die Tür geschlossen hat, lässt sich Hochstättler im Sessel zu meiner Linken nieder. Er schenkt uns ein, schiebt mir Milch und Zucker hin, lehnt sich zurück. «Ich erinnere mich gut an Sie, Clara, Sie waren ein aufgewecktes kleines Mädchen.»

Ich blicke ihn überrascht an. «Sie kannten mich?»

«Ich habe Ihren Vater einige Male besucht, als er noch im Osten wohnte. Ihn und seine Familie.»

«Dann kannten Sie auch meine Mutter?»

«Ja, natürlich. Sie war eine fröhliche, liebenswerte Frau, so zumindest habe ich sie in Erinnerung.»

Mein Herz spielt verrückt. Ich nehme hastig einen Schluck Kaffee. Meine Finger zittern so sehr, dass die Flüssigkeit in der Tasse hin und her schwappt.

«Und Sie, Clara, waren sehr ehrgeizig, wollten Ihrem Papa um jeden Preis gefallen. Ich erinnere mich, dass Sie damals schon fließend lesen und schreiben konnten. Dabei waren Sie gerade erst fünf. Sie hatten einen kleinen Text über römische Aquädukte verfasst, nur zwei kurze Sätze in schiefer Kinderschrift und ein Bild dazu. Sie sind vor Stolz beinahe geplatzt, als Sie Ihrem Vater das Blatt gezeigt haben. Sie wollten ebenfalls Archäologin werden, in seine Fußstapfen treten.»

«Oh.»

«Sie erinnern sich nicht daran?»

«Nein.» Ich fahre mir durch das kurze Haar, mittlerweile

sieht es aus wie eine richtige Frisur. «Ich hatte einen Unfall, ich habe das Gedächtnis verloren.»

«Wie furchtbar! Wann ist das passiert?»

«Vor einigen Wochen.» Er scheint zu glauben, dass ich von einem Autounfall spreche. Das macht es leichter. «Deshalb treffe ich mich jetzt mit Menschen, die mich und meine Familie schon länger kennen. Um mein Leben wieder zusammenzupuzzeln.»

«Dann erinnern Sie sich gar nicht an Ihre Familie? Oder nur an die frühen Jahre nicht?»

«An nichts.»

Er nickt. Sein Blick wandert in den Garten. Eine große Rasenfläche, von locker verteilten Sträuchern eingefasst. «Wir haben oft dort draußen gesessen, Ihr Vater und ich, und Probleme der Archäologie diskutiert. Johannes war sehr scharfsinnig, wenn es darum ging, die Vergangenheit zu analysieren. Er hat Zusammenhänge erkannt, die keiner sonst gesehen hat. Aber wenn es um die Gegenwart ging ...»

Ich halte die Luft an.

«Er hat nie wirklich begriffen, in was für einem Land er lebte. Zumindest nicht, bis es zu spät war. Er war Parteimitglied. Galt als absolut linientreu. Deshalb durfte er zu Konferenzen in den Westen. In Wahrheit hat es ihn einfach nicht interessiert. Für ihn hatten die zweitausend Jahre alten Überreste des Hadrianswalls mehr Bedeutung als die Mauer, die seine Heimatstadt teilte. Auf seine Art war er erschreckend naiv. Und damit war er nicht allein.» Hochstättler blickt zu Boden.

Eine Ahnung steigt in mir auf. «Wie meinen Sie das?»

«Wissen Sie, wie Ihr Vater geflohen ist?»

«Nein.»

«Es war quasi ein Versehen.» Hochstättler schüttelt den Kopf. «Wir waren so dumm. Wie kleine Kinder, die einen

Streich spielen und sich nicht über die Konsequenzen im Klaren sind.»

«Bitte erzählen Sie!» Mein Hals ist so rau, dass ich kaum mehr als ein Krächzen hervorbringe.

«Wir hatten eine Tagung hier im Westen an der Freien Universität. Es ging um die Infrastruktur der Römer, Straßen, Brücken, Befestigungswälle, das Steckenpferd Ihres Vaters. Natürlich war er dabei. Er pendelte jeden Tag vom Osten in den Westen. Für ihn als privilegierten Wissenschaftler mit Parteiausweis kein Problem. Eines Abends kam ich noch mit zu ihm, und da es spät wurde, blieb ich über Nacht. Am nächsten Morgen brachen wir gemeinsam auf. Gudrun, also Ihre Mutter, und Sie mussten früh aus dem Haus. Wir sollten die kleine Isabel in die Krippe bringen, bevor wir zur Tagung aufbrachen. Und da kam uns die Idee, sie einfach mitzunehmen. Es war ein Spaß, eine Mutprobe, ich weiß nicht mehr, was wir uns dabei dachten. Wir schmuggelten sie mit den Papieren meiner Tochter Simone in den Westen. Es war ganz leicht. Die Probleme gab es erst, als wir am Abend wieder zurückwollten.»

Ich wage kaum zu atmen. «Was ist passiert?»

«Ich durfte plötzlich nicht mehr einreisen. Angeblich stimmte etwas mit meinem Ausweis nicht. Ich begriff das damals nicht. Erst später fiel mir ein, dass ich mich einige Tage zuvor öffentlich kritisch über die DDR geäußert hatte. Ich war nicht mehr willkommen. Und ohne mich durfte meine Tochter natürlich auch nicht mehr einreisen. Ich konnte Johannes gerade noch davon abhalten, den Grenzern zu erklären, dass das Mädchen im Wagen gar nicht Simone, sondern seine eigene Tochter Isabel sei. Ich dachte nicht weiter nach, ich wollte nur verhindern, dass wir alle drei festgenommen werden. Also legte ich den Rückwärtsgang ein, wendete und raste davon. Danach gab es kein Zurück mehr.»

Hochstättler sieht mich an. «Sie können mir glauben, Ihr Vater hat alles versucht. Erst wollte er mit Isabel heimkehren. Er hat sich die Finger wund geschrieben, Anträge gestellt, die Parteiführung angefleht. Aber er war nicht mehr erwünscht, galt als Nestbeschmutzer. Als er merkte, dass es nicht funktionieren würde, hat er versucht, Sie und Ihre Mutter nachzuholen.» Hochstättler stößt einen Seufzer aus. «Keine Chance.»

Fassungslos starre ich auf meine Finger. Wie absurd! So viele Menschen haben bei dem Versuch, in den Westen zu gelangen, ihr Leben gelassen. Und mein Vater ist versehentlich geflohen.

«Es tut mir sehr leid, Frau Winter. Ich bin genauso schuld an dem, was geschehen ist, wie Ihr Vater. Und ich bin mir bewusst, was ich Ihnen und Ihrer Mutter damit angetan habe.»

«Oh, ich …» In meinem Kopf rauscht es, als würde ein Fluss durch mich hindurchfließen, ein wilder Strom, der all meine Gedanken mitreißt, sodass ich nicht einen einzigen festhalten kann. Eine Frage fällt mir dennoch ein. «Wohin ist mein Vater mit Isabel gegangen?»

«Erst hat er einige Monate in Zehlendorf gelebt. Ich hatte ihm eine Dozentenstelle besorgt. Aber nachdem klar war, dass er weder in die DDR zurückkehren noch seine Familie nachholen kann, wollte er weg aus Berlin. Er ging nach Münster.»

«Und dort ist er geblieben?»

«Ja. Er bekam einen Lehrstuhl und konnte endlich zu all den Ausgrabungen reisen, die er bis dahin nur aus Büchern kannte. Er hat seine Familie nie vergessen, aber er hat sich auf seine Art mit dem Schicksal arrangiert, hat sich in seine Arbeit gestürzt. Er spezialisierte sich auf römische Infrastruktur im Süden Frankreichs. Er kaufte sogar ein Haus dort.»

Das muss das Haus sein, in dem Isabel jetzt lebt. «Wo?», ist alles, was ich hervorbringe.

«Ich erinnere mich nicht genau, obwohl ich sogar einmal dort war. Im Laufe der Jahre hatten wir immer weniger Kontakt, wissen Sie? Ich glaube, ich habe ihn zu sehr an das erinnert, was er vergessen wollte.» Hochstättler nimmt die Brille ab, betrachtet sie und setzt sie wieder auf. «Es war in einem kleinen Ort südlich von Avignon, glaube ich. Den Namen habe ich vergessen.»

«Und zu uns ...» Mir versagt die Stimme.

«Er hat sich bemüht, den Kontakt zu Ihnen und Ihrer Mutter zu halten. Anfangs zumindest. Aber er erhielt keine Antworten auf seine Briefe. Vermutlich kamen sie gar nicht bei Ihnen an. Er hat es erst nach dem Mauerfall wieder versucht.»

Etwas wie ein elektrischer Blitz durchzuckt mich. «Ist das wahr?»

«Er hat nach Ihnen gesucht. In Ihrem alten Haus wohnten Sie nicht mehr. Aber er machte Ihre neue Adresse ausfindig.»

«Und?»

Der Professor nimmt wieder die Brille ab. «Sie wollten nichts von ihm wissen. Er hat es noch einige Male probiert, aber Sie beide haben ihm deutlich zu verstehen gegeben, dass sie ihn nie wiedersehen wollen. Weder ihn noch Isabel.»

Ich schlage die Hände vor das Gesicht. Der Strom zerrt nicht mehr nur an meinen Gedanken, er droht mich ganz mit sich fortzureißen. Und ich habe kaum noch Kraft, mich ihm entgegenzustemmen.

Plötzlich fällt mir etwas ein: Ich habe Roland erzählt, dass mein Vater schon tot war, als die Mauer fiel. Das war offenbar gelogen. Ich habe keinen Anlass, an Hochstättlers Worten zu zweifeln. Ich habe meinen Vater nicht sehen wollen, und das sollte Roland nicht wissen.

Ich nehme meinen Mut zusammen. «Wann ist mein Vater gestorben?»

Hochstättler betrachtet die Brille in seiner Hand, dann blickt er auf. «Im vergangenen November.»

Den Weg bis zum U-Bahnhof Thielplatz lege ich zurück wie in Trance. Ich setze einen Fuß vor den anderen, gehe durch die Straßen, aber zugleich bin ich an einem anderen Ort, in einer anderen Zeit.

Ich versuche zu begreifen, warum ich meinen Vater nicht sehen wollte. Er hat noch fünfundzwanzig Jahre nach dem Mauerfall gelebt. Fünfundzwanzig Jahre, in denen ich mich geweigert habe, auch nur ein Wort mit ihm zu sprechen. Warum nur? Konnte ich ihm nicht verzeihen, dass er mich als kleines Kind im Stich ließ?

Und meine Schwester? Stimmt die Geschichte, die ich Roland erzählt habe? Dass Isabel nichts von mir wissen wollte, ihrer armen Schwester aus dem Osten, bis diese mit einem Mal vermögend war? Oder war es umgekehrt, wollte ich nichts mit ihr zu tun haben, wie Hochstättler behauptet, und habe es lediglich vor Roland so dargestellt, damit er nicht schlecht von mir denkt?

Oder hat Roland sich diese Geschichte ausgedacht, damit ich Isabel nicht kontaktiere?

Abrupt bleibe ich stehen. Auf der großen Uhr an der Backsteinfassade des Bahnhofs ist es zehn vor fünf. Ich war fast zwei Stunden bei Professor Hochstättler. Mit klopfendem Herzen ziehe ich mein Handy aus der Tasche und lasse mir Isabels Nummer anzeigen. Mein Daumen schwebt über dem grünen Hörersymbol. Nein. Nicht jetzt. Später. Wenn ich weiß, was ich ihr sagen will.

Ich stecke das Telefon weg und steige die Treppe zum Bahnsteig hinunter. Den ganzen Weg zurück in die Stadt fahren meine Gedanken Achterbahn.

Als ich das Foyer des Hotels betrete, steht Roland plötzlich vor mir.

«Was machst du hier?», zische ich aufgebracht.

«Ich muss mit dir reden.»

«Ich will aber nicht mit dir reden.» Ich zwänge mich an ihm vorbei und drücke den Aufzugknopf.

«Bitte! Lass mich erklären! Es ist wichtig.»

«Ich will deine Lügengeschichten nicht mehr hören.»

«Ich habe nicht vor, dich anzulügen.»

«Ach ja?»

Die Aufzugtüren gleiten auf. Ich trete ein, drücke hastig auf die Drei. Doch Roland ist schon drin.

Am liebsten würde ich ihn anschreien. Aber ich will kein Aufsehen erregen. Außerdem kann ich ihm so die Fragen stellen, die mir die ganze Zeit im Kopf herumschwirren.

Ich fixiere ihn mit zusammengekniffenen Augen. «Habe ich dir wirklich erzählt, dass mein Vater gestorben ist, als ich noch ein Kind war?»

«Ja.»

«Aber du weißt, dass das nicht stimmt.»

Er senkt den Blick. «Ja.»

«Von Isabel?»

Er antwortet nicht.

«Und die Geschichte, dass meine Schwester nichts von mir wissen wollte, solange ich arm war?»

«So hast du es dargestellt.»

«Aber sie hat etwas anderes erzählt.»

Er nickt.

Es fühlt sich an, als würde er mir ins Gesicht schlagen.

Der Aufzug stoppt, die Türen öffnen sich.

Ich steige aus. Als Roland mir folgen will, strecke ich ihm die Hand entgegen. «Nein!»

«Aber ich …»

«Du hast mir meine eigenen Lügengeschichten erzählt, obwohl du es besser wusstest.»

«Weil ich dachte …»

«Geh! Und komm nicht wieder.»

Die Aufzugtüren schließen sich, gleiten jedoch zurück, als Roland seinen Fuß dazwischenstellt. «Bitte! Es ist wichtig.»

«Geh!»

«Überleg es dir, ja?»

«Da gibt es nichts zu überlegen.» Ich drehe mich weg, laufe auf meine Zimmertür zu. Hinter mir schließt sich der Aufzug. Als ich zurückblicke, ist der Flur leer.

Ich brauche nur wenige Minuten, um meine Habseligkeiten zusammenzupacken. Das meiste ist ohnehin noch in den Einkaufstüten. Wenn die junge Frau an der Rezeption über meine plötzliche Abreise erstaunt ist, lässt sie es sich nicht anmerken. Das Taxi, das sie mir ruft, bremst gerade vor der Tür, als ich hinaustrete.

Mit einem flauen Gefühl im Magen halte ich nach Roland Ausschau, doch er ist nicht da. Ich bitte den Taxifahrer, mich in ein Hotel am Stadtrand zu bringen. Eine Viertelstunde später hält er vor einer Backsteinvilla in Lichterfelde.

Da niemand meinen Ausweis sehen will, checke ich nicht unter meinem eigenen Namen ein, sondern als Gudrun Fischer. Ich zahle drei Nächte bar im Voraus. Es ist ein merkwürdiges Gefühl, das Formular mit dem Mädchennamen meiner Mutter zu unterschreiben. Andererseits ist mir dieser Name nicht mehr oder weniger fremd als mein eigener.

Das Zimmer ist mit weiß lackierten Antiquitäten möbliert, der Blick geht hinaus auf den Gartenteich. Am liebsten würde ich mich direkt ins Bett legen, aber mir ist schlecht vor Hunger. Ich habe seit heute Morgen nichts gegessen.

In der Nähe des Hotels finde ich eine kleine Pizzeria. Obwohl die Pasta gut schmeckt, bekomme ich kaum etwas runter. Immer wieder kreisen meine Gedanken um die gleichen Fragen. Vor allem um eine: Was bin ich eigentlich für ein Mensch?

Ich habe so viele vor den Kopf gestoßen, habe sie belogen und betrogen, habe dem Mann, den ich liebe, Lügen über meine Familie erzählt. Hat das alles mit meiner Krankheit zu tun? Mit der Paranoia? Dem Verfolgungswahn?

Ich schiebe den Teller weg.

Der Kellner kommt. «Ist etwas nicht in Ordnung?»

«Nein.» Ich zwinge mich zu einem Lächeln. «Leider bin ich schon satt.»

«Einen Espresso?»

«Ja, gern.»

Während ich an dem heißen Getränk nippe, wird mir klar, dass ich weiter in meiner Vergangenheit forschen muss. Auch wenn ich dabei noch mehr Schreckliches zutage fördere. Andernfalls werde ich nie Ruhe finden.

Ein kühler Wind bläst mir ins Gesicht, als ich kurz darauf nach draußen trete. Dunkle Wolken haben eine vorzeitige Dämmerung über die Stadt geworfen. Erste Tropfen fallen. Ich haste über den Bürgersteig. Als ich an einem Hauseingang vorbeikomme, steht dort eine Frau und raucht. Sie hat das kastanienbraune Haar zu einem Zopf geflochten und trägt eine himbeerfarbene Strickjacke. Sie scheint auf jemanden zu warten.

Unsere Blicke treffen sich.

Unwillkürlich fahre ich zusammen. Ist das Isabel?

Ein Teil von mir will wegrennen, der andere zu ihr treten. Mein Atem geht schneller, mir bricht der Schweiß aus.

In dem Moment hebt die Frau den Arm und winkt. «Tommy, hier bin ich!», ruft sie einer Gestalt zu, die sich von der anderen Straßenseite her nähert.

Ich wende mich ab, wische mir mit dem Handrücken den Schweiß von der Stirn, zugleich enttäuscht und erleichtert. Während ich mit zittrigen Beinen den restlichen Weg zum Hotel zurücklege, wird mir noch einmal bewusst, wie hilflos ich ohne meine Erinnerung bin. Ich schaffe es gerade noch in mein Zimmer, bevor ich heulend auf dem Bett zusammenbreche.

Als ich aufwache, scheint die Sonne. Wind zerrt an den Bäumen, weiße Wolkenfetzen jagen über den Himmel. Frisch geduscht und mit einer neuen Jeans und einer Bluse halbwegs dem Wetter angemessen angezogen, betrete ich den Frühstücksraum. Ich zwinge mich dazu, eine große Portion Müsli zu essen. Bei all dem seelischen Ballast, den ich mit mir rumschleppe, muss ich nicht auch noch einen Schwächeanfall kriegen. Ich bin gerade bei der zweiten Tasse Kaffee, als mein Handy klingelt.

Sofort denke ich an Roland, und mein Herz schlägt schneller. Aber es ist eine unbekannte Nummer.

«Clara, hier ist Manfred Hochstättler.»

«Oh, hallo, Herr Hochstättler.»

«Ich hoffe, es geht Ihnen gut. Sie waren ganz schön durcheinander gestern. Was kein Wunder ist», schiebt er schnell nach. «Ich hatte ein schlechtes Gewissen, ich hätte Sie nicht einfach so fortgehen lassen dürfen.»

«Keine Sorge, alles okay.»

«Ich habe etwas gefunden, das Ihrem Vater gehört hat. Einen Karton mit Unterlagen. Ich fahre nachher für einige Tage nach Hamburg zu meiner Tochter. Aber ich würde Ihnen den Karton gern vorher vorbeibringen. Wo finde ich Sie?»

Ich zögere. Nicht weil ich kein Interesse hätte, sondern

weil ich mir vorgenommen habe, niemandem zu trauen. Aber Hochstättler hat keinen Kontakt zu den Menschen, vor denen ich mich verstecke. Ich nenne ihm die Adresse.

Zwanzig Minuten später betritt der Professor den Frühstücksraum. Er trägt einen hellen Trenchcoat und einen Hut, unter seinem Arm klemmt ein vergilbter Schuhkarton. Es ist inzwischen fast elf. Wir sind die Letzten, alle Tische sind bereits abgeräumt. Er stellt den Karton auf den Tisch, nimmt den Hut ab und setzt sich.

«Was ist da drin?» Plötzlich bin ich mir doch unsicher.

«Hauptsächlich Anträge und Briefe von Behörden. Einige wenige Dokumente aus dem Jahr 1980, als Ihr Vater versucht hat, Sie nachzuholen. Das meiste allerdings aus der Zeit nach dem Mauerfall.»

«Als er nach mir und meiner Mutter gesucht hat?»

Hochstättler nickt. «Er war für einige Tage mein Gast, während er Nachforschungen angestellt hat. Ein paar Dokumente hat er zurückgelassen, ich bin mir nicht sicher, ob es Absicht oder ein Versehen war. Er war ziemlich durch den Wind, als er abgereist ist. Er hat erst zu dem Zeitpunkt erfahren, was nach seiner Flucht mit Ihnen geschehen ist.»

Mir wird kalt. «Wie meinen Sie das? Was ist denn geschehen?»

Hochstättler zögert. «Ich sollte nicht derjenige sein, der Ihnen diese Dinge erzählt.»

«Ich habe sonst niemanden.»

Er legt die Hand auf den Karton, als wolle er die Informationen, die er enthält, darin festhalten. «Ihre Mutter kam in Untersuchungshaft. Nach Hohenschönhausen. Das Stasi-Gefängnis, davon haben Sie sicherlich schon gehört.»

Ein taubes Gefühl kriecht meine Beine hoch. Eine Mischung aus Beklemmung und Angst. «Aber warum?»

Hochstättler zuckt mit den Schultern. «Verdacht auf Beihilfe zur Republikflucht, schätze ich.»

«Und was wurde aus mir?»

«Hier drin ist ein Dokument.» Er tippt auf den Karton. «Die Kopie einer Einweisung ins Kinderheim Makarenko im Südosten von Berlin.»

Die Taubheit erreicht meine Brust. Ich atme tief ein und aus und habe trotzdem das Gefühl, nicht genug Luft zu bekommen. «Ich war im Kinderheim? Wie lange?»

«Ich weiß es nicht.» Hochstättler erhebt sich und greift nach seinem Hut. «Ich muss jetzt los. Alles Gute, Clara.» Er reicht mir die Hand. «Sie können sich jederzeit an mich wenden, wenn Sie noch Fragen haben. Am Sonntag komme ich zurück.»

Ich bleibe sitzen, den Blick auf den Karton geheftet. Die Büchse der Pandora, schießt es mir durch den Kopf.

Doch das stimmt nicht. In dem Karton sind nur ein paar kleine Puzzleteile aus meinem Leben. Informationen, die mir helfen können, die Vergangenheit zu rekonstruieren.

Die wahre Büchse der Pandora ist mein Kopf. Meine Erinnerung. Und weil irgendetwas in mir weiß, was für Schrecken mich erwarten, wenn ich den Deckel öffne, bleibt er fest verschlossen.

Der Schuhkarton steht auf dem weiß lackierten Rokokobett des Hotelzimmers. Ich sitze auf einem Polsterstuhl und betrachte ihn. Einige Male habe ich es versucht, aber ich kann mich nicht dazu durchringen, den Deckel anzuheben. Es ist etwas anderes, Ereignisse von jemandem erzählt zu bekommen, als sie schwarz auf weiß gedruckt zu sehen. Papier ist kälter. Härter. Keine Gefühle. Nur Fakten.

Ich habe Angst, dass diese Unterlagen nicht meine Erinnerung, sondern meine Phantasie beflügeln. Und dass das, was ich mir ausmale, viel schlimmer sein könnte als das, was wirklich passiert ist. Ich fürchte mich vor meiner eigenen Vorstellungskraft.

Draußen weint ein Kind. Vielleicht ist es hingefallen, vielleicht bekommt es das versprochene Eis nicht. Das Weinen reißt mich aus der Erstarrung. Ich stehe auf, nehme mein Smartphone, werfe einen kurzen Blick auf das Display, bevor ich es in die Handtasche schiebe.

Kein Anruf von Roland.

Was habe ich denn erwartet? Das Telefon lag die ganze Zeit vor mir auf dem Tisch.

Ich sollte zufrieden sein. Aber ich bin enttäuscht. Verletzt. Offenbar ist es Roland nicht schwergefallen, mich aufzugeben. Sicherlich ist er erleichtert, dass es vorbei ist und er nicht einmal ein schlechtes Gewissen haben muss.

Ich werfe einen letzten Blick auf den Karton, bevor ich das Zimmer verlasse. Später, sage ich mir.

Es ist nur noch wenig Blau am Himmel, der Wind ist empfindlich kalt. Ich muss mir eine Jacke kaufen, bevor ich mein Ziel ansteuere. Mit der S-Bahn bin ich schnell am Potsdamer Platz. Etwas verloren stehe ich zwischen den Hochhäusern, bis ich auf meinem Handy den Stadtplan studiere und sehe, dass es von hier nicht weit bis zur Friedrichstraße ist. Direkt im ersten Geschäft werde ich fündig. Ich wähle einen Sommerparka in einem hellen Grünton und ertappe mich bei dem Gedanken, dass der auch für Bootsfahrten geeignet ist.

Viel schneller, als ich erwartet habe, bin ich am Senefelderplatz. Das Herz schlägt mir bis zum Hals, als ich die Treppe der U-Bahn-Station hinaufsteige. In diesem Viertel bin ich aufgewachsen. Ich schaue mich um. Nichts. Kein Wiedererkennen, kein Gefühl von Vertrautheit. Im Gegenteil, die Häuser, die kleine Grünfläche mit dem Denkmal, das alles erscheint mir völlig fremd. Vermutlich hat sich das Straßenbild in den letzten Jahrzehnten zu sehr verändert.

Auf dem Weg zur Wörther Straße komme ich an einer großen Schule vorbei. Ein Hauptgebäude, zwei Flügel, fünf Rundbögen über dem Eingang. Ich bleibe stehen. Es ist nur noch ein kurzes Stück bis zu dem Haus, in dem ich mit meiner Mutter gelebt habe. Bin ich hier zur Schule gegangen? Das Gebäude ist frisch renoviert. Wenn es irgendwo in meiner verschütteten Erinnerung ein Bild davon gibt, sieht es bestimmt ganz anders aus. Vielleicht habe ich auch nur den Geruch der Flure abgespeichert. Oder das Gefühl der Holztische unter meinen Fingern.

Ich wende mich ab.

Kurz darauf stehe ich vor dem Haus in der Wörther Straße. Es ist eines der wenigen, die nicht saniert und aufgehübscht wurden. Die Fassade ist schmutzig grau, die grüne Farbe der Haustür blättert ab. Genauso sah es vermutlich schon aus, als ich hier gewohnt habe. Trotzdem ist mein Kopf absolut leer.

Enttäuscht wende ich mich ab. Vielleicht wird es Zeit, mich an den Gedanken zu gewöhnen, dass hinter mir eine Tür endgültig zugefallen ist. Dass mir nur der Weg nach vorn bleibt.

Gerade als ich wieder in die Schönhauser Allee biege, setzt sich auf der anderen Straßenseite ein dunkler Wagen in Bewegung. Mein Herzschlag setzt aus. Ich kann nicht sehen, wer am Steuer sitzt, weil die Bäume die Sicht einschränken. Auch das Kennzeichen ist zu schnell aus meinem Blickfeld verschwunden. Aber ich hätte schwören können, dass es Rolands Mercedes war.

Den Nachmittag verbringe ich in einem Café am Senefelderplatz. Tische und Stühle stehen dicht beieinander, der Laden ist voller junger Leute, in deren Mitte ich mich sicher und geborgen fühle. Ich mache Notizen in mein Tagebuch, fasse die Ereignisse der letzten Tage zusammen, ergänze, was ich über die Menschen in meinem Umfeld herausgefunden habe. Dann fertige ich aus der Erinnerung Skizzen von der Schule und dem Wohnhaus an.

Während ich in meine Arbeit vertieft bin, geht mir eine Melodie nicht aus dem Sinn. Ich zerbreche mir den Kopf bei dem Versuch, mich auf den Text zu besinnen, aber ich erinnere mich nicht einmal, wie das Lied heißt.

Ich schließe die Augen, lasse mich in die Tonfolge fallen. Das Gefühl ist angenehm. Vertraut. Hat der Anblick meines ehemaligen Zuhauses doch etwas ausgelöst, etwas, das sich nicht in Worte fassen lässt?

Ich wünsche mir, dass es so ist, öffne die Augen und zeichne spontan, was mir zu der Melodie einfällt. Erst nach einer Weile wird mir klar, was ich da zeichne. Kleine, runde Tische und Stühle vor einem Restaurant, im Vordergrund sitzt ein Mann und studiert die Speisekarte. Es ist Roland.

Erschrocken klappe ich das Buch zu. Nicht der Spaziergang durch meine alte Heimat hat die Melodie in meinen Kopf gezaubert, sondern der Anblick von Rolands Wagen.

«Sie können gut zeichnen.» Ein Mann lässt sich mir gegenüber auf dem Stuhl nieder. Er ist deutlich älter als die durchschnittliche Klientel des Cafés, vermutlich Anfang fünfzig. «Ich darf doch?» Er stellt seine Tasse auf dem Tisch ab.

«Ich wollte sowieso gerade gehen.» Hastig stopfe ich meine Sachen in die Handtasche.

«Ich wollte Sie nicht verscheuchen.» Der Mann schenkt mir ein breites Lächeln. «Im Gegenteil. Darf ich Sie zu einem Kaffee einladen?»

«Nein, danke.» Ich erhebe mich.

«Das ist wirklich schade. Sind Sie denn öfter hier? Habe ich eine Chance, Sie wiederzusehen?»

Ich schnappe nach Luft, ich bin unsicher, wie ich reagieren soll. Einerseits habe ich das Bedürfnis, den Mann in seine Schranken zu weisen, andererseits meint er es offenbar nett. Wie bin ich früher mit solchen Situationen umgegangen? Was hätte die alte Clara jetzt gemacht?

«Bitte lassen Sie mich nicht ohne Antwort zurück. Oder wollen Sie mir das Herz brechen?» Der Mann legt schmunzelnd den Kopf schief.

Mir bricht der Schweiß aus. Abwehrend hebe ich die Hände. Ich fühle mich auf eine diffuse Art bedroht. Wörter schießen durch meinen Kopf.

Verfolgungswahn.

Halluzinationen.

«Geht es Ihnen nicht gut? Sie sind ganz blass geworden.» Der Mann macht Anstalten aufzustehen.

Panik brodelt durch meine Adern wie kochendes Wasser. Mein Herz schlägt wild. Ohne ein weiteres Wort schlängele ich mich an den Tischen vorbei zum Ausgang. Als die kühle Abendluft mir entgegenschlägt, atme ich erleichtert aus.

Aufgewühlt laufe ich durch die Straßen. Ich lege den ganzen Weg bis zum Potsdamer Platz zu Fuß zurück, ohne ein einziges Mal stehen zu bleiben. Inzwischen ist es dunkel. Als ich in die S-Bahn steige, tun mir die Füße weh, aber ich fühle mich deutlich besser. Das Handy klingelt, als ich bereits in die Straße einbiege, in der mein Hotel liegt. Es ist Jan Colbe. Ich bin gleichzeitig erleichtert und enttäuscht.

«Gibt es etwas Neues?»

«Leider nicht zu den Angriffen. Aber ich habe Ihre Schwester ausfindig gemacht.»

Ich bleibe abrupt stehen. «Und?»

Aus den Augenwinkeln sehe ich, wie einige Meter hinter mir ein dunkler Wagen in eine Parklücke gleitet. Die Scheinwerfer werden ausgeschaltet, aber ansonsten rührt sich nichts.

Hastig ziehe ich den Reißverschluss meiner Handtasche auf und taste nach dem kühlen Metall des Revolvers. Im gleichen Moment schäme ich mich für meine Hysterie. Das ist nur jemand, der eingeparkt hat und noch einen Moment im Wagen sitzen bleibt, vielleicht um seine Sachen zusammenzupacken. Außerdem kann mir nichts passieren. Ich habe einen Kriminalkommissar am Telefon, der sofort Hilfe schicken kann, wenn jemand mich bedroht. Ich gehe weiter auf das Hotel zu.

«Sie wohnt tatsächlich in der Provence», erzählt Colbe. «Ich habe einen französischen Kollegen gebeten, bei ihr vorbeizufahren. Er sagt, Isabel Dominik hätte Frankreich in den vergangenen Wochen nicht verlassen.»

«Ist das wahr? Sie war die ganze Zeit dort?» Erleichterung sprudelt durch meinen Körper. Wer auch immer versucht, mich umzubringen, es ist nicht meine Schwester. Ich überquere die Straße, ohne die dunkle Silhouette des Wagens aus den Augen zu lassen. Warum steigt niemand aus?

«Offenbar war sie den ganzen Sommer nicht fort. Sie kann also nicht diejenige sein, die wir suchen.»

«Hat Ihr Kollege denn mit Isabel gesprochen?»

«Wohl nicht mit ihr selbst, aber mit einem Nachbarn. Sie hat einen Laden und kommt immer erst spät nach Hause. Aber der Nachbar hat bestätigt, dass jeden Abend Licht im Haus brennt und dass der Wagen Ihrer Schwester in der Einfahrt steht, wenn er morgens zur Arbeit aufbricht.»

«Isabel war im Mai in Berlin. Könnten Sie herausfinden, wann Sie nach Frankreich zurückgekehrt ist?»

«Hm. Ich weiß nicht, ob ich weitere Nachforschungen rechtfertigen kann. Ihre Schwester ist für unsere Ermittlungen nicht von Interesse, weil sie ein Alibi hat.»

«Bitte! Es wäre mir wichtig.»

«Wissen Sie denn, in welchem Hotel sie gewohnt hat?»

«Nein. Aber ...» Ich räuspere mich. «Roland könnte es wissen.»

«Natürlich.»

Wir schweigen beide.

«Frau Winter? Clara?»

«Ja?»

«Haben Sie eine vernünftige Unterkunft gefunden?»

«Ja.»

«Bitte geben Sie mir die Anschrift.»

«Sie können mich telefonisch erreichen.»

«Und wenn ich Sie nicht erwische? Wenn Sie vielleicht Hilfe brauchen? Jemand sollte wissen, wo Sie zu finden sind. Bitte! Ich gebe die Information nicht an Ihren Mann weiter, wenn Sie das nicht wollen.»

Ich blicke über die Schulter. Der dunkle Wagen ist nicht mehr zu erkennen. Ist er weitergefahren? Oder so weit entfernt, dass er mit der Dunkelheit verschmolzen ist?

«Also gut.» Ich nenne Colbe den Namen des Hotels.

«Danke für Ihr Vertrauen, Clara. Schlafen Sie gut.»

Der Karton steht nicht mehr auf dem Bett, als ich das Zimmer betrete. Nach einem kurzen Schockmoment bemerke ich, dass die Putzfrau ihn auf den Tisch gestellt hat.

Jetzt oder nie, denke ich, werfe den Parka über die Stuhllehne und hebe den Deckel an.

Direkt zuoberst liegt ein schmutzig gelbes Formular: *Antrag auf Ausreise aus der DDR*. Es ist nicht ausgefüllt. Behutsam berühre ich das Papier. Ist mein Vater doch nicht versehentlich geflohen? Hatte er die Absicht, das Land zu verlassen?

Ich lege das Formular beiseite. Darunter kommt ein Foto zum Vorschein. Die Farbe ist verblichen, aber das Motiv ist gut zu erkennen. Eine junge Familie, Vater, Mutter und zwei kleine Mädchen in einem Garten. Der Vater steht neben einem Stuhl und hält das ältere Mädchen an der Hand. Es trägt einen kurzen Rock, hat braune Zöpfe und blickt stolz zum Vater hoch. Die Mutter sitzt auf dem Stuhl, sie hat das jüngere Mädchen auf dem Schoß. Ihr Kopf ist nach vorn geneigt, sodass sie von unten herauf in Richtung Kamera blickt. Die Sonne scheint. Im Hintergrund flimmert Wasser. Der See vielleicht, in dem ich beinahe ertrunken wäre.

Mir ist ganz flau im Magen. Zum ersten Mal sehe ich ein Bild meiner Eltern und meiner Schwester. Plötzlich haben die Menschen, von denen ich bisher nur eine vage Vorstellung hatte, ein Gesicht. Das meiner Mutter ist allerdings kaum zu erkennen. Es wird zur Hälfte von ihren halblangen brünetten Haaren verdeckt. Auf den ersten Blick wirkt es, als würde sie sich ungern fotografieren lassen. Doch dann bemerke ich den koketten Blick. Sie ist nicht scheu, sie flirtet mit der Kamera.

Mein Vater blickt geradeaus, trotzdem wirkt es, als wäre er in Gedanken weit fort. Er ist ein attraktiver Mann mit dunklem, leicht gewelltem Haar und hoher Stirn. Trotz seines abwesenden Blicks besitzt er eine Präsenz, die sogar auf dem verblichenen Foto noch spürbar ist. Er ist eindeutig das Zentrum dieser kleinen Familie, der Fixstern, um den die anderen kreisen. Kein Wunder, dass mein jüngeres Ich ihn so anhimmelt.

Es muss ein furchtbarer Schock gewesen sein, als er eines Tages nicht mehr nach Hause kam. Einfach so, ohne Erklärung, ohne Abschied.

Ich drehe das Bild um. Auf der Rückseite steht «August 1978». Zwei Jahre bevor die Familie auseinandergerissen wurde.

Wieder betrachte ich das Bild, konzentriere mich auf den Hintergrund. Offenbar haben wir in einem großen Haus mit Garten gewohnt. Der Kontrast zu dem schäbigen Mietshaus, vor dem ich heute gestanden habe, könnte nicht schärfer sein. Ich habe damals also nicht nur meinen Vater und meine Schwester verloren, sondern auch mein Zuhause.

Vielleicht war es mir deshalb so wichtig, das Haus in der Goethestraße zu kaufen.

Ich lege das Bild zur Seite und nehme nacheinander die übrigen Papiere aus dem Karton. Einige Briefe, noch in den aufgerissenen Umschlägen, mit dem Stempel verschiedener Universitäten als Absender. Vermutlich hat mein Vater sich dort nach seiner Flucht um eine Stelle beworben.

Dann halte ich das Dokument in den Händen, von dem Hochstättler gesprochen hat. Eine Einweisung ins Kinderheim Makarenko. Name des Kindes: Clara Dominik.

Meine Hände zittern, die Schrift verschwimmt vor meinen Augen. Es ist also wahr. Ich musste ins Heim, nachdem mein Vater geflohen war. Aber für wie lange? Ich kneife die Augen zusammen, zwinge mich, das Dokument zu lesen. Aber es enthält nur das Datum der Einweisung.

Mit einem Mal steigt Wut in mir auf. Wut auf meinen Vater, der mir aus Gedankenlosigkeit Furchtbares angetan hat. Wut auf das Regime, das seine Bürger wie Gefangene behandelt hat. Wut auf die Person, die mich niedergeschlagen und mir das Gedächtnis geraubt und mich so dazu gezwungen hat, all die schrecklichen Ereignisse meiner Vergangenheit noch einmal zu durchleben.

Mit einer Armbewegung fege ich den Karton vom Tisch. Er

kracht gegen die Wand, der Inhalt ergießt sich auf den Boden. Formulare, Briefe, ein rotes Parteibuch.

Ich vergrabe das Gesicht in den Händen und weine, bis keine Tränen mehr kommen. Dann trockne ich mir die Augen, stelle mich ans Fenster und blicke in den Garten. Der Teich ist beleuchtet, ansonsten ist alles dunkel. Der Anblick der Wasseroberfläche erinnert mich an das Fließ vor unserer Hütte. Was Roland jetzt wohl gerade macht?

Ich presse die Stirn gegen die kühle Scheibe. Was soll ich tun? Mich weiter quälen? Die Vergangenheit vergessen und von vorne anfangen? Geht das überhaupt? Was ist mit dem geheimnisvollen Angreifer? Mit dem Wagen, der mich verfolgt?

Ich blicke zu meiner Handtasche. Die Tabletten. Wenn ich eine nehme, kann ich für ein paar Stunden vergessen, zur Ruhe kommen, schlafen. Der Gedanke ist verlockend. Andererseits erinnere ich mich gut, wie sehr mich der Wirkstoff beim letzten Mal ausgeknockt hat.

Und wenn schon. Ich bin nicht draußen, sondern sicher in meinem Hotelzimmer. Ich drücke eine Tablette aus der Folie und schlucke sie trocken. Während ich darauf warte, dass die Wirkung einsetzt, stopfe ich die Unterlagen wieder in den Karton. Ich gebe mir Mühe, kein weiteres Formular näher zu betrachten. Für heute habe ich genug. Trotzdem kann ich nicht verhindern, dass mir ein Name entgegenspringt. Eine Unterschrift unter einem medizinischen Dokument. Ich starre die blaue Tinte an, versuche zu begreifen, wie das möglich ist. Täusche ich mich? Habe ich Halluzinationen? Ist das die Wirkung der Tablette?

Nein, ich bin ganz sicher, unter dem Formular steht der Name Dr. Niklas Morungen.

Ich schlafe tief und traumlos. Als ich aufwache, prasselt Regen gegen die Fensterscheibe. Mein Schädel fühlt sich etwas wattig an, aber ansonsten bin ich ausgeruht. Ich dusche ausgiebig, frühstücke und nehme mir eine Tasse Kaffee mit aufs Zimmer. Der Schuhkarton steht im Schrank, dort, wo ich ihn gestern Abend verstaut habe. Gut so.

Mit Hilfe meines Smartphones finde ich heraus, wie ich am schnellsten in die Südostallee komme. Es hat aufgehört zu regnen, der Asphalt dampft im Sonnenlicht. Während der Fahrt mit der S-Bahn denke ich darüber nach, wie das, was vor fünfunddreißig Jahren passiert ist, mit dem zusammenhängen könnte, was jetzt gerade geschieht. Irgendeine Verbindung muss es geben. Da bin ich sicher.

Denn ich glaube nicht mehr, dass Roland und meine Schwester mir etwas antun wollen. Sie hatten eine Affäre. Roland wollte mich verlassen, aber er wollte mich nicht umbringen. Ich vermute, er hatte nach dem Überfall im Haus ein schlechtes Gewissen. Deshalb hat er mit Isabel Schluss gemacht. Vielleicht hat er sie auch nur vorgeschickt nach Frankreich, damit er sich in Ruhe um mich kümmern kann, vielleicht hatte er vor, ihr zu folgen, wenn es mir besser geht.

Andererseits kann ich mir nicht vorstellen, warum jemand mich wegen etwas ermorden will, das so lange zurückliegt. Weiß ich etwas, das ihm schaden kann? Etwas so Schlimmes, dass er dafür über Leichen geht?

Der Zug fährt in den S-Bahnhof Schöneweide ein. Wenig später stehe ich vor zwei langgestreckten Gebäuden, die früher die Zufahrt zum Gelände des Kinderheims markiert haben. Autos parken kreuz und quer auf dem Platz davor. Die Flügel des schmiedeeisernen Tores stehen offen, Bauzäune lehnen dagegen. Ich trete näher. Weiße Lieferwagen, ein roter Container, eingeschalte Bäume. Das Gelände ist eine Baustelle. Ein Schild erläutert das Projekt. In den ehemaligen Gebäuden des Kinderheims entstehen Wohnungen.

Enttäuscht lasse ich die Schultern hängen. Wieder ein Ort meiner Kindheit, der bis zur Unkenntlichkeit verändert wurde. Wieder eine Chance verloren, meine Erinnerung anzustoßen.

Ich ignoriere das Verbotsschild und betrete das Gelände. Der Boden ist schlammig, die Baufahrzeuge haben tiefe Furchen in die Erde gegraben. Ich spaziere eine Art Allee entlang, auf ein großes Haus zu. Rechts und links liegen ebenfalls Gebäude. Das Heim muss riesig gewesen sein.

Von vorne nähert sich ein Lkw. Rasch biege ich ab, laufe über eine matschige Rasenfläche auf ein eingerüstetes Gebäude zu. Die Arbeiten scheinen zu ruhen. Ich trete auf eine Türöffnung zu, um einen Blick ins Innere zu werfen. Auf der Schwelle bleibe ich stehen. Drinnen sieht es aus wie in einem Rohbau. Sogar Türen und Wände wurden herausgerissen. Ich kann nicht einmal erkennen, ob es sich um ehemalige Schlafräume, Klassenzimmer oder womöglich den Speisesaal handelt.

Wieder eine Sackgasse. Meine Suche ist sinnlos.

Im Stockwerk über mir knackt es.

Erschrocken zucke ich zusammen. Als ich mich umdrehe, sehe ich auf der Allee zwei Männer. Haben Sie mich bemerkt? Ich drücke mich in die Türöffnung, bis sie hinter einem Bagger verschwunden sind.

Als ich kurz darauf vor das Haus trete, ertönt wieder ein Knacken über mir. Jemand ist auf dem Baugerüst. Nichts wie weg!

Ich trete zur Seite, um einer Pfütze auszuweichen. Im gleichen Augenblick höre ich ein lautes Krachen.

Instinktiv mache ich einen Hechtsprung vorwärts. Hinter mir schlägt etwas dumpf auf dem Boden auf.

Entsetzt fahre ich herum. Genau dort, wo ich eben noch stand, liegt ein Ziegelstein. Mein Blick schießt nach oben. Eine

Gestalt verschwindet durch eine Fensteröffnung im Inneren des Hauses. Dunkle Hose. Kapuzenpulli.

O Gott!

Ich renne auf das Eingangstor zu, ohne mich noch einmal umzudrehen. Als ich auf dem Parkplatz bin, ziehe ich mein Handy aus der Tasche und wähle Jan Colbes Nummer.

«Frau Winter? Alles in Ordnung?» Im Hintergrund rauscht es, er steht offenbar an einer belebten Straße.

«Er hat wieder – jemand hat – mit einem Stein ...», keuche ich atemlos.

«Bleiben Sie ganz ruhig, Frau Winter. Wo sind Sie? Was ist los?»

Ich brauche drei Anläufe, bis ich es schaffe, ihm zu erklären, wo ich bin und was passiert ist.

«Verlassen Sie das Gelände», fordert Colbe mich auf. «Stellen Sie sich irgendwo hin, wo man Sie sehen kann. Ich schicke eine Streife vorbei und mache mich sofort auf den Weg.»

Erleichtert schiebe ich das Handy zurück in die Handtasche und spähe durch das Tor auf das Gelände. Das eingerüstete Gebäude ist halb von Bäumen verborgen. Der Täter ist sicher längst über alle Berge. Ich hätte dort bleiben sollen, dann hätte ich gesehen, in welche Richtung er flüchtet.

Ich setze mich auf einen Stapel Bauholz mit Blick auf die Südostallee und halte nach dem Streifenwagen Ausschau. Es herrscht reger Verkehr. Niemand wird mir hier etwas antun.

Plötzlich spüre ich die Gegenwart einer anderen Person, ein Schatten fällt über mich.

Erschrocken hebe ich den Blick.

Vor mir steht Roland.

Ich springe auf und weiche zurück. «Was machst du hier? Verfolgst du mich?» Die schwarze Limousine fällt mir ein. Also habe ich doch richtig gesehen.

«Ich habe mir Sorgen gemacht. Und das wohl zu Recht.» Er mustert mich beunruhigt. «Bist du verletzt?»

Ein merkwürdiger Zufall, dass er schon wieder prompt zur Stelle ist, wenn ich angegriffen werde. «Was hast du …?»

«Ich habe den Kerl verfolgt, das heißt, ich habe es versucht. Aber er ist mir entwischt. Er war plötzlich weg, wie vom Erdboden verschluckt.»

Ich verschränke die Arme. «Hast du sein Gesicht gesehen?»

«Leider nicht.»

«War es denn ein Mann? Oder doch eine Frau?»

Roland zuckt mit den Schultern. «Ich bin mir nicht sicher.»

Ich setze mich wieder auf den Holzstapel. Ich fühle mich so hilflos. Selbst mit Kathys Revolver in der Handtasche. Was nützt mir die Schusswaffe, wenn jemand versucht, mich mit einem Stein zu erschlagen?

Roland lässt sich neben mir nieder. «Möchtest du nicht wieder nach Hause kommen?»

«Nein.»

«Ich bin krank vor Sorge. Wenn ich nicht weiß, wo du bist, male ich mir die schrecklichsten Dinge aus.»

Ich hebe den Blick und betrachte sein Gesicht. Er sieht tatsächlich mitgenommen aus. So als hätte er seit Tagen kaum geschlafen. Seine Augen sind gerötet, dunkle Ringe zeichnen sich darunter ab. Der Bartschatten lässt sein Gesicht kantiger aussehen. Leidet er wirklich meinetwegen?

«Und was ist mit Isabel?», stoße ich hervor. «Sie wartet in der Provence auf dich.»

«Wer behauptet das?»

«Stimmt es etwa nicht?»

«Ach, Liebling.» Er greift nach meiner Hand.

Ich ziehe sie weg. «Wann hast du zum letzten Mal mit Isabel gesprochen?»

«Das weißt du doch.»

«Du hast nichts von ihr gehört, seit sie nach Frankreich zurückgekehrt ist? Ihr habt nicht telefoniert? Nicht einmal, als ich ins Krankenhaus gekommen bin?»

Er schüttelt den Kopf, fährt sich mit den Händen über das Gesicht und starrt auf den matschigen Boden. «Warum quälst du dich so?»

«Weil ich die Wahrheit herausfinden muss.»

Er sieht mich an. «Und was, glaubst du, ist die Wahrheit?»

«Ich weiß es nicht», flüstere ich.

Er öffnet den Mund, doch bevor er etwas sagen kann, höre ich in der Ferne ein Martinshorn.

«Das ist die Polizei», sage ich. «Ich habe Jan Colbe angerufen.»

«Dann bist du ja bestens versorgt.» Roland erhebt sich. «Ich nehme an, dass du es dir nicht noch einmal überlegen möchtest?»

«Ich traue dir nicht, Roland.»

«Was soll das heißen?»

«Du hast mich belogen. Du hattest eine Affäre und hast sie mir verschwiegen. Woher soll ich wissen, ob du nicht auch hinter den Angriffen auf mich steckst?»

Er verzieht das Gesicht, als hätte ich ihm in den Magen geboxt. «Das ist nicht dein Ernst!»

«Du warst verdammt schnell hier. Vielleicht hast du überhaupt niemanden verfolgt, sondern nur den Kapuzenpulli verschwinden lassen.»

«Glaubst du das wirklich?» Rolands Stimme klingt heiser.

Neben uns hält der Streifenwagen. Zwei uniformierte Beamte steigen aus, ein Mann und eine Frau.

«Sind Sie Frau Winter?», fragt die Polizistin.

Ich erhebe mich. «Ja.»

«Glaubst du das wirklich?», wiederholt Roland neben mir. Seine Stimme ist kaum mehr als ein Flüstern.

Ich sehe ihn an. «Ich kenne dich nicht. Woher soll ich wissen, wozu du fähig bist?»

SCHEITERN

Ich sitze in Jan Colbes Dienstwagen und warte, weil er noch mit den Kollegen spricht. Ich habe ihm gezeigt, wo der Stein heruntergeworfen wurde, und er hat das Gelände absperren und die Spurensicherung rufen lassen, obwohl ich fürchte, dass es nicht viel zu finden gibt. Immerhin kann Roland bezeugen, was geschehen ist.

Roland. Bei dem Gedanken an ihn wird mein Herz schwer wie ein Bleiklumpen. Nachdem ich ihm meinen grässlichen Verdacht ins Gesicht geschleudert habe, hat er sich ohne ein weiteres Wort abgewandt und ist weggegangen. Als Colbe eintraf, war er schon fort. Was habe ich mir nur dabei gedacht, ihm so etwas zu unterstellen? Ich glaube doch gar nicht, dass er mir etwas antun will. Ich bin nur so furchtbar verletzt. Weil er mich belogen hat. Weil er mich mit meiner Schwester betrogen hat.

Er hat mir wehgetan, deshalb wollte ich ihm auch wehtun.

Colbe öffnet die Fahrertür und steigt ein. «Wenn es Ihnen recht ist, fahren wir jetzt ins LKA, um Ihre Aussage aufzunehmen.»

«Muss das sofort sein?»

Ich will nur zurück ins Hotel, mich ins Bett verkriechen, mir die Decke über den Kopf ziehen und so tun, als gäbe es die Welt draußen nicht.

«Nicht unbedingt», sagt Colbe. «Sie können auch morgen vorbeikommen, wenn Ihnen das lieber ist.»

Ich nicke.

«Dann bringe ich Sie zum Hotel.»

«Hat irgendwer den Kerl gesehen?», frage ich, während Colbe in die Südostallee biegt.

«Leider nicht. Er muss Ihnen gefolgt sein. Ist Ihnen auf dem Weg hierher jemand aufgefallen?»

«Nein.»

«Nur Ihr Mann.»

«Der hat nichts damit zu tun.»

Colbe antwortet nicht.

Ich betrachte ihn von der Seite. Er sieht ein bisschen wie ein Fernsehbulle aus, wie einer, der in einer düsteren amerikanischen Serie mitspielt, in der die Cops genauso viel Dreck am Stecken haben wie die Verbrecher, die sie jagen. «Mir ist klar, dass Sie das anders sehen.»

Colbe bremst an einer Ampel. «Weiß er, wo Sie im Augenblick wohnen?»

Ich denke an die dunkle Limousine. «Er ist mir gefolgt, angeblich um mich zu beschützen.»

«Ich könnte was organisieren.» Die Ampel wird grün, er legt den Gang ein und fährt los.

«Sie meinen eine sichere Wohnung von der Polizei?»

«Mittlerweile müsste ich das eigentlich durchkriegen.»

«Ich weiß nicht.»

«Ich könnte auch … ach, vergessen Sie's.»

Verstohlen betrachte ich ihn von der Seite. Wollte er mir gerade anbieten, selbst auf mich aufzupassen?

Gut zwanzig Minuten später setzt er mich vor dem Hotel ab, und ich muss ihm versprechen, mir eine neue Bleibe zu suchen und ihn zu informieren, sobald ich sicher untergekommen bin.

Wieder packe ich meine Sachen. Doch ich habe nicht vor, mir ein anderes Hotel zu suchen. Selbst wenn ich unter falschem Namen einchecke, könnte jemand mein Versteck ausfindig machen. Das will ich nicht riskieren.

Ich habe darüber nachgedacht, mich ins Ausland abzusetzen, alles hinter mir zu lassen und irgendwo weit weg neu anzufangen. Aber solange ich nicht weiß, wer mein Gegner ist und über welche Mittel er verfügt, um mich aufzuspüren, ist das keine Option. Ich muss in Berlin bleiben und die Wahrheit herausfinden, das ist meine einzige Chance.

Den Weg in meine neue Unterkunft trete ich zu Fuß an. Ich nehme nicht die kürzeste Route, und ich achte darauf, dass mir niemand folgt. Es ist später Nachmittag, als ich in die Goethestraße einbiege. Jetzt muss ich besonders wachsam sein. Ich schlendere einmal an der Ruine vorbei, um sicher zu sein, dass niemand dort ist. Dann betrete ich den Vorgarten. Zum Glück liegt die Garage auf der von Kathys Grundstück abgewandten Hausseite. Allerdings steht das Nachbargebäude sehr nah am Zaun, und es hat Fenster zur Einfahrt. Dafür ist die Garage selbst ein fensterloser Betonklotz, kein Licht wird mich verraten. Das grüne Tor ist fest verschlossen, meine Hoffnung ruht auf der Verbindungstür zum Haus.

Niemand hat das Absperrband erneuert, das ich bei meinem ersten Besuch abgerissen habe. Unwillkürlich blicke ich nach oben, als ich die Stufen zum Eingang hinaufsteige. Da ist niemand, der mit einem Stein auf mich zielt. Ich steuere auf die Verbindungstür zu, ohne lange nach rechts oder links zu schauen. Der Anblick der verkohlten Überreste meines Zuhauses ist zu deprimierend. Die Tür ist abgeschlossen, aber der Schlüssel steckt. Perfekt.

Ich schlüpfe in die Garage, sperre hinter mir ab und schalte das Licht ein. Nur eine einzige Glühbirne erhellt den Raum. An der Stirnwand stehen Regale voller Gartengeräte, Werkzeug und anderem Kram, daneben ein Rasenmäher. Ein dunkler Fleck prangt auf dem Boden dazwischen. Ein Schauder überläuft mich. Da muss der Benzinkanister gestanden haben.

An der Wand rechts von mir lehnen Gartenstühle mit dicken weichen Polstern samt einem zusammengeklappten Tisch. Es gibt sogar eine Steckdose und einen Wasserhahn, unter dem ein Eimer steht.

Erleichtert stelle ich meine Tüten ab. Die Garage ist nicht gerade komfortabel, aber ich fühle mich sicher. Hier wird mich so schnell keiner finden.

Überall ist Qualm. Ich liege auf dem Rücken, versuche zu atmen, aber ich kriege keine Luft. Der Qualm kriecht mir in die Nase, in den Mund. Ich muss weg hier, aber ich kann mich nicht bewegen. Todesangst lähmt mich.

Der Qualm wabert mir die Kehle hinunter, ich muss husten.

Wieder versuche ich, vom Boden hochzukommen. Wenn ich nicht aufstehen kann, muss ich wenigstens versuchen zu krabbeln. Oder zu robben. Aber auch das funktioniert nicht. Ich kann nicht einmal die Finger bewegen.

Ein weiterer Hustenanfall schüttelt mich. Ich muss würgen. Schwarzer Schleim tropft mir aus dem Mund. Der Qualm benebelt mein Hirn. Ich kann nicht mehr klar denken.

In dem Moment entdecke ich die Gestalt. Es ist ein Mann. Er steht über mir, keine Ahnung, wie lange schon. Er hält einen seltsam geformten Gegenstand in der Hand. Ich kenne den Mann, und ich weiß, was als Nächstes passieren wird.

Verzweifelt will ich um Hilfe rufen, doch das Wort verendet in meiner Kehle.

Ein schepperndes Geräusch reißt mich aus dem Albtraum. Ruckartig setze ich mich auf. Mein Herz wummert in der Brust wie ein Presslufthammer, Blut rauscht in meinen Ohren. Doch davon abgesehen ist alles still. Und stockdunkel.

Erst jetzt fällt mir wieder ein, wo ich bin. Ich sitze auf dem Boden der Garage, auf einem Lager aus Gartenstuhlpolstern. In der Finsternis sehe ich noch immer die Gestalt aus meinem Traum vor mir. Den Mann ohne Gesicht. Obwohl ich den Anblick kaum ertragen kann, versuche ich, das Bild festzuhalten. Ich muss wissen, wer der Unbekannte ist. Aber die Erinnerung löst sich auf, bevor ich Details erkennen kann.

Draußen raschelt es.

Erschrocken presse ich die Hand auf den Mund. Habe ich laut geschrien im Schlaf? Schleicht einer der Nachbarn ums Haus, um nach dem Rechten zu sehen?

Wieder höre ich etwas. Es klingt wie Schritte. Jemand läuft über den Kies in der Einfahrt. Was, wenn es kein Nachbar ist? Was, wenn mein Mörder mich ausfindig gemacht hat?

Als ich das nächste Mal aufwache, dringt etwas Tageslicht durch die Ritzen des Garagentors, und es ist angenehm warm. Mir tut jeder Knochen im Leib weh, aber davon abgesehen bin ich einigermaßen ausgeruht. Ich wasche mich notdürftig über dem Wassereimer, ziehe mich an und packe meine Handtasche. In der Einfahrt liegt ein halb zerbröselter Tannenzapfen, der gestern noch nicht da war. Also habe ich in der vergangenen Nacht ein Tier gehört.

In einem Café an der Argentinischen Allee benutze ich die Toilette, esse ein belegtes Brötchen und trinke einen schwarzen Kaffee dazu. Dabei studiere ich das medizinische Dokument mit Dr. Morungens Unterschrift. Es ist die letzte Seite eines längeren Gutachtens. Ich habe den Karton gründlich durchsucht, aber die anderen Blätter fehlen. Das macht nichts, denn diese eine Seite genügt, um zu begreifen, worum es geht. Dr. Niklas

Morungen bescheinigt damit, dass die Untersuchungsgefangene Gudrun Dominik, die er in der Haftanstalt Hohenschönhausen begutachtet hat, an keiner geistigen Störung leidet und für ihre Taten voll verantwortlich ist.

Für ihre Taten.

Was ist damit gemeint? Beihilfe zur Republikflucht? Oder hat meine Mutter aus einem ganz anderen Grund im Gefängnis gesessen?

Ich habe nur eine Möglichkeit, das herauszufinden.

Eine knappe Stunde später laufe ich durch den Korridor, durch den Roland mich Wochen zuvor mit dem Rollstuhl geschoben hat. So viel ist inzwischen geschehen, dass es mir vorkommt, als wäre es in einem anderen Leben gewesen.

Ohne große Hoffnung klopfe ich an Morungens Tür und drücke die Klinke. Er ist tatsächlich da und allein.

Als er mich sieht, zieht er überrascht die Brauen hoch. Einen Augenblick scheint er zu zögern, dann erhebt er sich und kommt mir mit offenen Armen entgegen. «Frau Winter, schön, Sie zu sehen! Geht es Ihnen gut?»

Ich ignoriere die ausgestreckte Hand. «Ich verlange eine Erklärung.»

Er runzelt die Stirn. «Ich verstehe nicht.» Sein Blick huscht zur Tür.

Hat er Angst, mit einer Wahnsinnigen allein zu sein?

Ich zerre das Blatt aus meiner Handtasche und strecke es ihm entgegen.

Zögernd nimmt er es und setzt sich mit der anderen Hand eine Lesebrille auf. «Woher haben Sie das?»

«Ist das Ihre Unterschrift?», frage ich zurück. «Haben Sie dieses Gutachten erstellt?»

«Frau Winter, bitte beruhigen Sie sich.» Er greift nach meinem Arm.

Ich mache mich los. «Beantworten Sie meine Frage!»

«Das kann ich nicht. Es handelt sich um vertrauliche Informationen.»

«Sie geben also zu, dass Sie für die Stasi politische Gefangene untersucht haben.»

«Frau Winter, ich habe keine Ahnung, was Sie von mir wollen, aber ich muss Sie bitten, auf der Stelle mein Büro zu verlassen!» Sein Gesichtsausdruck ist mit einem Mal kalt und abweisend. In seinen Augen flackert etwas. Wut? Angst?

Mir wird mulmig zumute, aber ich lasse es mir nicht anmerken. Ich will mich nicht einschüchtern lassen. «Ich gehe erst, wenn ich Antworten habe.»

«Ich bin Ihnen keine Rechenschaft schuldig.» Morungen bewegt sich auf die Tür zu, als wolle er mich nach draußen begleiten. «Vielleicht ist es besser, wenn wir Ihren Therapeuten verständigen. Oder Ihren Mann. Wo ist er überhaupt? Sind Sie allein hier?» Er zieht ein Telefon aus der Tasche seines Arztkittels. In der anderen Hand hält er noch immer das Gutachten.

«Sie war meine Mutter.»

Morungen erstarrt mitten in der Bewegung. Er blickt auf das Blatt, dann zu mir. «Ist das wahr?»

Ich nicke. «Mein Name ist Clara Winter, geborene Dominik.»

In seinem Gesicht arbeitet es. Schließlich schiebt er das Telefon zurück in die Tasche. «Kommen Sie.» Er deutet zu seinem Schreibtisch.

Ich folge ihm, setze mich auf den Stuhl.

Morungen lässt sich mir gegenüber nieder und legt das Blatt vor sich. «Woher haben Sie das?»

«Von einem Freund meines Vaters. Mein Vater starb im vergangenen Jahr.» Ich beiße mir auf die Lippe.

«Und Ihre Mutter lebt auch nicht mehr?»

«Sie ist seit über zwanzig Jahren tot.»

«Was wissen Sie über sie?»

«Fast nichts. Sie blieb mit mir zurück, als mein Vater in den Westen floh. Da war ich fünf.»

«Und Ihre Erinnerung ist noch nicht zurückgekehrt? Auch nicht in Teilen?»

Ich schüttle den Kopf.

Morungen faltet die Hände. «Ich hatte sehr viele Patienten im Laufe der Jahrzehnte. Aber an Ihre Mutter erinnere ich mich gut. Sie war … anders.»

«Wie meinen Sie das?»

«Sie war stark, aber auf eine spezielle Weise. Es ist wahr, ich habe in Hohenschönhausen Insassen auf ihren Geisteszustand untersucht, es war Teil meiner Arbeit. Aber ich habe mich immer bemüht, den Menschen zu helfen.»

Mein Blick scheint zu zeigen, was ich denke, denn Morungen holt aus, um seine Rechtfertigung zu bekräftigen.

«Auch wenn Sie es nicht glauben, in dem Maße, in dem es mir möglich war, habe ich versucht, das Schicksal für meine Patienten erträglicher zu machen. Aber Ihre Mutter wollte sich nicht helfen lassen. Sie hatte bereits ihren eigenen Weg gefunden.»

«Was meinen Sie damit?» Angst streicht wie ein Schleier über meine Haut.

«Sie hat sich mit dem System arrangiert.»

«Sie war ein Spitzel?»

Morungen zögert. «Nun ja, einer Frau stehen da auch noch andere Möglichkeiten offen …»

Ich schlucke hart. «Nein!»

«Ich habe nie erfahren, welche Dienste genau Ihre Mutter dem Staat zur Verfügung gestellt hat. Aber es gab Andeutungen …» Eine hektische Röte flackert in Morungens Gesicht auf. «Es tut mir aufrichtig leid, Frau Winter.»

«Sie haben sie gezwungen …»

Morungen räuspert sich. «Ich weiß nicht, wie viel Zwang im Spiel war. Bei der Untersuchung hatte ich den Eindruck, dass es in ihrer Persönlichkeitsstruktur eine starke Fixierung auf Sexualität gab. Es kann also sein, dass die Initiative von ihr ausging.»

«Meine Mutter war eine Nymphomanin?» Eine Erinnerung blitzt in mir auf. Das verblichene Familienfoto. Der kokette Flirt der jungen Mutter mit der Kamera.

«Diesen Begriff benutzt man heute nicht mehr gern.» Morungen schiebt das Blatt auf dem Tisch hin und her. «Aber ja, das war damals meine Überzeugung.» Er scheint noch etwas hinzufügen zu wollen, schluckt es aber im letzten Moment runter.

Ich begreife und sehe schlagartig das Bild vor mir, die junge Frau von dem Foto, meine Mutter, wie sie versucht, ihren Arzt zu verführen. Damals, vor dreißig Jahren, war er mit Sicherheit sehr attraktiv. Und meine Mutter war verängstigt und eingeschüchtert, ihre Familie war auseinandergerissen worden, ihr ganzes Leben aus den Fugen geraten. Sie hätte vermutlich alles getan, um aus dem Gefängnis herauszukommen.

«Und nachdem Sie meine Mutter untersucht hatten, wurde sie entlassen?», presse ich hervor.

«Soviel ich weiß, ja. Ich habe sie jedenfalls nie wiedergesehen.»

«Und was wurde aus mir?»

«Ich habe keine Ahnung. Ich wusste ja nicht einmal, dass Gudrun Dominik eine Tochter hat.»

Nach dem Gespräch mit Morungen setze ich mich erst einmal auf eine Bank auf dem Klinikgelände. Satzfetzen hallen in meinen Ohren nach, aber ich kann keinen klaren Gedanken fassen. Bis auf einen: Je mehr ich über meine Vergangenheit erfahre, desto abstoßender ist der Dreck, den ich an die Oberfläche befördere.

Wieder bin ich kurz davor, aufzugeben. Das, was vor so langer Zeit geschah, ruhen zu lassen und nicht mehr daran zu rühren. Aber es geht nicht. Ich bin den Weg schon zu weit gegangen, es gibt kein Zurück mehr.

Mein Telefon klingelt. Ich blicke auf das Display. Jan Colbe. Mist! Ich hatte versprochen, heute als Erstes zum LKA zu kommen und meine Aussage zu machen.

Ich habe nicht die geringste Lust, mit ihm zu sprechen, aber mir bleibt nichts anderes übrig. Wenn Colbe nichts von mir hört, löst er vermutlich eine Großfahndung aus.

Schnell tippe ich eine SMS. *Musste zum Arzt, komme gleich vorbei. C. W.*

Gerade als ich das Telefon verstauen will, klingelt es wieder. Diesmal ist es nicht Colbe, sondern Daniel Gottfried. Hat Roland ihn etwa vorgeschickt?

Ich drücke auf das grüne Hörersymbol. «Was denn?»

«Hallo, Clara.»

«Was willst du?»

«Ich habe hier etwas für dich. Die Unterlagen von dem Kollegen, die ich angefordert habe. Wenn du magst, kannst du sie abholen.»

«Hast du sie dir angeguckt?»

«Das darf ich nicht, ich bin nicht mehr dein Therapeut.»

«Das ist keine Antwort auf meine Frage.»

Am anderen Ende bleibt es still.

«Also hast du es getan.»

«Ich hab's nur überflogen. Für den Fall, dass Dinge drinstehen, die dich zu sehr belasten oder überfordern könnten.»

«Natürlich.»

«Ich bin nicht dein Feind, Clara.»

«Du bist Rolands Freund.»

«Roland ist erst recht nicht dein Feind. Im Gegenteil, er ist fast wahnsinnig vor Sorge. Ihm liegt wirklich etwas an dir.»

Also doch. «Hat er dich gebeten anzurufen? Nein, sag nichts. Ich will es gar nicht hören.»

«Clara, bitte versteh –»

«Und?», unterbreche ich ihn. «Was steht in den Unterlagen?»

«Oh. Nicht viel. Du warst ja nur ein einziges Mal dort. Der Kollege hat sich ein paar Notizen zu den Hintergründen gemacht.»

«Irgendwas, das ich wissen sollte?»

«Ich möchte dir das lieber nicht am Telefon erzählen.»

Das könnte ihm so passen! Lockt mich in seine Praxis, und dann ist Roland zufällig da, und die beiden überreden mich zu irgendwas, das ich gar nicht will. «Ich kann einiges verkraften, glaub mir. Außerdem habe ich selbst schon ganz viel über meine Vergangenheit herausgefunden. So leicht kannst du mich nicht schocken.»

«Hm. Ich sollte das nicht tun, Clara.»

«Nun zier dich nicht so!»

«Also gut.» Er holt Luft. «Weißt du, dass du im Heim warst?»

Und das soll alles sein? «Ja.»

«Dann weißt du auch, was für ein Heim das war?»

Etwas legt sich um meine Brust wie ein Korsett aus Stahl. «Ein normales Kinderheim, soweit ich weiß. Ich hab's mir angesehen, da werden gerade Wohnungen gebaut.»

«Wovon sprichst du?»

«Makarenko. Das Kinderheim im Süden von Berlin.»

«Das meine ich nicht.»

«Was denn dann?» Das Korsett zieht sich zusammen, ich habe Mühe, Luft zu bekommen.

«Du warst im geschlossenen Jugendwerkhof Torgau, Clara. Fünf Monate lang. Bis er nach dem Fall der Mauer überstürzt geschlossen wurde. Offiziell firmierte Torgau als eine Art besonders strenges Erziehungsheim. In Wahrheit war es ein Folterknast.»

Das Korsett schnürt mir den Atem ab. Ich schnappe japsend nach Luft.

«Alles in Ordnung, Clara? Wo bist du? Soll ich vorbeikommen?»

Ich presse mir die Hand auf die Brust. Versuche, ruhig zu atmen. «Mir geht es gut», röchle ich und unterbreche die Verbindung, bevor Daniel Einwände erheben kann. Die Schmerzen, die meinen Brustkorb einschnüren, sind kaum zu ertragen. Ein einzelnes Wort hämmert in meinem Schädel.

Folterknast.

Eine dunkle Erinnerung steigt in mir auf. Knast. Wann habe ich dieses Wort schon einmal gehört? Ich versuche mich zu konzentrieren. Dann fällt es mir ein. Meine Schwester hat angeblich herumerzählt, dass ich im Gefängnis war, als die Mauer fiel. Also war das nicht frei erfunden.

Aber warum war ich in Torgau? War ich schwer erziehbar? Oder sogar kriminell?

Jan Colbe ist nicht da, als ich im LKA ankomme. An seiner Stelle nimmt Mirko Rossbach mich in Empfang. Er lässt sich haarklein erzählen, was gestern auf der Baustelle passiert ist. Am Schluss druckt er meine Aussage aus, und ich muss sie noch einmal lesen und unterschreiben.

«Habe ich das richtig verstanden?», fragt er, während er

die Blätter in einem Ordner abheftet. «Ihr Mann war ebenfalls dort, aber Sie waren nicht gemeinsam unterwegs?»

«Er ist mir gefolgt, weil er sich Sorgen gemacht hat.»

«Sie wohnen im Augenblick im Hotel?»

Ich senke den Blick. «Ich brauchte etwas Abstand.»

«Mein Kollege hat mir erzählt, dass Ihr Mann eine Affäre hat.»

«Hatte. Er ist nicht mehr mit der Frau zusammen.»

«Mit Ihrer Schwester.»

Ich antworte nicht. Wozu auch, er scheint sowieso schon alles zu wissen.

Rossbach mustert mich eine Weile schweigend. Ich strenge mich an, seinem Blick standzuhalten.

«Wissen Sie», sagt er schließlich, «ich bin schon eine ganze Weile bei der Kriminalpolizei. Aber so einen Fall wie Ihren hatte ich noch nie. Egal, wie man es dreht und wendet, die Puzzleteile passen nie richtig zusammen.» Er hält kurz inne. Als ich nichts antworte, fährt er fort. «Ich weiß wirklich nicht, was ich glauben soll. Oder wem.»

«Heißt das, dass Sie *mir* nicht glauben?» Ich setze mich aufrecht hin. Zorn steigt in mir auf, aber auch ein dumpfes Gefühl von Schuld, als hätte ich ihm tatsächlich ein Lügenmärchen aufgetischt.

«Erinnern Sie sich wirklich an nichts?»

«An nichts vor dem Moment, als ich im Krankenhaus aufgewacht bin.»

Er faltet die Hände, nickt. «Mein Problem ist, dass es für die Angriffe auf Sie keinerlei Zeugen gibt. Außer Ihrem Mann natürlich, der auf wundersame Weise immer in der Nähe ist, wenn etwas passiert. Er ist derjenige, der Sie in dem brennenden Haus gefunden hat. Er hat als Einziger gesehen, wie der Unbekannte im Kapuzenpulli Sie auf die Straße gestoßen hat.

Alle anderen Umstehenden haben Sie lediglich fallen sehen. Und auch gestern war er genau im richtigen Augenblick da, um den Angriff mit dem Ziegelstein zu beobachten.» Er betrachtet seine Hände. «Der einzige Vorfall, bei dem es weitere Zeugen gibt, war der am Fließ, als Sie ins Wasser geschubst wurden. Und das war nun wirklich kein ernstzunehmender Anschlag auf Ihr Leben. Außerdem wurde die Verantwortliche gefasst, und es steht fest, dass sie mit den anderen Vorkommnissen nichts zu tun hat.»

Ich beuge mich vor. «Was genau wollen Sie damit andeuten?»

«Ich deute gar nichts an, ich stelle nur die Fakten fest.»

«Aber Sie haben doch eine Vermutung.»

«Wissen Sie, es gibt Menschen, die die verrücktesten Dinge anstellen, um ein bisschen Aufmerksamkeit zu bekommen.»

Ich schnappe nach Luft. «Sie glauben, dass ich das alles nur vorgetäuscht habe? Und Roland? Welche Rolle spielt er Ihrer Meinung nach bei dieser Scharade?»

«Er ist Ihr Mann. Ich könnte mir vorstellen, dass er Ihnen glauben *möchte*. Trotz der Affäre mit Ihrer Schwester.» Er räuspert sich. «Oder gerade deswegen.»

Ich begreife, worauf er hinauswill. «Weil er ein schlechtes Gewissen hat?»

Rossbach hebt die Hände. «Ich bin Polizist, kein Psychologe.»

«Das merkt man.» Ich stehe auf. «Wenn sonst nichts mehr ist, gehe ich jetzt.»

«Natürlich.» Er erhebt sich ebenfalls. «Ihre Kontaktdaten haben wir?» Er blickt in seine Unterlagen, nennt den Namen des Hotels in Lichterfelde.

Ich nicke. Um keinen Preis der Welt würde ich diesem Mann sagen, dass ich in meiner eigenen Garage hause. Wahrscheinlich würde das seinen Verdacht, dass ich nicht alle Tassen im Schrank habe, nur bestätigen. Hinter ihm ist ja auch kein Killer her, er glaubt nicht einmal, dass es überhaupt einen gibt.

«Bitte nehmen Sie mir meine Worte nicht übel, Frau Winter», sagt Rossbach, als er mir die Tür aufhält. «Ich bin mir sicher, dass in diesem Fall etwas nicht mit rechten Dingen zugeht. Und solange ich nicht weiß, was es ist, muss ich auf den einen oder anderen Busch klopfen, um zu sehen, was herausspringt.»

«Ich kann Ihnen versichern, dass es diesmal der falsche Busch war.»

«Das wäre bedauerlich.» Rossbach sieht mich an. Seine Augen sind fast schwarz, so wie der Krater in meiner Erinnerung. «Es wäre mir lieber, wenn Sie eine Wichtigtuerin wären, statt in ernsthafter Gefahr.»

Wieder nehme ich einen Zickzackkurs, um etwaige Verfolger abzuschütteln. Unterwegs besorge ich außerdem eine Decke und einige Lebensmittel. Ohne Zwischenfälle erreiche ich meinen Unterschlupf.

Während ich auf meinem Kissenlager Käsewürfel, Tomaten und ein halbes Baguette verspeise, suche ich im Internet Informationen über Torgau. Der ehemalige Jugendwerkhof ist heute eine Gedenkstätte. Und nur gut zwei Stunden mit dem Zug von Berlin entfernt. Ich habe nicht viel Hoffnung, dass dieser Ort meiner Erinnerung auf die Sprünge helfen wird. Das hat bisher nicht geklappt, und ich glaube nicht mehr daran, dass es irgendwann passieren wird.

Trotzdem will ich Informationen sammeln. Wenn ich mich schon nicht erinnere, will ich wenigstens wissen, was in meiner Vergangenheit geschehen ist. Nur so kann ich dieses erdrückende Gefühl der Ohnmacht überwinden. Und meinen Mörder entlarven.

Als ich nach einem Platz für meine Mülltüte Ausschau halte, fällt mein Blick auf eines der Regalbretter an der Stirnwand der Garage. Auf allen anderen liegen zumindest einzelne Gegenstände, ein Paar Arbeitshandschuhe, eine eingerollte Wäscheleine, eine Gartenschere. Aber dieses eine Brett ist absolut leer.

Ich stehe auf, um es näher zu betrachten. Längliche Streifen im Staub. Ratlos schaue ich mich um. Aber ich entdecke nichts, das zu den Spuren passt. Auf dem Boden liegt ein winziger Fetzen Papier. Und im gleichen Augenblick begreife ich. Die Aktenordner! Hier haben die Ordner gestanden, deren verbrannte Überreste die Polizei in der Feuerschale hinter dem Haus gefunden hat.

Jemand muss die Akten nachträglich vernichtet haben, weil sie vom Feuer verschont blieben. Aber bedeutet das nicht, dass die Person, die das Feuer gelegt hat, identisch ist mit der, die die Akten verbrannt hat? Wurde das Feuer vielleicht sogar gelegt, um die Akten zu vernichten? Und der Brandstifter hat erst später herausgefunden, dass sie gar nicht im Haus waren?

Ich fahre mit dem Finger über die Staubschicht. Was für Unterlagen habe ich hier aufbewahrt? Waren sie so brisant, dass jemand deshalb ein ganzes Haus in Brand gesteckt hat? Und dass er versucht, mich zu ermorden?

Ich schließe die Augen. In meinem Nacken prickelt die Haut, als würde sie mit einer Feder gekitzelt. Ich spüre, dass ich der Wahrheit ganz nah bin. Ich werde herausfinden, was los ist, auch ohne Erinnerung. Kurz entschlossen schnappe ich mir mein Handy und buche ein Zugticket für den nächsten Morgen. Ich werde in Erfahrung bringen, wer es auf mein Leben abgesehen hat – und warum.

Erst als ich mich für die Nacht fertig mache, fällt mir mein anderer Verdacht wieder ein. Habe ich selbst den Brand gelegt? Aber wäre es mir nur um die Akten gegangen, hätte ich nicht das ganze Haus anzünden müssen.

Ich muss an Mirko Rossbach denken. An seinen Verdacht, ich wäre so versessen darauf, Aufmerksamkeit zu bekommen, dass ich sogar Anschläge auf mein Leben vortäusche.

Nein, unmöglich. Ich habe mich nicht selbst vor den Lkw gestürzt. Jemand hat mich gestoßen. Und ich habe auch ganz bestimmt nicht den Ziegelstein vom Dach geworfen.

Ich bin nicht verrückt. Die Gefahr ist real.

Ich schrecke hoch. Irgendwo hat etwas gekracht. Als wäre eine Tür zugeschlagen. Ich lausche. Mein Herz donnert gegen die Rippen.

Da! Wieder ein Geräusch. Diesmal klingt es eher wie ein Schaben.

Es ist nicht vollständig dunkel in der Garage, fahles Licht sickert unter dem Torspalt hervor. Es ist also schon Tag. Kein Einbrecher, keine Jugendlichen, die eine Mutprobe in der Ruine veranstalten. Nicht am frühen Morgen.

Wieder höre ich Geräusche. Diesmal bin ich sicher, dass es Schritte und Stimmen sind. Mehrere Personen. Sie laufen durch das Haus. Ist das die Polizei? Will sie weitere Spuren sichern?

Hastig stehe ich auf, streife mir meine Strickjacke über und schleiche zur Verbindungstür. Ganz deutlich höre ich jetzt die Stimmen. Doch sosehr ich mich auch anstrenge, ich kann kein einziges Wort verstehen.

Mit einem Mal erstarre ich. Es ist Roland! Ich bin ganz sicher. Was macht er hier mit diesen Leuten? Was führt er im Schilde?

Am liebsten würde ich die Tür aufreißen und alle fortschicken. Das hier ist mein Haus. Mein Grundstück. Plötzlich ertönt eine Stimme so nah, als stünde der Sprecher neben mir. «Und was ist hier hinter?»

Im gleichen Moment wird an der Türklinke gerüttelt.

Beinahe schreie ich auf vor Schreck. Schnell presse ich mir die Faust vor den Mund.

«Ist abgeschlossen», stellt der Mann fest. «Gibt es einen Schlüssel?»

Nein! Nein!

«Der hat eigentlich immer gesteckt.» Roland scheint neben den Fremden getreten zu sein. «Das ist die Verbindungstür zur Garage.»

Noch einmal wird an der Klinke gerüttelt.

Mein Herz hämmert so laut, dass ich fürchte, die Männer auf der anderen Seite der Tür könnten es hören.

Endlich entfernen sich die Stimmen. Nach einer Weile ist alles still. Ich spitze die Ohren, aber ich höre kein Motorengeräusch, kein Fahrzeug, das davonfährt. Sind die Männer doch noch da? Vielleicht im oberen Stockwerk? Oder sind sie in den Garten gegangen?

Nervös blicke ich auf mein Handy. Wenn ich den Zug kriegen will, den ich gestern gebucht habe, muss ich bald los.

So lautlos wie möglich spritze ich mir Wasser ins Gesicht, putze mir die Zähne und ziehe mich an. Ich spüre den Puls in meinen Schläfen schlagen, als ich den Schlüssel herumdrehe. Die Tür öffnet sich geräuschlos. Ich spähe nach draußen. Niemand da.

Bis zur Haustür schaffe ich es ungesehen. Als ich nach draußen trete, höre ich wieder Stimmen. Sie nähern sich von der Rückseite des Hauses. Ich stürze die Stufen hinunter, aber mir ist klar, dass ich es keinesfalls außer Sichtweite schaffe, bevor die Männer um die Ecke biegen. Ohne nachzudenken, hocke ich mich zwischen einen Ligusterstrauch und die Mülltonne. Hier bin ich zumindest von zwei Seiten vor Blicken geschützt.

Kurz darauf erscheint Roland mit zwei Männern in blauen Overalls neben dem Haus. Ohne auch nur ein einziges Mal in meine Richtung zu blicken, gehen sie auf einen verschmutzten Kastenwagen zu, der in der Einfahrt parkt. Wer, zum Teufel, sind die beiden Kerle? Und was hat Roland mit ihnen ausgehandelt?

Ich presse die Fingernägel in die Handflächen. Wenn ich mich nicht versteckt hätte, könnte ich so tun, als sei ich gerade gekommen, und fragen, was hier los ist. Ich könnte Antworten verlangen. Aber wie soll ich erklären, was ich hinter der Mülltonne verloren habe, ohne mich total lächerlich zu machen? Außerdem ist Roland nicht dumm. Die abgeschlossene Zwischentür, der fehlende Schlüssel, er würde sofort eins und eins zusammenzählen, und mein geheimer Unterschlupf wäre nicht mehr geheim.

Die Männer steigen ein, der Wagen setzt zurück auf die Straße. Jetzt erkenne ich, was auf der Seitenwand steht. *Kolschik – Wir entrümpeln alles.*

Ich atme tief ein und aus. War das jetzt wieder ein Symptom meiner Krankheit? Ein Ausdruck meines Verfolgungswahns? Hätte ich mich anders verhalten, wenn ich nicht paranoid wäre?

Rolands Mercedes gleitet aus einer Parklücke auf der anderen Straßenseite und verschwindet um die Biegung. Ich krabble hinter der Mülltonne hervor und klopfe mir den Dreck von den Klamotten. Ein Teil von mir möchte dem Wagen hinterherlaufen, sich in Rolands Arme werfen und die Vergangenheit für immer begraben.

Aber der andere Teil weiß, dass das nicht geht. Ich muss das jetzt durchstehen. Sonst überlasse ich meinem Mörder kampflos das Feld.

Das Haus ist gelb gestrichen und sieht mehr wie die Villa eines reichen Firmengründers aus als wie ein Gefängnis. Überlebensgroße Schwarzweißfotos von Jugendlichen mit großen traurigen Augen hängen in den blinden Fenstern und erinnern an das Furchtbare, das hier geschehen ist. Ich betrachte die Gesichter. Eins davon könnte meins sein.

Mit einem dicken Kloß im Hals stoße ich die Tür auf. Drinnen ist es dunkel und leer. Ich scheine der einzige Mensch zu sein, der sich für diesen Ort interessiert. Heute zumindest. Ein düsterer Korridor erstreckt sich zu beiden Seiten. Nach kurzem Zögern wende ich mich nach links. Mit dem Gefühl, durch den Albtraum eines anderen Menschen zu stolpern, bewege ich mich durch die Ausstellung, die hauptsächlich aus Fotos und Originaldokumenten besteht.

Bei der Ankunft in Torgau hat man den Jungen und Mädchen die Haare geschoren. Unwillkürlich fahre ich mir über den Kopf. Ich musste diese Prozedur also schon einmal über mich ergehen lassen, wenn auch aus einem anderen Grund.

Das Erziehungsziel dieses Heims bestand offenbar darin, den Willen zu brechen und den Körper zu stählen. Der Tagesablauf bestand neben harter Arbeit vor allem aus stundenlangem Sport, egal, bei welchem Wetter. Und wer nicht durchhielt oder gar aufbegehrte, kam in eine Einzelzelle im Keller, wo er von morgens bis abends in der Finsternis stehen musste. Es gab keinerlei Privatsphäre, alles war öffentlich und streng geregelt. Nicht einmal auf die Toilette durfte man gehen, wann man wollte. Und auch nicht allein. Absurd. Erniedrigend. Sadistisch.

Je länger ich durch die Ausstellung gehe, desto bedrückter fühle ich mich. Ich habe keinerlei Erinnerung an diesen Ort, das alles hier fühlt sich nicht so an, als hätte es irgendetwas mit mir zu tun. Aber ich empfinde Mitgefühl mit den Jugendlichen, die dieses Martyrium ertragen mussten. Was für ein Horror.

Schließlich stoße ich auf eine Liste mit den Gründen, weshalb man in den Jugendwerkhof eingewiesen wurde. *Abenteuerlust. Herumtreiberei. Schulschwänzen.* Ich schüttle fassungslos den Kopf. Und dann entdecke ich ganz unten auf der Liste noch einen Grund: *sexuelle Auffälligkeiten.*

Ich schnappe nach Luft. Ich muss an meine Mutter denken, an das, was Morungen mir erzählt hat. Ich bin die Tochter einer Nymphomanin. Bin ich vielleicht auch … Hat das auf mich abgefärbt? War ich deshalb an diesem Ort?

Ich presse die Stirn gegen die Wand. Aber die Stimme in meinem Kopf lässt sich nicht zum Schweigen bringen.

Sexuelle Auffälligkeiten.

Nymphomanin.

Schritte klappern über den Korridor.

Hastig trete ich von der Wand zurück.

Eine Frau steht da, einige Jahre jünger als ich, blonde Locken, große blaue Augen. «Ach, Sie sind das.»

Sie kennt mich? War ich schon einmal hier? Wann?

Die Frau lächelt breit. «Ich vergesse nie ein Gesicht», sagt sie, als hätte sie meine stummen Fragen gehört. «Und an Sie erinnere ich mich gut. Schließlich …» Sie bricht ab, blickt verlegen zur Seite, dann wieder zu mir. «Sie haben eine andere Frisur.» Sie berührt ihre Locken.

«Abgeschnitten», murmle ich, während mein Hirn auf Hochtouren arbeitet. Ich möchte sie fragen, wann ich hier war, aber ich will nicht erklären müssen, warum ich das nicht mehr weiß.

«Sie sehen blass aus. Möchten Sie sich vielleicht einen Augenblick setzen?» Wieder dieses offene, breite Lächeln.

«Danke, gern.»

Sie geht voran in einen Raum, der wohl zugleich als Büro, Infozentrum und Buchladen dient. An der einen Wand stehen mehrere Computer, außerdem gibt es einen großen Schreibtisch sowie eine Auswahl von Büchern und DVDs über das Erziehungssystem der DDR. Sie deutet auf einen Stuhl, schüttet etwas aus einer Thermoskanne in einen Becher und reicht ihn mir. «Kräutertee. Nehmen Sie einen Schluck.»

Ich setze mich und nippe an dem Tee. Er ist heiß und süß. «Warum erinnern Sie sich so gut an mich?»

«Na ja.» Sie nimmt hinter dem Schreibtisch Platz. Wieder wirkt sie verlegen. «Es kommen natürlich hin und wieder ehemalige Insassen her …» Sie blickt mich an, als würde sie eine Reaktion erwarten. Als ich nichts sage, fährt sie fort. «Und manche weinen auch. Klar. Aber Sie sind ja regelrecht zusammengebrochen. Und als ich Sie ansprach, haben Sie diese Geschichte erzählt, dass Sie wegen einer Freundin hier wären. Diese Freundin hätte als Jugendliche einige Monate hier verbracht, und Sie wären gekommen, weil sie besser verstehen wollten, was mit ihr geschehen ist. Mir war sofort klar, dass es keine Freundin gibt.» Sie senkt den Blick, die blonden Locken fallen ihr ins Gesicht. «Ich kann mir vorstellen, wie schmerzhaft es sein muss, sich diesem Teil seiner eigenen Geschichte zu stellen.»

«Aber es ist doch schon eine Weile her, dass ich hier war», versuche ich es.

«Na ja, ein paar Wochen. Anfang des Sommers. Im Juni, oder?»

«Ich glaube ja.» Im Juni? Also nur wenige Wochen vor … O Gott, was hat das zu bedeuten? Gibt es einen Zusammenhang zwischen meinem Besuch hier und den Dingen, die danach geschehen sind? Habe ich hier etwas rausgefunden? Oder mich an etwas erinnert? Vielleicht an einen Erzieher, der jetzt in einer hohen Position sitzt und seine Vergangenheit geheim hält?

Aber in dem Fall wäre ich doch nicht die Einzige, die von seiner Zeit in Torgau wüsste. Es sei denn, er hätte etwas sehr Spezielles getan, etwas, von dem niemand außer mir weiß. Etwas, das so schrecklich ist, dass er bereit ist zu töten, um es zu vertuschen.

Ich stehe am Elbufer, das nur ein kurzes Stück von der Gedenkstätte entfernt ist. Wenn ich mich umdrehe, kann ich das gelbe Haus sehen. Von den Schautafeln weiß ich, dass einige Jugendliche aus dem Werkhof ausgebrochen sind und die Flucht durch den Fluss versucht haben. Einer ist dabei ertrunken.

Schaudernd wende ich mich ab. In dem Moment klingelt mein Handy. Es ist Roland.

Ich zögere nur kurz. Die Aussicht, seine Stimme zu hören, hat etwas ungemein Tröstliches. «Ja?»

«Liebling, wie gut, dass ich dich erreiche! Wie geht es dir? Wo steckst du?»

Ich raffe den Rest meiner Widerstandskraft zusammen. Bloß nicht schwach werden! «Was willst du?»

Roland seufzt. «Ich mache mir Sorgen um dich. Außerdem wollte ich dir etwas mitteilen.»

Die Härchen in meinem Nacken stellen sich auf. «Was denn?»

«Ich war vorhin im Haus.»

Ich schließe die Augen, presse die Fingerspitzen gegen die Lider. «Wozu?»

«Ich habe eine Firma beauftragt, die verbrannten Möbel zu entsorgen. Allerdings will ich nicht, dass sie anfangen, bevor du dein Okay gegeben hast.»

Ich öffne die Augen, starre auf den Fluss, der genauso grau ist wie der Himmel. Das Wasser übt eine unwiderstehliche Anziehungskraft auf mich aus. Ein paar Schritte nur, dann könnte ich eintauchen in seine kalte Umarmung, und alles wäre vorbei.

«Liebling? Bist du noch dran?»

Ich reiße mich zusammen. «Und was soll danach passieren? Wenn die Möbel weg sind?»

«Dann müssen wir entscheiden, ob wir das Haus abreißen oder sanieren lassen.» Er räuspert sich. «Oder verkaufen.»

Die vielen Möglichkeiten überfordern mich. Ich bin so sehr mit der Vergangenheit beschäftigt, dass in meinem Kopf kein Platz für Gedanken an die Zukunft ist. «Ich … ich weiß nicht.»

«Du musst das nicht sofort entscheiden. Denk in Ruhe darüber nach.»

Ich antworte nicht.

«Ich würde dich gern sehen», sagt Roland nach einer Weile.

«Ich bin nicht in Berlin.» Ich frage mich, ob er die Angst in meiner Stimme gehört hat, die Angst vor mir selbst, die Angst, schwach zu werden.

«Wie? Warum? Wo bist du denn?» Er klingt besorgt. «Ich muss mit dir reden.»

«In Torgau. Ich habe mir den ehemaligen Geschlossenen Jugendwerkhof angesehen. Als Jugendliche musste ich einige Monate darin verbringen. Ich war im Juni schon einmal hier. Wusstest du das?»

«O mein Gott!»

«Du wusstest es?» In meiner Brust krampft sich etwas zusammen.

«Nein, ich hatte keine Ahnung. Aber woher weißt du …?» Er verstummt.

«Eine Frau, die in der Gedenkstätte arbeitet, hat mich wiedererkannt. Kannst du dir vorstellen, was ich hier wollte?»

«Ich weiß es nicht. Aber …» Er zögert. «Ich muss mit dir reden.»

«Wir reden doch gerade.»

«Nein, nicht am Telefon.»

«Warum nicht?»

«Das geht nicht. Es gibt Dinge, die kann man einander nur von Angesicht zu Angesicht sagen. Bitte, Liebling! Ich komme zu dir. Ich setze mich sofort ins Auto, wenn du möchtest.»

«Nein, das möchte ich nicht.»

«Es ist wirklich wichtig.» Er klingt ehrlich verzweifelt.

Aber ich weiß, wie gut er darin ist, ehrlich verzweifelt zu klingen. Ich werde nicht einknicken. «Ich melde mich, wenn ich wegen des Hauses eine Entscheidung getroffen habe», sage ich und unterbreche die Verbindung.

Mit wackeligen Beinen stakse ich zu einer Bank und lasse mich darauf nieder. Der Drang, Roland zurückzurufen, ist übermächtig. So schwer muss es für einen Alkoholiker sein, die Flasche Whisky, die vor seiner Nase steht, nicht anzurühren. Eine Weile starre ich auf das Display des Telefons. Wenn er noch einmal anruft …

Doch das Telefon bleibt stumm.

Auf der Rückfahrt schwirren mir so viele Gedanken im Kopf herum, dass ich beinahe verpasse, in Leipzig umzusteigen. Ich habe eine halbe Stunde, bis mein Anschlusszug kommt, und esse eine Pizza. Obwohl ich großen Hunger habe, bekomme ich nicht viel runter. Mein Magen rebelliert. Ich nehme mir einen Pappbecher mit Milchkaffee mit in den Zug und vertiefe mich in mein Tagebuch.

Als ich in Berlin ankomme, nieselt es. Ich habe keinen Schirm dabei, aber mein Parka hat eine Kapuze. Allerdings halte ich es so nur wenige Schritte aus. Mit dem Ding auf dem Kopf kann ich nicht hinter mich gucken. Mir war gar nicht bewusst, dass ich mir angewöhnt habe, mich ständig umzusehen.

Das Haus liegt still da, trotzdem laufe ich dreimal die Straße auf und ab, bis ich mich traue, in die Einfahrt zu biegen. Inzwischen haben mich vermutlich alle Nachbarn bemerkt. Völlig durchnässt erreiche ich die Garage. Ich schließe die Verbindungstür hinter mir ab und schalte das Licht ein. Alles wirkt unverändert.

Erst jetzt beruhigt sich mein Atem langsam. Ich ziehe die nassen Klamotten aus und hänge sie über die Gartenmöbel. Viele saubere Sachen habe ich nicht mehr. Ich streife das Kleid über. Eigentlich ist es in der Garage viel zu kühl dafür, aber ich habe sonst nichts Sauberes. Ich muss dringend in einen Waschsalon. Und noch mal einkaufen.

Erschöpft setze ich mich auf mein provisorisches Bett. Ein dumpfes Ziehen kriecht durch meinen Körper, setzt sich in meinen Eingeweiden fest. Eine Art Schmerz, verursacht durch das Gefühl, dass eine unsichtbare Mauer mich von allen anderen Menschen trennt.

Ich bin allein, schwebe durch mein eigenes Universum, losgelöst vom Rest der Welt.

Mein Blick verschwimmt, als ich mich mit tränennassen Augen in meiner erbärmlichen Bleibe umschaue. Bis er plötzlich an dem halb leeren Regal hängen bleibt. Dahinter klemmt etwas. Hastig wische ich mir das Gesicht trocken. Der Gegenstand ist dunkelgrau und rechteckig. Und so flach, dass er zwischen Regal und Wand Platz hat. Eine Ahnung steigt in mir auf.

Ich erhebe mich von dem Polsterlager. Das Regal ist schwerer als erwartet, doch es gelingt mir, es so weit von der Wand abzurücken, dass ich den Gegenstand hervorziehen kann.

Eine dünne Aktenmappe, an den Rändern angestoßen.

Ich lasse mich wieder auf dem Bett nieder. Die Mappe ist nicht beschriftet. Meine Finger gehorchen mir kaum, als ich den Deckel aufklappe.

Ich habe Schwierigkeiten, mich auf die Texte zu konzentrieren. Deshalb dauert es einige Minuten, bis ich verstehe, worum es geht. In der Mappe sind Briefe, Formulare und andere Unterlagen abgeheftet. Und sie alle drehen sich um ein einziges Ereignis: den Tod meiner Mutter.

Zunächst bemerke ich nichts Ungewöhnliches. Die Sterbeurkunde. Eine Rechnung vom Bestatter. Ein Brief von der Friedhofsverwaltung.

Aber dann stocke ich.

Eine Freigabe des Leichnams zur Bestattung von der Staatsanwaltschaft.

Mein Magen zieht sich zusammen. Ich wage kaum umzublättern. Die sterblichen Überreste meiner Mutter wurden in der Rechtsmedizin obduziert. Schlagartig wird mir klar, dass ich bis zu diesem Moment gar nicht darüber nachgedacht habe, woran meine Mutter gestorben ist.

Je mehr ich lese, desto heftiger wird die Übelkeit.

Meine Mutter ist eine Treppe hinuntergestürzt. Sie war nicht sofort tot. Sie ist über Stunden qualvoll gestorben. Die Kripo hat sich des Falls angenommen, weil nicht offensichtlich war, ob sie gestürzt ist oder gestoßen wurde.

Ich selbst wurde mehrfach zur Vernehmung vorgeladen. Ich war damals neunzehn. Und ich hatte offenbar einen Anwalt. Also wurde ich nicht als Zeugin betrachtet, sondern …

Plötzlich macht mein Magen nicht mehr mit. Ich stürze hinaus in den Garten. Wieder und wieder muss ich würgen, auch als schon lange nichts mehr kommt.

Dann sinke ich im nassen Gras zusammen, fest entschlossen, nie wieder aufzustehen.

Ich schrecke hoch, als mich jemand an der Schulter berührt.

«Alles in Ordnung, nicht erschrecken! Ich bin's, Kathy.»

Orientierungslos blinzle ich sie an. Ich bin im Garten. In meinem Garten. Kathy hockt neben mir im Gras. Es ist dunkel, nur die Straßenlaternen spenden etwas Licht, von dem es jedoch nur ein schwaches Flimmern bis hinter das Haus schafft.

Schlagartig kommt die Erinnerung wieder. Die Garage. Die graue Mappe. Der ungeklärte Tod meiner Mutter.

Ich stöhne auf, schlinge die Arme um meine angezogenen Beine.

Kathy zieht ihre Strickjacke aus und hängt sie mir um. «Liebe Güte, Clara, Sie sind total durchgefroren. Haben Sie eine Ahnung, wie lange Sie schon hier draußen sind?»

Ich will, dass sie geht, ich will allein sein. Aber das wird nicht passieren, solange sie den Eindruck hat, dass ich Hilfe brauche. Ich muss mich zusammenreißen.

Ich strecke den Rücken durch. «Wie spät ist es?» Meine Stimme klingt rau, ein eklig bitterer Geschmack klebt auf meiner Zunge.

«Gleich elf. Ich habe Sie durchs Fenster gesehen. Sie haben mir einen riesigen Schreck eingejagt. Ich dachte, Sie wären tot.»

Vielleicht wäre das besser, schießt es mir durch den Kopf. «Mir war übel», sage ich. «Ich bin zusammengebrochen. Vermutlich der Kreislauf.»

«Sie essen zu wenig, Kind.» Kathy runzelt die Stirn. «Was machen Sie denn hier?»

Ich zucke mit den Schultern. Ich vertraue Kathy. Aber nicht einmal ihr möchte ich verraten, wo ich im Augenblick die Nächte verbringe.

«Schon gut, Sie müssen es mir nicht erklären.» Kathy erhebt sich. «Kommen Sie. Sie müssen ins Warme. Ich koche Ihnen einen Tee, und Sie können in der Zeit duschen und etwas

Trockenes anziehen. Außerdem sollten wir Ihren Mann anrufen. Bestimmt macht er sich große Sorgen.»

«Nein!»

Kathy zieht die Brauen hoch. «Ist nicht so einfach für Sie beide im Augenblick, nehme ich an.»

Statt zu antworten, stehe ich ebenfalls auf. Meine Knochen sind steif, meine Beine wackelig. Das Kleid pappt an meinem Körper. Aber ich muss Kathy glaubhaft versichern, dass mir nichts fehlt. Sonst ruft sie am Ende wirklich Roland an. «Es geht mir schon viel besser.»

«Nun kommen Sie schon.»

«Nein, danke. Das ist sehr lieb von Ihnen, Kathy, aber ich möchte einfach nur so schnell wie möglich nach Hause. Ich rufe mir ein Taxi.»

«Das kann ich doch für Sie machen.»

«Nein, nicht nötig.» Ich trete zurück. «Danke, dass Sie sich um mich gekümmert haben.»

«Sind Sie sicher, Clara?»

«Absolut.»

«Wie Sie meinen.» Sie betrachtet mich einen Moment lang kritisch. «Passen Sie gut auf sich auf. Und lassen Sie sich nicht unterkriegen, Clara. Sie sind eine sehr starke, sehr mutige Frau. Sie kriegen das hin.» Sie wendet sich abrupt ab und stapft über den Gartenweg davon. Kurz darauf höre ich die Haustür auf dem Nachbargrundstück ins Schloss fallen.

Ich sitze in einer Ecke meines Gartens, die von keinem der umliegenden Grundstücke aus einsehbar ist, und die Sonne kitzelt mein Gesicht. Von der Ruine weht ein leichter Brandgeruch zu mir herüber, doch der stört mich nicht. Wider Erwarten fühle ich mich frisch und ausgeruht. Den ganzen Sonntag habe ich mich nicht von meinem Lager in der Garage wegbewegt.

Ich habe irgendwo zwischen Wachen und Schlaf vor mich hin gedämmert, während der Regen auf das Dach prasselte, ohne Hoffnung, dass ich je wieder die Kraft haben würde, aus diesem Loch zu kriechen. Doch heute Morgen, als ich aufwachte, sah die Welt ganz anders aus. Warm, sonnig und voller Möglichkeiten.

Mein blödsinniger Verdacht, ich könnte etwas mit dem Tod meiner Mutter zu tun haben, kommt mir inzwischen vollkommen absurd vor. Natürlich musste die Polizei mich befragen. Und natürlich muss bei ungeklärter Todesursache die Leiche obduziert werden, das ist völlig normal. Der Autopsiebericht ist nicht unter den Dokumenten in der Mappe, weil die Polizei den bestimmt nicht einfach so herausrückt. Aber ich kann mir vorstellen, dass meine Mutter womöglich Alkohol im Blut hatte. Oder Medikamente. Oder Drogen. Und deshalb musste abgeklärt werden, ob sie diese Stoffe regelmäßig zu sich genommen hat. Da ich mit ihr zusammengelebt habe, war ich die Person, die das wissen musste.

Bleibt nur die Frage, warum ich einen Anwalt hinzugezogen habe. Aber auch dafür gibt es sicherlich eine harmlose Erklärung.

Jedenfalls habe ich beschlossen, mich auch von diesem Schock nicht entmutigen zu lassen. Kathy hat recht. So leicht lasse ich mich nicht unterkriegen.

Ich bringe mein Tagebuch auf den neuesten Stand und notiere noch einmal alles, was passiert ist, in chronologischer Reihenfolge. Nachdenklich klopfe ich mit dem Stift gegen meine Zähne. Den Angriff von Yvonne Leinfeld kann ich getrost vergessen. Er war wirklich harmlos. Eine Tat im Affekt, ohne die Absicht, mir ernsthaften Schaden zuzufügen. Genauso gut hätte sie mir ins Gesicht spucken oder vors Schienbein treten können. Sie konnte ja nicht wissen, dass ich nicht schwimmen kann. Und dass ich sofort in Panik geraten würde, weil kurz zuvor jemand versucht hatte, mich zu ermorden.

Ich überlege kurz, dann streiche ich diesen Vorfall von meiner Liste. Er soll mir nicht den Blick verstellen. Vielleicht erkenne ich bei den übrigen Ereignissen ein Muster, das mir verrät, wer dahinterstecken könnte.

Ich betrachte die Notizen. Drei Anschläge auf mein Leben. Ein Einbruch mit Brandstiftung, ein Stoß vor einen Lkw und ein Stein, der von einem Baugerüst geworfen wurde. Während ich die Punkte wieder und wieder durchgehe, male ich Muster an den Rand, lauter Kringel und Labyrinthe. Sie scheinen meine Suche zu symbolisieren, immer im Kreis herum und ohne Hoffnung, einen Ausweg zu finden.

Plötzlich kommt mir ein Gedanke: Der Mörder hatte so viele Gelegenheiten, mir das Leben zu nehmen. Er hätte mich nachts auf der Straße in eine dunkle Ecke zerren und erwürgen oder erstechen können. Schnell, sauber, sicher. Aber das hat er nicht getan. Im Gegenteil, er hat sich so dilettantisch angestellt, dass das Risiko zu scheitern extrem hoch war. Wollte er mich gar nicht umbringen, sondern nur erschrecken? Oder warnen? Wollte er mir demonstrieren, dass er mich jederzeit umbringen *kann*, wenn er will?

Nein, das passt nicht. Vor dem Feuer hat Roland mich in letzter Sekunde gerettet. Wäre er nur wenig später gekommen, wäre ich erstickt. Oder verbrannt. Das hätte der Täter nie so genau planen können.

Andererseits dachte er vielleicht, ich wäre tot und legte das Feuer, um seine Spuren zu verwischen. Aber warum ist er, wenn es so war, beim zweiten Mal nicht auf Nummer sicher gegangen? Angst vor der direkten Konfrontation kann es nicht sein, sonst hätte er mich nicht niedergeschlagen.

Was also ist es dann?

Eine andere Idee formt sich in meinem Kopf: Er will, dass es wie ein Unfall aussieht! Er will verhindern, dass wegen Mordes ermittelt wird! Meine Gedanken überschlagen sich. Wenn meine Theorie stimmt, müsste der Täter jemand sein, der sofort im Verdacht stehen würde, weil er von meinem Tod profitiert. Ich halte die Luft und an schließe die Augen.

Roland.

Oder …

Ich öffne die Augen, blättere im Tagebuch zurück und betrachte das Foto meiner Familie. Ich habe es auf die erste Seite geklebt. Was wohl aus uns geworden wäre, wenn mein Vater an jenem Tag nicht auf die waghalsige Idee gekommen wäre, meine kleine Schwester in den Westen zu schmuggeln? Rasch klappe ich das Buch zu. Es ist sinnlos, sich über Dinge den Kopf zu zerbrechen, die sich nicht mehr ändern lassen.

Dann schlage ich das Buch noch einmal auf und schaue mir das kleine Mädchen genau an, das auf dem Schoß meiner Mutter sitzt. Der Gedanke ist ganz unvermittelt da: Isabel kann nicht die Täterin sein, schließlich hat sie Frankreich seit Wochen nicht verlassen. Aber vielleicht weiß sie etwas!

Auf dem Weg in die Stadt buche ich im Internet einen Flug nach Marseille. Ich bin wie elektrisiert. Zum ersten Mal in all den Wochen habe ich das Gefühl, etwas zu machen, das mir guttut. Und das zu einem konkreten Ergebnis führt. Ich rufe Isabels Nummer auf meinem Handy auf und betrachte sie. Erst jetzt fällt mir die Landesvorwahl auf. 0033 für Frankreich. Es ist also wahr.

Ich zögere. Nein. Es ist besser, wenn ich meinen Besuch nicht ankündige. Ich möchte ihr in die Augen sehen, wenn ich mit ihr spreche. Ich will sie ganz neu kennenlernen, als wären wir uns nie zuvor begegnet. Was für mich in gewisser Weise ja auch stimmt. Ich kenne sie nicht. Alles, was ich über Isabel weiß, hat Roland mir erzählt. Was bedeutet, dass ich im Grunde überhaupt nichts weiß.

Statt Isabels Nummer wähle ich die von Jan Colbe. Leider erreiche ich nur die Mailbox. «Hallo, Herr Colbe. Hier ist Clara Winter. Ich brauche die Adresse meiner Schwester in Frankreich. Bitte rufen Sie mich zurück.»

Während der restlichen S-Bahn-Fahrt schreibe ich einen Einkaufszettel in mein Tagebuch. Ich brauche einen Koffer. Außerdem eine weitere Hose, einen Rock und mehr T-Shirts und Unterwäsche. Ich betrachte die Liste, setzte das Wort «Bikini» darunter. Und «Sonnenbrille».

Ich fahre zum KaDeWe. Wenn, dann richtig. Den Koffer kaufe ich als Erstes, ein schickes silbernes Modell mit Rollen, so kann ich alle weiteren Einkäufe darin verstauen. Ich bin noch immer in Hochstimmung, und je mehr sich der Koffer füllt, desto stärker wächst meine Vorfreude. Ich werde Isabel treffen. Ganz egal, was für Probleme wir früher miteinander hatten, ich bin bereit für einen Neuanfang. Sie ist das letzte bisschen Familie, das ich noch habe. Selbst wenn sie nicht so Schreckliches durchmachen musste wie ich, hat auch sie es nicht leicht gehabt. Ich musste ohne Vater aufwachsen, sie ohne Mutter. Irgendwie werden wir uns zusammenraufen, da bin ich sicher.

Endlich habe ich alles besorgt, was auf meiner Liste steht. Am liebsten würde ich sofort zum Flughafen fahren, aber mein Flug geht erst morgen um elf.

Ich suche mir ein Café und bestelle einen Salat und ein Wasser. Innerhalb von wenigen Minuten habe ich das Essen mit Appetit verschlungen. Ich blicke auf das Display meines Smartphones. Noch immer kein Rückruf von Colbe. Das sieht ihm gar nicht ähnlich. Will er mir Isabels Adresse nicht mitteilen? Hat er Angst, dass ich mich in Gefahr bringe, wenn ich allein zu meiner Schwester fahre? Oder hat er einen Deal mit Roland?

Nein, das ganz bestimmt nicht. Er kann Roland nicht ausstehen. Er traut ihm nicht. Die beiden stecken mit Sicherheit nicht unter einer Decke.

Ich rufe Colbe an. Wieder nur die Mailbox.

Mist! Solange ich die Anschrift nicht habe, kann ich kein Hotel buchen. Nachdenklich blicke ich nach draußen und beobachte die Menschen, die vorbeihasten. Die meisten haben müde, ausdruckslose Gesichter. Noch vor ein paar Tagen hätte ich mit jedem von ihnen blind getauscht, einfach, weil sie das Glück haben, auf ihr ganzes Leben zurückblicken zu dürfen. Aber heute will ich niemand anderes sein als ich selbst.

Ich blättere in meinem Tagebuch. Hat Professor Hochstättler nicht eine Stadt erwähnt, als er von dem Haus in Frankreich sprach? Habe ich es mir aufgeschrieben? Ich finde die Seite. Tatsächlich, da steht es: *In einem kleinen Ort südlich von Avignon.* Also könnte ich ein Hotel in Avignon buchen. Aber ich möchte lieber warten, bis ich die genaue Adresse habe.

Der Klingelton meines Handys lässt mich zusammenfahren.

Colbe. Endlich.

«Danke, dass Sie zurückrufen. Ich brauche Isabels Adresse.»

«Hallo, Frau Winter.» Er klingt eigenartig. Irgendwie zerstreut, als wäre er mit den Gedanken weit fort.

Mein Puls beschleunigt sich augenblicklich. «Was haben Sie? Ist etwas passiert?»

«Wo sind Sie, Frau Winter?», fragt er zurück.

«In einem Café. Wollen Sie mir nicht sagen, was los ist?»

«Ich würde gern mit Ihnen sprechen. Persönlich. Nicht am Telefon.»

Sofort fällt mir mein alberner Verdacht wieder ein, obwohl er sich längst als gegenstandlos erwiesen hat. Ich will ihn nicht sehen. Ich will Isabels Adresse haben und dann nach Hause fahren und Koffer packen.

Nach Hause fahren. Wie wunderbar normal das klingt.

«Frau Winter?»

«Ich habe jetzt keine Zeit. Ich muss noch eine Menge erledigen, bevor ich morgen fliege.»

«Bevor Sie fliegen?» Er klingt geschockt. «Sie verreisen? Wohin denn?»

Ich verdrehe genervt die Augen. «Nach Frankreich. Deswegen brauche ich ja Isabels Adresse.»

Er antwortet nicht. Aber ich höre ihn am anderen Ende der Leitung atmen. Als er schließlich spricht, klingt er, als müsse er einem aufmüpfigen Kind etwas klarmachen. «Sagen Sie mir, wo genau Sie sind. Ich komme zu Ihnen und bringe die Adresse mit. In Ordnung?»

Ich erkenne Colbes Wagen nicht sofort. Erst als er hupt, entdecke ich den Polizisten hinter dem Steuer eines dunkelblauen BMW. Er winkt.

Mit einem dicken Kloß im Hals lege ich den Koffer mit meinen Einkäufen auf die Rückbank und steige auf der Beifahrerseite ein. Es hilft nichts, mir einzureden, dass ich jetzt nur ein kurzes Gespräch führen und danach meine Reisevorbereitungen fortsetzen werde. In dem Moment, als die Wagentür zuknallt, weiß ich, dass ich nicht nach Frankreich fliegen werde.

Aber ich will es nicht wahrhaben. «Haben Sie die Adresse für mich?»

Er antwortet nicht, sondern späht durch die Windschutzscheibe, bevor er sich in den Straßenverkehr einfädelt, als wolle er sichergehen, dass mir niemand gefolgt ist.

«Wohin fahren wir?»

«An einen Ort, wo wir in Ruhe reden können.»

«Ins LKA?»

«Ja. Später.»

Mir wird mulmig.

In dem Moment klingelt Colbes Handy. Es steckt in einer Halterung am Armaturenbrett. Er blickt aufs Display, grummelt etwas und nimmt den Anruf an.

«Jan, wo steckst du? Hast du Frau Winter erreicht?» Ich erkenne die Stimme von Rossbach.

«Sie sitzt neben mir im Wagen und hört mit.»

«Oh, okay. Kommt ihr in die Keithstraße?»

«Gleich.» Colbe unterbricht die Verbindung.

Ich bin verwirrt, das LKA ist gleich um die Ecke, aber Colbe biegt in die andere Richtung ab. Was hat er vor? «Darf ich vielleicht mal erfahren, was los ist?»

«Haben Sie bitte noch einen Moment Geduld, Frau Winter.»

Ich mustere ihn von der Seite. Seine Kiefer mahlen. Er wirkt, als koste es ihn ungeheure Anstrengung, seine Gefühle im Zaum zu halten. Mein Atem wird flach, ein dünner Schweißfilm bildet sich auf meiner Haut. Ich kriege kaum mit, wohin wir fahren.

Als Colbe plötzlich auf einem abgelegenen Parkplatz am Rand eines Wäldchens hält, bin ich vollkommen verdattert. Ich könnte nicht einmal sagen, in welchem Teil von Berlin wir sind. Oder ob wir die Stadt längst verlassen haben. Irgendwo zwischen den Stämmen schimmert Wasser. Unwillkürlich muss ich an das Familienfoto in meinem Tagebuch denken. Hat Colbe das Haus gefunden, in dem ich die ersten Jahre meines Lebens verbracht habe? Blödsinn! Woher hätte er davon wissen und warum hätte er danach suchen sollen?

Colbe stellt den Motor ab, aber er blickt weiterhin starr geradeaus. «Es ist etwas passiert», sagt er mit tonloser Stimme.

Roland! Ich stöhne auf. «Was?», flüstere ich. «Was ist passiert?»

Jetzt dreht er sich zu mir. «Es tut mir unendlich leid.»

Ich bewege die Lippen, aber meine Stimme ist weg.

«Spaziergänger haben heute Morgen eine Tote gefunden.»

Eine Tote. Eine Frau. Also doch nicht Roland. Erleichtert stoße ich die Luft aus, die ich unwillkürlich angehalten habe. «Ich … ich verstehe nicht.»

«Die Leiche wurde in einem Fließ ganz in der Nähe Ihres Ferienhauses entdeckt. Ihr Körper hatte sich in einem Wehr verfangen.»

«Das ist furchtbar. Aber warum erzählen Sie mir das? Was habe ich damit zu tun?»

Colbe streckt die Hand aus, als wolle er mich berühren, zieht sie jedoch sofort wieder zurück. «Offenbar lag die Frau schon länger im Wasser, deshalb konnte sie noch nicht sicher identifiziert werden. Aber es gibt Hinweise darauf, dass es sich um Ihre Schwester Isabel handelt.»

TOD

Ich habe keine Ahnung, wie lange ich schon so dasitze, reglos, den Blick auf meine Hände geheftet, die, ineinander verschränkt, auf meinem Schoß liegen.

Jan Colbes Worte peitschen durch mein Hirn.

Es gibt Hinweise darauf, dass es sich bei der Toten um Ihre Schwester Isabel handelt.

Isabel.

Tot.

Irgendwo in dem Lärm, den die Worte in meinem Kopf veranstalten, hat sich ein Gedanke verhakt. Eine Erinnerung. Aber ich kann sie nicht fassen.

Colbe sagt nichts, und ich bin ihm dankbar dafür.

Ich kann es nicht glauben, ich will es nicht glauben. Isabel kann nicht tot sein. Sie ist in Frankreich. In Sicherheit. Genau! Das ist der Gedanke, nach dem ich gesucht habe.

Ich balle die Fäuste. «Aber Sie haben doch gesagt, dass Isabel in ihrem Haus in der Provence ist! Ihr französischer Kollege war dort. Der Nachbar hat es bestätigt!»

Colbe macht ein zerknirschtes Gesicht. «Der Nachbar hat Licht im Haus gesehen und ihren Wagen in der Einfahrt. Er ist davon ausgegangen, dass Isabel im Haus ist. Aber er hat sie nicht gesehen. Ich hätte darauf bestehen müssen, dass der Kollege mit ihr persönlich spricht.» Er verzieht den Mund. «Ich habe die Sache nicht ernst genug genommen. Es tut mir sehr leid.»

«Sie ist es nicht», flüstere ich.

Er betrachtet mich mitfühlend. «Bei der Toten wurde eine Handtasche gefunden. Mit Geldbörse, Handy und Schlüssel. Außerdem ein Reisepass und ein Führerschein, einer von den alten aus Papier. Beides war ziemlich aufgeweicht, aber die Schrift war noch zu entziffern. Die Dokumente gehören ohne jeden Zweifel Isabel Dominik.» Colbe legt seine Hand auf meine Schulter.

«Wie ist sie gestorben?» Jedes Wort kostet mich ungeheure Kraft. Es ist, als würde ich gegen einen Orkan anreden. «Ist sie ertrunken?» Ich denke an meine Panik, als ich in das Fließ gestoßen wurde. An das Gefühl, nicht mehr zu wissen, wo oben und wo unten ist. Vielleicht konnte Isabel auch nicht schwimmen.

«Die Todesursache steht noch nicht fest. Sie hat einige Verletzungen, von denen wir noch nicht wissen, ob sie ihr vor dem Tod beigebracht wurden oder ob sie durch das Treiben im Wasser entstanden sind. Es gibt jedoch andere Umstände, die auf ein Tötungsdelikt hinweisen.»

«Was für Umstände?» Meine Stimme zittert.

«Ich möchte Ihnen diese Details lieber ersparen.»

«Was für Umstände?», wiederhole ich.

«Fesselspuren. Wir vermuten, dass sie mit einem Gegenstand beschwert wurde, bevor man sie ins Wasser warf.»

«Aber da war sie schon tot?»

«Davon gehen wir aus.»

«Und was geschieht jetzt?»

«Für die Ermittlungen sind die Kollegen aus Brandenburg zuständig, aber angesichts der Umstände werden wir eng zusammenarbeiten. Ich werde dafür sorgen, dass der Mörder Ihrer Schwester gefasst wird. Das verspreche ich Ihnen.»

Mein Magen krampft sich zusammen. Ich schließe die Augen, aber das Gedankengewitter in meinem Kopf lässt sich nicht abstellen, auch nicht, indem ich die Fäuste fest gegen die Schläfen presse.

Dann kommt der Schmerz. Ohne Vorwarnung. Er ist wie eine schwarze Wand, die auf mich zurast. Die Wucht des Aufpralls lässt mich aufschluchzen.

Noch bevor ich begreife, was geschieht, hat Colbe seine Arme um mich gelegt. Ich presse mein Gesicht an seine Brust, atme seinen Geruch, der mir vage vertraut vorkommt, und weine hemmungslos.

Jan Colbe streitet sich mit seinem Kollegen am Telefon. Ich kann alles mithören. Rossbach ist sauer, weil Colbe mich zur Fundstelle fährt. Ich habe ihn darum gebeten. Schließlich unterbricht Rossbach genervt die Verbindung.

«Bekommen Sie jetzt meinetwegen Ärger?», frage ich.

«Quatsch. Der kriegt sich schon wieder ein.» Colbe lenkt den BMW auf die Autobahn. Er wirft mir einen Blick zu. «Hauptsache, Sie sind sicher, dass Sie sich das wirklich antun wollen.»

«Ich will mit eigenen Augen sehen, wo es passiert ist.» Ich sage nicht, was ich eigentlich denke: dass ich den Leichnam meiner Schwester vor mir haben muss, damit ich glauben kann, dass sie wirklich tot ist. Obwohl ich trotzdem keine Gewissheit haben werde. Und zwar nicht nur, weil ich keine Ahnung habe, wie sie aussieht, sondern auch, weil es nicht viel zu sehen geben wird. Ich habe eine ungefähre Vorstellung davon, was mit einem Körper passiert, der tagelang im Wasser treibt. Da ist nichts mehr übrig, was auch nur im Entferntesten mit Isabel zu tun hat.

Aber ich muss mich davon überzeugen, dass es tatsächlich geschehen ist. Ich muss die Polizei am Fundort sehen. Die Spurensicherung, den Leichenwagen. Ich muss spüren, dass es real ist.

Seit ich mich an Colbes Schulter ausgeheult habe, ist der Schmerz nicht mehr so scharf, sondern dumpf und schwer. Das macht es ein wenig erträglicher. Nach meinem Ausbruch habe ich mich entschuldigt, aber er wollte nichts davon hören.

«Sie haben in den vergangenen Wochen so viel ertragen müssen, die meisten Menschen wären schon viel früher zusammengebrochen», sagte er. «Ich finde Sie bewundernswert stark.»

Fast genau Kathys Worte. Offenbar wirke ich nach außen ganz anders, als ich mich fühle. Wo ich mir erbärmlich und schwach vorkomme, nehmen andere Menschen Stärke wahr. Oder sie wollen sie mir einreden. Immerhin bin ich jetzt sicher, dass zumindest Jan Colbe mich nicht für verrückt hält.

Wir reden nicht viel während der Fahrt. Ich merke, dass Colbe extrem unter Druck steht, auch wenn er versucht, sich nichts anmerken zu lassen. Nach etwa zwanzig Minuten fährt er von der Autobahn ab. Er nimmt eine andere Route als die, die ich immer mit Roland gefahren bin. Wir passieren zwei kleine Ortschaften, dann biegen wir in einen schmalen Feldweg. Rechts und links breiten sich von Wasserläufen durchzogene Wiesen aus, außer einem verfallenen Schuppen ist weit und breit kein Gebäude auszumachen.

Dann taucht ein rotierendes Blaulicht auf. Mehrere Polizeiautos sind am Rand des Feldwegs abgestellt. Außerdem ein Notarztfahrzeug und ein Leichenwagen.

Colbe parkt den BMW vor dem rot-weißen Flatterband. Er steigt aus, wartet, bis ich an seiner Seite bin, und zeigt dann dem Streifenbeamten an der Absperrung seinen Dienstausweis.

«KHK Zielke erwartet uns», sagt er.

Der Streifenpolizist hebt das Band für uns an. «Er ist da drüben.» Er deutet mit dem Daumen hinter sich.

Ich recke den Hals, aber mehr als ein paar Büsche kann ich von hier aus nicht sehen.

Seite an Seite laufen Colbe und ich zwischen den Büschen hindurch über das feuchte Gras auf ein Fließ zu. Als wir näherkommen, erkenne ich am Ufer Gestalten in weißen Schutzanzügen. Etwa zehn Meter bevor wir sie erreichen, bleibt Colbe stehen.

«Wie weit ist es von hier bis zu unserer Hütte?», frage ich tonlos.

«Etwa einen Kilometer. Sie liegt in dem Waldstück da hinten.» Colbe macht eine vage Kopfbewegung.

Ich betrachte erst die Bäume in der Ferne, dann die Wasseroberfläche. Ein kleiner Ast treibt langsam vorbei. Er kommt aus der Richtung des Waldes. «Wenn jemand dort eine Leiche im Fließ versenkt, würde sie hierhertreiben», überlege ich laut.

«Vermutlich.» Er sieht mich nicht an. «Warten Sie hier. Ich bin gleich wieder da.»

Colbe geht auf einen Mann im Schutzanzug zu, die beiden sprechen miteinander, dann kehrt Colbe mit dem Kollegen zu mir zurück.

«Helmut Zielke, Kripo Potsdam», sagt der Mann, kaum dass er vor mir steht. Er zieht die Kapuze seines Schutzanzugs vom Kopf, streift die Handschuhe ab und streckt mir die Hand entgegen.

Benommen greife ich danach.

«Frau Winter, richtig?» Er ist deutlich älter als Colbe, Ende fünfzig, schätze ich, hat silbergraue Schläfen und trägt anscheinend Anzug und Krawatte unter der Schutzkleidung.

Ich nicke.

«Ich leite die Ermittlungen. Mein Kollege hat Ihnen ja schon von unserem Fund erzählt.»

Wieder kriege ich nicht mehr zustande als ein schwaches Nicken.

«Laut der Papiere, die wir bei der Toten gefunden haben, handelt es sich um eine gewisse Isabel Dominik. Das ist Ihre Schwester, richtig?»

Ich fasse mir an die Kehle.

«Mein aufrichtiges Mitgefühl, Frau Winter.» Er räuspert sich umständlich. «Die Leiche lag mindestens zwei oder drei Wochen im Wasser. Das macht eine sichere Identifizierung schwierig. Es wäre hilfreich, wenn Sie uns eine Probe Ihrer DNA zur Verfügung stellen würden, dann hätten wir schnell Gewissheit. Sind Sie dazu bereit?»

«Ja, natürlich.» Meine Stimme klingt heiser.

«Wann haben Sie Ihre Schwester zuletzt gesehen?»

Die Frage trifft mich unerwartet, wie eine Ohrfeige. «Ich ...»

«Frau Winter hatte einen Unfall und leidet unter Gedächtnisverlust», springt Colbe für mich ein.

«Oh. Das bedeutet, Sie können gar nicht sagen, wann Sie zum letzten Mal Kontakt zu Ihrer Schwester hatten?»

«Ich habe keine Ahnung.»

«Sie lebte in Frankreich, ist das richtig?»

«Ja.»

«Wissen Sie, seit wann sie sich in Deutschland aufgehalten hat?»

Ich schüttle den Kopf. «Mein Mann, er ... er könnte es wissen.» Die Worte blähen sich in meinem Mund auf, als wären sie mit Hefe gefüllt. Mein Mann. Roland. Er ist der Letzte, der Isabel lebend gesehen hat, schießt es mir durch den Kopf.

Nein. Nein. Nein.

In dem Moment nehme ich rechts von mir eine Bewegung wahr. Zwei Männer tragen einen schlichten grauen Sarg an uns vorbei. Etwas haftet an der Seite, es sieht aus wie eine Hand mit langen dünnen Fingern. Grüne Finger. Die Hand des Wassermanns, der sich meine Schwester geholt hat. Mein Magen sackt in die Knie.

Colbe greift nach meinem Ellbogen und verhindert, dass ich umkippe. «Alles okay», raunt er mir zu. «Sie machen das gut.»

Ich blicke dem Sarg hinterher. Natürlich sind es keine Finger, die an der Seite kleben, sondern Wasserpflanzen. Ich stoße nervös die Luft aus, es klingt wie eine Mischung aus Schluchzen und hysterischem Lachen.

Colbe hält mich noch immer fest. «Ich bringe Sie von hier weg, Clara. Sie haben genug gesehen.» Er nickt Zielke zu. «Ich kümmere mich um die DNA», sagt er und führt mich zurück zur Absperrung.

Gerade als wir ankommen, wird der Sarg in den Leichenwagen geschoben. Einer der Bestatter schlägt die Tür zu. Ich zucke zusammen. Jetzt bin ich die Letzte, die von meiner Familie übrig ist.

Colbe hat eine Box mit Wattestäbchen und Teströhrchen im Kofferraum des Dienstwagens. Er nimmt einen Abstrich aus meinem Mund und übergibt die Probe einem Kollegen. Gerade als wir einsteigen wollen, um nach Berlin zurückzukehren, kriegt er einen Anruf. Er blickt mich entschuldigend an und tritt zur Seite.

Ich bleibe neben dem BMW stehen. Auf der Rückbank sehe ich den Koffer liegen. Mein Herz krampft sich zusammen. Wie sehr hatte ich mich darauf gefreut, zu Isabel zu fahren, sie kennenzulernen, meine dämliche Eifersucht zu begraben und sie als Freundin zu gewinnen. Ich hatte gehofft, von ihr etwas über meinen Vater zu erfahren, über meine Vergangenheit, vielleicht sogar über den Grund für die Angriffe auf mein Leben. Noch immer kann ich es nicht fassen. In all den Wochen, in denen ich nicht wusste, ob ich sie lieben oder hassen soll, in denen ich sogar den Verdacht hatte, sie könnte mir nach dem Leben trachten, war sie längst tot.

Ich höre ein Geräusch und drehe mich um. Colbe telefoniert noch immer. Hinter ihm rumpelt ein dunkler Wagen über den Feldweg auf uns zu. Rolands Mercedes.

Eine Woge widersprüchlicher Gefühle überrollt mich. Ist er meinetwegen da? Oder wegen Isabel? Weil jemand seine Geliebte ermordet hat?

Mein ganzer Körper vibriert, als Roland hinter dem BMW hält, den Motor ausstellt und die Wagentür aufschiebt. Colbe hat ihn inzwischen auch erkannt und beendet hastig das Gespräch.

Roland kommt auf mich zu. «Liebling, ich habe es gerade erfahren. Es ist so furchtbar!» Er breitet die Arme aus.

Doch Colbe ist schneller. Er tritt zwischen uns und baut sich vor Roland auf. «Was machen Sie hier? Woher wissen Sie, was passiert ist?»

Roland betrachtet ihn abschätzig. «Ihr Kollege Rossbach hat mich angerufen. Im Gegensatz zu Ihnen hat er sich darüber Gedanken gemacht, wie es meiner Frau nach diesem Schock gehen muss, und mich gebeten, mich um sie zu kümmern.»

Colbe verzieht keine Miene. «Ich bin mir nicht sicher, ob Ihre Frau das möchte. Soweit ich weiß, leben Sie im Augenblick getrennt.»

«Ich glaube nicht, dass Sie das etwas angeht», blafft Roland ihn an.

Unter anderen Umständen würde ich diesen Hahnenkampf um mein Wohlergehen womöglich amüsant finden. Aber hier und jetzt deprimiert er mich nur. Zumal ich nicht weiß, wem von den beiden es wirklich um mein Wohl geht.

Plötzlich taucht Zielke bei uns auf. Er hat den weißen Overall ausgezogen und trägt tatsächlich einen grauen Anzug darunter. «Kriminalhauptkommissar Helmut Zielke», stellt er sich vor. «Darf ich fragen, wer Sie sind?» Er fixiert Roland mit zusammengekniffenen Augen.

«Roland Winter. Der Ehemann.» Er rückt näher an mich heran und ergreift meinen Arm.

«Ach, das trifft sich gut. Ihre Frau meinte, dass Sie uns sagen können, seit wann Isabel Dominik sich in Berlin aufgehalten hat.»

Ich spüre, wie ein Schauder durch Rolands Körper läuft. Der Griff um meinen Arm wird fester.

«Sie war im Mai hier», antwortet er. «Seither habe ich sie nicht gesehen. Ich bin davon ausgegangen, dass sie nach Frankreich zurückgekehrt ist.»

«Keine Anrufe? Keine Mails? Keinerlei Kontakt?» Zielke blickt skeptisch drein.

«Nein.» Rolands Kiefer mahlen. Hält er mit äußerster Kraft die Trauer im Zaum? Oder konzentriert er sich, um sich nicht in seinem Lügennetz zu verstricken?

Ich blicke zu Colbe. Eigentlich müsste er jetzt seinen Trumpf ausspielen und dem Kollegen erzählen, dass Roland eine Affäre mit seiner Schwägerin hatte. Doch seltsamerweise schweigt er.

«Ich muss Sie noch einmal ausführlich befragen, sobald die Identität der Toten zweifelsfrei feststeht», erklärt Zielke. «Jetzt können Sie Ihre Frau erst einmal nach Hause bringen.»

Colbe öffnet den Mund, um etwas zu sagen.

Doch Zielke ist noch nicht fertig. «Und Ihnen würde ich gern etwas zeigen», sagt er zu Colbe. «Kommen Sie?» Er marschiert los, ohne auf eine Antwort zu warten.

Colbe sieht mich fragend an.

Ich nicke. Er soll ruhig gehen.

«Ich melde mich bei Ihnen, Frau Winter.» Er hält meine Hand etwas länger als nötig, dann wendet er sich abrupt ab.

Ich leiste keinen Widerstand, als Roland mich zum Mercedes führt, mich auf den Beifahrersitz schiebt und meinen Koffer auf die Rückbank legt. Ich bin so deprimiert und erschöpft, dass mir nicht einmal der Umstieg vom Auto in den Kahn etwas ausmacht. Es ist mir egal, ob ich ins Wasser falle. Mehr noch, ein Teil von mir wünscht es sich sogar. Die Vorstellung hat etwas Tröstliches.

Isabel und ich, vereint im Reich des Wassermanns.

Erst als der Steg vor unserer Hütte aus den Tiefen des Waldes auftaucht, fällt mir ein, was schon seit einer Weile in meinem Hinterkopf herumspukt. Es ist etwas, das Roland gesagt hat, als ich glaubte, Isabel könnte die Täterin sein.

Vertrau mir. Deine Schwester steckt nicht hinter den Angriffen. Ich weiß es.

Die Erkenntnis trifft mich mit solcher Wucht, dass ich unwillkürlich zusammenzucke. Es gibt nur eine Erklärung für Rolands Worte: Er wusste die ganze Zeit, dass Isabel tot ist.

Mein Kopf ist so schwer, als wäre er mit Blei gefüllt. Ich versuche, ihn anzuheben, mich aufzusetzen. Unter großer Anstrengung gelingt es mir. Doch der Schmerz ist kaum auszuhalten. Jede Bewegung scheint mich zu zerreißen. Mein Körper fühlt sich an, als hätte mich jemand grün und blau geprügelt. Das Licht, das durch das Fenster ins Zimmer fällt, brennt in meinen

Augen. Es blendet mich so stark, dass ich eine Weile brauche, bis ich erkenne, wo ich bin. Als es mir klar wird, pulsiert ein heißer Schreck durch meine Glieder.

Ich sitze auf dem Bett im Schlafzimmer unserer Hütte. Die Bettseite neben mir ist leer und offenbar unbenutzt. Aber das Schlimmste ist: Ich habe keine Ahnung, wie ich hierhergekommen bin. Es ist wie ein Déjà-vu. Wieder ein Aufwachen ohne Erinnerung.

Ich blicke an mir herunter. Ich trage nur ein T-Shirt und einen Slip. Habe ich mich selbst ausgezogen?

Erneut überrollt mich eine Welle der Angst. Bleib ruhig, sage ich mir. Versuch dich zu konzentrieren. Woran kannst du dich erinnern? Was hast du gestern gemacht?

Ich habe im Garten in der Sonne gesessen. War das gestern? Oder ist es schon länger her? Ich habe in mein Tagebuch geschrieben, und dann bin ich in die Stadt gefahren. Ich wollte einkaufen, einen Koffer und …

O Gott! O nein!

Ich vergrabe das Gesicht in den Händen, aber ich kann nicht weinen. Da ist eine seltsame Leere in mir. Eine hohle Gleichgültigkeit. Meine Eltern sind tot. Meine Schwester ist tot. Und ich bin es auch. Irgendwie.

Ich lausche. Draußen gluckert, knistert und zwitschert der Wald. Aber drinnen ist es still. Wo ist Roland? Sitzt er an seinem Arbeitsplatz und schreibt an seinem Roman, als wäre nichts geschehen?

Mir fällt das Buch ein, das ich bis zu der Stelle gelesen habe, an der klar wird, dass die Briefschreiberin tot ist. Sind alle Geschichten, die er erfindet, so traurig?

Ich starre aus dem Fenster. Vom Bett aus sieht man nur die Baumwipfel und den höhnisch blauen Himmel darüber. Am liebsten würde ich mich zurück ins Kissen sinken lassen und wieder ins Vergessen hinabgleiten. Aber es würde nicht funktionieren. Ich bin hellwach, und meine Gedankenspirale hat bereits Fahrt aufgenommen. Es gibt nur eine Möglichkeit, sie aufzuhalten.

Ich brauche die Notfallpillen. Suchend blicke ich mich nach meiner Handtasche um. Aber ich kann sie nirgendwo entdecken.

Stöhnend schwinge ich die Beine aus dem Bett. Bei jedem Schritt, den ich mache, droht mein Kopf auseinanderzufliegen. Ich presse die Handflächen auf die Schläfen und suche das Zimmer ab. Keine Handtasche. Keine Kleidung.

Ich habe wenig Lust, Roland über den Weg zu laufen. Ich kann sein Mitgefühl und seine Fürsorge nicht mehr ertragen. Selbst wenn ich sicher wäre, dass beides aufrichtig gemeint ist, wäre es mir zu viel. Ich will nicht getröstet werden. Ich will einfach nur wieder in mein dunkles Loch kriechen.

Ich schleiche die Treppe hinunter. Der Platz vor dem Computer ist verwaist. Roland ist nicht im Wohnzimmer. Auch von meiner Handtasche keine Spur. Dann muss sie im Gästezimmer sein. Ich tapse wieder nach oben. Vielleicht schläft Roland noch. Behutsam drücke ich die Klinke runter und öffne die Tür.

Ich hätte mir die Vorsicht sparen können. Das Zimmer ist leer, das Bett gemacht. Wo steckt Roland? Hat er mich hier allein gelassen?

Ich schlucke die kribbelnden Angstperlen runter. Wollte ich das nicht? Ruhe haben? Allein gelassen werden?

Ich suche das Zimmer ab. Meine Handtasche steht unten im Schrank. Hastig ziehe ich den Reißverschluss auf und blicke hinein. Alles noch da. Das Tagebuch, das Handy, die Pillen. Sogar der silberne Revolver. Mein Puls beruhigt sich.

Vielleicht ist Roland telefonieren gegangen. Ich steige

wieder nach unten, die Tablettenpackung in der Hand, und blicke aus dem Fenster zum Bootssteg.

Der Kahn ist weg.

Ich habe die Tablette noch nicht genommen. Ich hatte bereits das Glas mit Wasser gefüllt, als es mir schlagartig wieder einfiel: Roland wusste Bescheid, er war sicher, dass Isabel mir nichts antun würde, weil er wusste, dass sie es nicht konnte.

Weil er wusste, dass sie tot war.

Das war mein letzter Gedanke, bevor meine Erinnerung abreißt. Ich weiß noch, dass wir im Kahn saßen, dass wir schon fast bei der Hütte angekommen waren. Habe ich Roland damit konfrontiert? Ist daraufhin etwas geschehen, an das ich mich nicht erinnern will?

Ich stelle das Wasserglas auf dem Tisch ab. Wenn Roland die ganze Zeit wusste, dass Isabel tot ist, muss er ihre Leiche im Fließ versenkt haben. Oder hat er beobachtet, wie jemand anders es getan hat? Derselbe, der auch mich töten will?

Nein, so kann es nicht gewesen sein.

Roland ist mit seinem Wissen nicht zur Polizei gegangen. Er hat es für sich behalten. Dafür kann es nur einen Grund geben. Er deckt jemanden. Hat er selbst Isabel getötet? Haben die beiden sich nach dem Überfall im Haus gestritten? Wollte Roland mich in dieser Situation nicht allein lassen, und Isabel war eifersüchtig? Kam es zu Handgreiflichkeiten, die tödlich endeten?

Falls es so war, muss es hier in der Hütte passiert sein. Isabel stürzte unglücklich, starb, und Roland warf ihre Leiche ins Wasser.

Mein Mund ist mit einem Mal ganz trocken. Ich trinke einen Schluck Wasser. Alles passt. Und es erklärt, warum Roland nicht wollte, dass ich mich an Isabel erinnere. Aus dem gleichen Grund hat er wohl auch die Akten aus der Garage verbrannt. Aus einigen der Unterlagen ging vielleicht hervor, dass ich eine Schwester haben muss.

Und nun wird mir auch klar, warum er sich so selbstlos um mich gekümmert hat. Er hatte ein schlechtes Gewissen. Mir beizustehen war seine Wiedergutmachung. Seine Buße.

Wieder bin ich in dem brennenden Zimmer. Aber etwas ist anders. Ich stehe. Der Qualm ist noch nicht so dicht, ich kann einzelne Möbelstücke erkennen. Ein schwarzes Sofa, ein Bücherregal, einen Tisch, auf dem Blumen stehen.

Ich mache einen Schritt nach vorn, ich muss den Raum verlassen, bevor das Feuer mir den Fluchtweg versperrt. Mein Fuß stößt gegen etwas. Ein knallgelber Benzinkanister kippt um, ein letzter Rest Flüssigkeit gluckert auf den Holzboden. Entsetzt weiche ich zurück.

Und da sehe ich die Frau. Sie liegt vor dem Sofa auf dem Boden, die Augen weit aufgerissen. Eine Lache Blut hat sich unter ihrem Kopf ausgebreitet. Ist sie tot?

Die Frau bewegt die Lippen. Ich kann nicht hören, was sie sagt, ob es überhaupt Worte sind oder nur Schmerzenslaute. Ich muss ihr zu Hilfe eilen, sie aus dem brennenden Haus retten.

Aber ich tue es nicht. Stattdessen umfasse ich den Gegenstand fester, von dem ich jetzt erst merke, dass ich ihn in der rechten Hand halte. Es ist eine Skulptur aus Bronze, eine halbnackte Frau, die auf einem Stein sitzt, ein aufgeschlagenes Buch auf dem Schoß. Der Stein ist auf der Rückseite abgeflacht. Eine Buchstütze, schießt es mir durch den Kopf. Ich wiege die Statue in meiner Hand. Dann hebe ich den Arm.

Langsam bewege ich mich auf die Frau am Boden zu. Ich kenne sie nicht, aber ich weiß, dass es Isabel ist. Die Frau, die mir meinen Mann wegnehmen, die mein Leben zerstören will.

Noch immer halte ich die Buchstütze hoch erhoben. Leg das Scheißding weg, befehle ich mir selbst. Aber meine Hand gehorcht mir nicht.

Ich beuge mich über die Frau, hole weit aus und schlage mit aller Kraft zu.

Ich werde von meinem eigenen Schrei wach. Ich bin am Küchentisch eingeschlafen. Wie in Trance hebe ich den Kopf von der Tischplatte, setze mich aufrecht hin und betrachte meine rechte Hand. Die Hand, mit der ich meine Schwester erschlagen habe.

Nicht Roland hat Isabel umgebracht. Ich war es. Ich habe es getan. Ich habe meine Schwester ermordet, weil ich eifersüchtig auf sie war. Weil sie mir zum zweiten Mal den Menschen wegnehmen wollte, den ich am meisten liebte. Erst meinen Vater und dann meinen Ehemann. Ich wollte nicht hinnehmen, dass sich das Schicksal wiederholt.

Deshalb bin ich zur Mörderin geworden. Keine Sekunde zweifle ich daran, dass es genau so passiert sein muss. Das war kein Traum, sondern eine Erinnerung. In meinem Wahn habe ich mir eingebildet, das Opfer zu sein, dabei habe ich nur mit aller Macht versucht, meine eigene Schuld zu verdrängen.

Ich muss nicht lange nachdenken. Schnell habe ich die übrigen Tabletten aus der Packung gedrückt. Es sind noch sieben. Keine Ahnung, ob die Dosis ausreicht. Aber das muss sie nicht. Ich habe vor, auf Nummer sicher zu gehen. Ich erhebe mich vom Stuhl. Mein Entschluss steht fest, und das gibt mir Sicherheit. Ohne zu zögern, ziehe ich das Messer, mit dem ich Roland vor dem Einbrecher verteidigen wollte, aus dem Block.

Tieftraurig schiebe ich die Erinnerung an jenen Nachmittag weg. Ich will jetzt nicht an Roland denken. An all das, was er auf sich genommen hat, um mich zu decken. Seine Frau, die seine Geliebte erschlagen hat. Bestimmt glaubt er, dass es seine Schuld war. Schließlich wusste er, wie krank ich bin. Wie existenziell bedrohlich die Affäre für mich sein musste. Aber es können nicht allein Schuldgefühle gewesen sein. Es muss einen anderen Grund dafür geben, dass er mich trotz allem, was ich getan habe, die ganze Zeit über geschützt hat. Vor der Polizei. Und vor meiner eigenen Erinnerung. Er muss mich wirklich lieben.

Ich lege das Messer auf den Tisch. Er wird darüber hinwegkommen. Mehr noch: Wenn der erste Schmerz vorüber ist, wird er es als Befreiung empfinden.

Ich schlucke eine Tablette nach der anderen. Dann nehme ich das Messer und steige die Treppe hoch. Ich lasse warmes Wasser in die Badewanne laufen. Es wird dafür sorgen, dass ich schneller verblute. Ohne mich auszuziehen, steige ich ein. Ich brauche drei Versuche, bis ich es schaffe, so tief zu schneiden, dass Blut fließt. Längs, nicht quer. Erst mit der linken Hand den rechten Puls, dann umgekehrt, denn die rechte Hand ist stärker. Für den Bruchteil einer Sekunde wundere ich mich, woher ich das so genau weiß. An meinen Handgelenken sind keine alten Narben, ich habe das nicht schon einmal getan. Aber bestimmt habe ich darüber nachgedacht.

Meine Gedanken verheddern sich, etwas Weiches, Warmes, füllt meinen Kopf aus, wandert durch meinen Körper bis in die Fingerspitzen. Ich lehne mich zurück. Schließe die Augen.

Wieder spült eine warme Welle durch meinen Körper.

Dann wird es dunkel.

Alles ist tiefgrün. Ich kenne diesen Ort. Ich war schon einmal hier, im Reich des Wassermanns. Von irgendwoher kommt diffuses Licht, aber ich kann seine Quelle nicht ausmachen.

Es ist still, das Wasser schluckt jeden Laut. Trotzdem spüre ich, dass der Wassermann mich beobachtet. Wenn ich versuche zu fliehen, wird er aus seinem Versteck hervorschießen und mich mit seinen schuppig-grünen Fingern festhalten. Ich muss schnell sein, sonst muss ich für alle Zeiten hier unten bleiben.

Vorsichtig spanne ich die Muskeln an. Dann stoße ich mich mit aller Kraft nach oben. Viel schneller, als ich dachte, erreiche ich die Wasseroberfläche. Grelles Licht blendet mich. Ich kneife die Augen zu, schnappe japsend nach Luft.

Ich spüre, wie Hände mich sacht ins Kissen drücken, höre eine Stimme, die beruhigend auf mich einredet. Vorsichtig öffne ich erneut die Augen. Eine Frau beugt sich über mich. Sie hat kurzes graues Haar und ein gütiges Gesicht.

«Alles in Ordnung, Frau Winter», sagt sie. «Bleiben Sie ganz ruhig liegen.»

«Liebling, ich bin so froh, dass du lebst.» Rolands Gesicht taucht neben der Frau auf. Er streicht mir über den Kopf.

Die Frau zieht eine Spritze auf. Sie trägt einen weißen Kittel. «Sie hatten großes Glück», sagt sie. «Ihr Mann hat Sie gerade noch rechtzeitig gefunden. Wir haben Ihnen den Magen ausgepumpt. Sie haben viel Blut verloren. Aber das wird wieder.»

Ich stöhne, werfe einen Blick auf meine verbundenen Handgelenke, dann zu Roland.

Warum hast du mich nicht sterben lassen?

Die Ärztin setzt mir die Spritze in den Arm. Ich spüre es kaum. Dann spricht sie leise mit Roland. Schließlich wendet sie sich wieder mir zu. «Ich komme morgen wieder, Frau Winter. Bis dahin passt Ihr Mann gut auf Sie auf.»

Sie verschwindet aus meinem Blickfeld. Kurz darauf höre ich einen Motor aufheulen.

Roland setzt sich zu mir ans Bett, greift nach meiner Hand

und fährt mit den Fingerspitzen sanft über den Verband. «Du hast mir einen Mordsschreck eingejagt.»

«Hm.» Ich weiß nicht, was ich sagen soll. Ich will ihn hassen, weil er mich nicht hat gehen lassen, aber ich kann nicht. Dafür bin ich zu erschöpft.

«Ich hatte nicht vor, dich so lange in der Hütte allein zu lassen», erzählt er und küsst meine Finger. «Ich musste ein paar Lebensmittel besorgen, ich wollte zurück sein, wenn du aufwachst, aber der Motor ist nicht angesprungen, und es hat ewig gedauert, bis der Mechaniker ihn zum Laufen gekriegt hat ...» Er hat Tränen in den Augen, wischt sie ärgerlich weg. «Ich habe dich sofort aus der Wanne gezogen und deine Handgelenke verbunden. Dann bin ich nach draußen gerannt, um zu telefonieren. Glücklicherweise kannte ich diese Ärztin aus Lübbenau, die genau weiß, wo unsere Hütte liegt. Sie war in weniger als zehn Minuten bei uns. Sie ist hiergeblieben, bis du stabil warst, und heute Morgen direkt wiedergekommen. Wir hielten es für das Beste, dich nicht ins Krankenhaus zu bringen.» Er sieht mich fragend an.

«Warum hast du mich nicht sterben lassen?», krächze ich.

«Weil ich ein Egoist bin und nicht ohne dich leben will.» Er verzieht keine Miene, er meint es völlig ernst.

«Warum hasst du mich nicht?»

«Warum sollte ich dich hassen, Liebes?» Er streicht mir über die Stirn.

«Ich habe Isabel umgebracht.»

Roland verzieht schmerzerfüllt das Gesicht.

Das ist Antwort genug. Es stimmt also. «Du wusstest es die ganze Zeit, nicht wahr?»

Er streichelt meine Finger, aber er weicht meinem Blick aus. «Wie kommst du darauf?»

«Ich habe es geträumt.»

Er sieht mich an. «Träume sind keine Erinnerungen. Sie helfen uns dabei, Erlebtes zu verarbeiten, aber sie erzählen uns nicht, was wirklich passiert ist.»

«Ich weiß, dass es wahr ist.»

Er presst meine Finger an seine Lippen. «Du hast nichts Schlimmes getan, Liebling. Bitte glaub mir. Wenn jemand sich Vorwürfe machen muss, dann bin ich es.»

«Weil du die Leiche hast verschwinden lassen?»

Er starrt mich an.

«Du hast es getan, um mich zu beschützen. Es muss schrecklich für dich gewesen sein. Schließlich war Isabel deine …» Ich bringe das Wort nicht heraus.

«Blödsinn!» Roland schüttelt aufgebracht den Kopf. «Das ist doch alles Blödsinn. Wie kommst du denn darauf? Hast du das auch geträumt?»

Ich schließe die Augen.

«Entschuldige bitte», sagt Roland zerknirscht. «Ich wollte nicht laut werden. Aber es macht mich fertig zu sehen, wie du dich selbst quälst.»

Ich schlage die Augen wieder auf. «Du wolltest mich nicht mehr anlügen, Roland.»

Er blickt kurz zu Boden. «Glaub mir, es ist nicht so, wie du denkst.»

«Ich glaube dir aber nicht.»

«Also gut», sagt er mit heiserer Stimme. «Du hast recht, aber nur zum Teil. Ich habe die Leiche im Fließ versenkt. Es war eine völlig blödsinnige Idee. Eine Kurzschlusshandlung. Ich habe nicht nachgedacht. Ich habe mir eingebildet, es wäre besser so. Für dich. Und als es passiert war, konnte ich es nicht mehr rückgängig machen.» Er zögert, legt die Stirn in Falten.

«Du hast es getan, weil ich sie umgebracht habe. Damit ich nicht ins Gefängnis komme. Du wusstest, dass ich hinter Gittern elend zugrunde gehen würde. Nach all dem, was ich durchgemacht habe ...»

«Ja. Nein. Gütiger Himmel! So ist es nicht gewesen. Wirklich nicht. Es gibt da etwas, das du nicht weißt. Ich wollte es dir schon die ganze Zeit sagen.» Er fährt sich mit einer nervösen Bewegung durch das Haar. «O Gott, wie soll ich dir das erklären?»

Plötzlich erfüllt mich eine panische Angst vor dem, was Roland mir offenbaren will. Ich will es nicht hören. Ich will «Stopp» schreien. Ich öffne den Mund, aber ich kriege keinen einzigen Ton heraus. Etwas Schweres legt sich um mein Herz, eine Art eiserne Klammer. Mein Puls beschleunigt sich, mir wird schlagartig übel.

«Liebling, du bist ganz weiß im Gesicht!»

«Ich ... ich ...» Mehr bringe ich nicht hervor. Winzige Lichtpunkte schwirren vor meinen Augen, Rolands Gesicht verschwimmt. Seine Lippen bewegen sich, aber ich höre ihn nicht.

Ich sehe noch, wie er zu seinem Telefon greift und aus dem Zimmer stürzt. Dann sinke ich zurück in das grüne Reich des Vergessens.

Als ich aufwache, ist es dämmrig im Zimmer. Die Vorhänge sind zugezogen und sperren das Sonnenlicht aus. Ich bin allein, aber ich höre Geklapper aus der Küche. Das Geräusch hat etwas Beruhigendes.

Ich betrachte meine dick verbundenen Handgelenke. Vorhin war ich enttäuscht, frustriert, wieder in meinem Bett aufzuwachen. Jetzt bin ich eher resigniert. So viele Versuche, mir das Leben zu nehmen. Durch Fremde und durch mich selbst. Allesamt fehlgeschlagen. Ich fühle mich so unendlich schwach, aber ich scheine zäher zu sein, als ich glaube. Vielleicht ist meine Zeit einfach noch nicht gekommen.

Oder es liegt an den ungeklärten Fragen. Ich kann nicht gehen, solange ich keine Antworten habe. Noch immer weiß ich nicht, was hinter all den Ereignissen steckt. Es mag sein, dass ich Isabel im Affekt erschlagen habe. Und dass Roland alles getan hat, was in seiner Macht stand, um mich vor den Folgen meiner Tat zu schützen. Dass er das Haus in Brand gesteckt hat, um Spuren zu verwischen, dass er die Leiche hat verschwinden lassen, um die Polizei in die Irre zu führen.

Aber wer hat mich vor den Lkw gestoßen? Wer hat den Ziegelstein geworfen? Auch Roland? Zum Schein? Damit die Polizei die Theorie vom Fremden, der mich umbringen will, besser schluckt? Damit sie nicht darauf kommt, was sich wirklich in unserem Haus abgespielt hat?

Ich muss mit ihm sprechen. Er wollte mir etwas erzählen, bevor mein Kreislauf zusammengebrochen ist. Was auch immer es ist, ich will es hören.

Ich habe noch das T-Shirt an, mit dem ich in die Badewanne gestiegen bin. Es hat dunkelbraune Striemen. Ich brauche einen Moment, bis ich begreife, dass es mein Blut ist. Auf zittrigen Beinen wanke ich zum Schrank. Hier hängen noch immer einige der Blusen, die mein jetziges Ich sich niemals aussuchen würde. Besser als ein blutbeschmiertes T-Shirt sind sie allemal. Ich finde auch saubere Unterwäsche und die nur leicht verschmutzte weiße Hose, die Roland mir ins Krankenhaus mitgebracht hat.

Es dauert ewig, bis ich angezogen bin. Ich muss mehrere Pausen einlegen. Schließlich habe ich es geschafft. Lautlos öffne ich die Tür. Unten ist es still geworden, doch wenn ich die Ohren spitze, höre ich leises, regelmäßiges Klacken. Roland sitzt an seinem Computer. Wie seltsam es sich anfühlen muss, in dieser Situation in eine fiktive Geschichte einzutauchen. Vielleicht fällt es ihm aber auch ganz leicht, von einer Realität in eine andere zu wechseln.

Ich schleiche ins Bad und mache mich etwas frisch. Mein Gesicht ist noch immer kalkweiß. Meine kurzen Haare stehen in alle Richtungen vom Kopf ab. Ich schaffe es, sie mit einem feuchten Kamm zu bändigen.

Die Treppe stellt sich als bislang größtes Hindernis dar. Die Stufen verschwimmen vor meinen Augen. Aber Roland um Hilfe bitten will ich auch nicht. Er würde mich bestimmt sofort wieder ins Bett verfrachten.

Als ich etwa auf halber Höhe bin, dreht er sich um.

«Liebling, ich habe dich gar nicht gehört!» Er strahlt freudig, verzieht jedoch sofort besorgt das Gesicht und eilt mir entgegen.

Dankbar stütze ich mich auf ihn.

Er hilft mir aufs Sofa.

«Hast du Hunger? Oder Durst? Ich mache dir was. Tee?»

Ich kann bloß nicken, die Anstrengung hat mich all meine Kraft gekostet. Während Roland an der Küchenzeile zugange ist, sehe ich mich um. Die Nachmittagssonne scheint durch die Fenster, sie steht tief, bald wird sie hinter den Baumwipfeln verschwinden. In ihrem Licht tanzen Staubflöckchen vor dem Kamin, in dem Roland frisches Holz aufgeschichtet hat.

Ich lehne mich gegen die weichen Kissen, widerstehe dem Drang, die Augen zu schließen. Ich muss wach bleiben. Diesmal kommt Roland nicht so einfach davon, ich werde erst Ruhe geben, wenn er all meine Fragen beantwortet hat.

Mir müssen doch die Augen zugefallen sein, denn als Nächstes spüre ich, wie Roland mir sanft über den Kopf streicht.

«Oje, ich bin wohl eingenickt.»

«Nur für ein paar Minuten.» Roland deutet auf zwei Becher, die dampfend auf dem Couchtisch stehen. Daneben hat er eine Schale mit Keksen platziert. «Du solltest etwas zu dir nehmen.»

Ich richte mich auf und greife nach einem Becher, nippe daran.

«Du hast dich allein angezogen», sagt Roland. «Ich hätte dir helfen können.»

«Ich wollte es selbst schaffen.»

Ein schwaches Lächeln huscht über sein Gesicht.

Ich nehme noch einen Schluck Tee und stelle den Becher ab. Es fällt mir schwer, diesen friedlichen Moment mit hässlichen Fragen zu zerstören. Aber ich habe keine Wahl.

Ich hole tief Luft. «Du wolltest mir vorhin etwas sagen.»

Sein Gesichtsausdruck verändert sich schlagartig. «Nicht jetzt, Liebes. Bitte!»

«Doch. Ich muss es wissen.»

«Die Ärztin hat es verboten. Keine Gesprächsthemen, die dich aufregen könnten. Und ich teile ihre Meinung. Es war fahrlässig von mir, mit dir über diese schrecklichen Dinge zu reden.»

«Die Ärztin?»

«Sie war eben noch einmal hier. Hast du es gar nicht mitbekommen?»

Ich reibe mir die Stirn. Alles, woran ich mich erinnere, ist Roland, der mit dem Telefon in der Hand aus dem Zimmer stürmt.

«Sie wollte dich ins Krankenhaus bringen lassen, hat sich geweigert, länger die Verantwortung zu übernehmen. Ich konnte es ihr gerade noch ausreden.» Er streicht mir mit den Fingern über die Wange. «Das war doch richtig, oder?»

Ich nicke benommen.

«Möchtest du nicht einen Keks essen? Du musst doch Hunger haben. Ich kann dir auch etwas anderes machen. Worauf hast du Appetit?»

Ich will nichts essen, aber ich nehme gehorsam einen Keks aus der Schale und beiße ein Stück davon ab. Während ich kaue, kommen mir die Tränen.

Roland reißt erschrocken die Augen auf, dann nimmt er mich in den Arm. Als ich mein Gesicht an seine Brust presse, schießt mir eine Erinnerung durch den Kopf. Erst vor zwei Tagen habe ich mich in den Armen eines anderen Mannes ausgeweint. Wo auch immer Kathy die Vorstellung hernimmt, dass ich eine starke Frau bin, die sich nicht so leicht unterkriegen lässt, sie irrt sich gewaltig. Ich bin eine Heulsuse, die sich dem nächstbesten Kerl in die Arme wirft, wenn sie nicht mehr weiterweiß.

In den nächsten zwei Stunden behandelt Roland mich wie ein rohes Ei. Er bringt mir eine Wolldecke, kocht mehr Tee. Er liest mir sogar etwas vor, das Märchen *Jorinde und Joringel.* Ich protestiere, weil ich nicht wie ein Kind behandelt werden will, aber mein Widerstand ist schwach. Und eigentlich finde ich es sogar schön, seiner Stimme zu lauschen.

Roland gibt sich gelassen, doch ich merke, dass er zunehmend unruhig wird. Und er schaut ständig auf die Uhr.

«Erwartest du Besuch?»

Es soll ein Scherz sein, doch Roland macht ein ertapptes Gesicht.

«Ich habe vorhin mit diesem Kommissar Zielke telefoniert. Wir sollten heute nach Potsdam kommen, um befragt zu werden. Ich habe ihm gesagt, dass das nicht möglich ist. Er wollte herkommen. Ich habe ihn gebeten, lieber die beiden Beamten vorbeizuschicken, die du schon kennst. In Anbetracht deiner besonderen Situation war er einverstanden. Sie müssten jeden Augenblick hier sein.»

In Anbetracht meiner besonderen Situation.

Was meint er damit? Die Trauer um meine Schwester? Die Attacken auf mich? Meine Geisteskrankheit? Oder meinen Suizidversuch?

Ich presse die Lippen zusammen.

«Wenn es dir zu viel ist, wimmle ich die beiden wieder ab», sagt Roland und legt das Märchenbuch weg. «Ich könnte sagen, dass du gerade ein Schlafmittel genommen hast.»

«Alles okay. Ich schaffe das.»

Und schon tuckert draußen ein Motor.

Bei dem Geräusch fällt mir etwas ein. «Wie bin ich vorgestern vom Kahn in die Hütte gekommen? Ich erinnere mich nicht daran.»

«Du bist plötzlich ohnmächtig geworden. Ich habe dich reingetragen. Du warst anschließend völlig orientierungslos und hast wirres Zeug geredet, da habe ich dir etwas zur Beruhigung gegeben.» Er drückt meine Hand und geht nach draußen.

Ich höre verhaltenes Gemurmel vor der Tür. Bestimmt teilt Roland den beiden Verhaltensregeln mit. Er kann sich ja auf die Ärztin berufen.

Als die drei Männer die Hütte betreten, sehe ich direkt, dass Jan Colbe schlecht geschlafen hat. Er hat dunkle Ringe unter den Augen und sieht auf eine anziehende Weise zerknittert aus.

Überrascht stelle ich fest, dass mein Herz bei seinem Anblick schneller schlägt. Und dass ich seinen Geruch in der Nase habe, obwohl er dafür viel zu weit weg steht.

Er sieht mich wortlos an, während Rossbach meinem Mann dabei hilft, zwei Stühle aus der Essecke vor den Couchtisch zu stellen.

Langsam kommt Colbe auf mich zu. Ungefragt setzt er sich

neben mich auf das Sofa, den Blick auf meine Arme gerichtet. Hastig schiebe ich sie unter die Wolldecke.

«Wie geht es Ihnen?», fragt er leise.

«Beschissen.»

Er nickt kaum merklich.

Rossbach und Roland gesellen sich zu uns. Roland balanciert ein Tablett mit Kaffeetassen. Rossbach trägt die Keksschale. Schon bei ihrem Anblick wird mir übel.

Roland wirft Colbe einen scharfen Blick zu. Ich sehe ihm an, dass er erwägt, den Polizisten vom Sofa zu verbannen, doch er sagt nichts, nimmt wortlos auf dem Sessel Platz.

Rossbach setzt sich auf einen Stuhl und räuspert sich umständlich. «Frau Winter, es tut mir leid, Ihnen mitteilen zu müssen, dass der Abgleich der DNA-Proben ein positives Ergebnis geliefert hat. Die Tote, die vorgestern aufgefunden wurde, ist ohne jeden Zweifel Ihre Schwester.»

Da ist er wieder, dieser dumpfe, wattige Schmerz.

Ich spüre, wie Colbe behutsam die Hand auf meine Schulter legt. Und ich höre, wie Roland sich räuspert.

«Haben Sie ein Foto von ihr?» Ich sehe Rossbach an.

Er blinzelt überrascht. «Ein Foto? Von der Toten?»

«Ein Foto von meiner Schwester, als sie noch lebte, meine ich. Ich erinnere mich nicht an sie, und ich würde gern wissen, wie sie aussah.»

Er faltet die Hände. «Verstehe. Ich nehme an, die Kollegen haben sich inzwischen eins besorgt. Ich frage mal nach. Der Fall wird ja von Potsdam aus bearbeitet. Wir leisten nur Amtshilfe.»

«Danke.»

«Ihr Mann hat ausgesagt, dass er Ihre Schwester im Mai zum letzten Mal gesehen hat. Und Sie erinnern sich noch immer nicht?»

Ich schüttle den Kopf.

«Gut.» Er streicht sich über das Kinn. Dann zieht er ein Foto aus der Tasche und legt es auf den Tisch. «Kennen Sie diesen Gegenstand?»

Roland und ich beugen uns gleichzeitig vor.

Das Bild zeigt eine kleine bronzene Frauenstatue. Es ist die Buchstütze aus meinem Albtraum. Ich schnappe erschrocken nach Luft. Zu meiner Rechten höre ich Roland schwer atmen.

Mir wird abwechselnd heiß und kalt. Ich ziehe die Arme unter der Decke hervor und wische mir mit dem Handrücken über die Stirn, vermeide dabei, auf das Foto zu blicken.

«Ich habe diese Figur noch nie gesehen», sagt Roland mit fester Stimme.

Unsere Blicke treffen sich. Beschwörend sieht er mich an.

«Ich auch nicht», flüstere ich. Dann lasse ich die Schultern hängen, mache mich auf Widerspruch gefasst.

Die beiden Polizisten müssen doch merken, dass ich lüge. Ich bin bestimmt knallrot geworden.

«Sind Sie sicher?» Rossbach fixiert Roland. «Es handelt sich um eine Buchstütze. Sie stammt nicht aus Ihrer Hütte?»

«Nein. Nicht mein Stil», gibt Roland völlig gelassen zurück.

Wieder einmal fällt mir auf, was für ein guter Lügner er ist. Er hat die Skulptur erkannt, da bin ich ganz sicher. Aber er tut sich nicht schwer damit, es abzustreiten. Vielleicht geht ihm die Unwahrheit so leicht über die Lippen, weil er davon lebt, sich Geschichten auszudenken. Vielleicht ist sein eigenes Leben nur eine weitere Erzählung für ihn, die er beliebig gestalten kann.

«Wir haben die Buchstütze im Fließ gefunden, unweit der Stelle, wo Ihre Schwester geborgen wurde.» Jetzt sieht Rossbach mich an, und mir bricht der Schweiß aus. «Vermutlich wurde sie zusammen mit der Leiche versenkt. Nach den vorläufigen Erkenntnissen der Rechtsmedizin handelt es sich um die Tatwaffe. Ihre Schwester wurde erschlagen. Sie starb an einer Hirnblutung.»

Ich schluchze entsetzt auf.

«Müssen diese Details sein!», fährt Roland den Polizisten an.

«Ich bedaure sehr, dass ich Ihrer Frau das zumuten muss», erklärt Rossbach. «Aber ich denke, sie versteht, dass wir einen Mörder suchen.»

Und zwar diesmal einen, der tatsächlich existiert, ergänze ich in Gedanken. Das ist es doch, was er sagen will. Ich möchte es ihm ins Gesicht schreien, aber ich traue meiner Stimme nicht.

Stattdessen kommt mir ein anderer Gedanke. «Könnte … könnte diese Figur auch …» Ich schlucke, die Worte sitzen mir im Hals fest. «Ich meine, ich bin doch ebenfalls niedergeschlagen worden.»

Diesmal antwortet Colbe. «Der Gedanke ist uns auch schon gekommen», sagt er. «Wir haben die Röntgenaufnahmen Ihres Schädels von der Charité angefordert. Bisher hatten wir nur Fotos von Ihrer Verletzung, die aber leider nicht sehr aussagekräftig sind.»

Ich lächle ihn dankbar an.

«War's das dann?» Roland klingt ungeduldig. Oder ist er eifersüchtig?

«Noch nicht ganz», sagt Rossbach. Er tauscht einen Blick mit seinem Kollegen, bevor er fortfährt. «Wir haben das Hotel ausfindig gemacht, in dem Isabel Dominik im Mai abgestiegen ist.» Er zückt einen Notizblock. «Sie hat sich knapp drei Wochen in Berlin aufgehalten. Am achtundzwanzigsten ist sie abgereist.»

Roland sieht mich an. Ich weiß, was er sagen will. *Siehst du? Ich habe dich nicht belogen.*

«Aber sie ist Ende Juni noch einmal wiedergekehrt.»

«Das kann doch nicht sein!» Rolands Überraschung wirkt echt.

«Diesmal war sie eine gute Woche in der Stadt. An dem Tag, an dem –» Er zögert, sieht mich an. «An dem Tag, an dem Sie überfallen wurden, Frau Winter, hat Ihre Schwester ausgecheckt.»

Mit gerunzelter Stirn sehe ich Roland an. Ich muss an das denken, was Daniel Gottfried mir erzählt hat. Roland wollte mit Isabel nach Frankreich gehen. War ihre Abreise für diesen Tag geplant? Kam es deshalb zur Eskalation?

Mir fällt die SMS auf meinem alten Handy wieder ein. Isabel wollte mich an dem Tag treffen, sie wollte zu mir nach Hause kommen. Verwirrt reibe ich mir die Stirn.

Roland setzt sich auf der anderen Seite zu mir aufs Sofa und legt mir den Arm um die Schultern. Jan Colbe wirft mir einen Blick zu, bei dem mir das Herz flattert. Er ist mehr denn je davon überzeugt, dass Roland mir Böses will, das sehe ich ihm an.

«Ich muss Sie bitten, die Befragung zu einem späteren Zeitpunkt fortzusetzen», sagt Roland mit fester Stimme. «Meiner Frau geht es nicht gut. Sie darf sich nicht aufregen, das wissen Sie doch.»

«Wir sind gleich fertig.» Rossbach zieht einen durchsichtigen Beutel aus der Tasche und legt ihn zu dem Foto auf den Tisch.

In dem Beutel liegt ein schmaler goldener Ring.

«Nie gesehen», brummt Roland.

Diesmal glaube ich ihm. «Ich auch nicht.»

«Er trägt eine Gravur und ein Datum: CHRISTIAN, MAI 2004.»

«Ein Ehering?», fragt Roland erstaunt.

«Er befand sich in der Handtasche der Toten. Können Sie sich erklären, wie er hineingekommen ist?»

«Natürlich nicht!» Roland klingt ungeduldig.

«Sie auch nicht?» Rossbach sieht mir in die Augen.

«Mirko, ich glaube, es genügt jetzt wirklich», sagt Colbe. «Wir sollten Frau Winter eine Pause gönnen.»

Rossbach wirft Colbe einen ärgerlichen Blick zu. «Frau Dominik wurde mehrfach dabei beobachtet, wie sie vor dem Hotel zu einem Mann in den Wagen stieg. Leider hat das Personal ihn durch die Scheibe nicht erkennen können. Und der Wagen war ein Allerweltsmodell. Können Sie sich vorstellen, wer der Mann gewesen sein könnte?»

«Sie meinen, das war dieser Christian?», fragt Roland.

«Es wäre eine Möglichkeit. Oder waren Sie es?»

«Ich sagte doch, dass ich sie seit Mai nicht gesehen habe. Unterstellen Sie mir, dass ich lüge?»

«Selbstverständlich nicht.» Rossbachs Blick wandert zu mir.

Ich beachte ihn gar nicht, ich starre auf den Ring. Irgendetwas stimmt nicht. Dann fällt es mir ein. «Wenn der Name des Mannes eingraviert ist, muss es der Ring der Frau sein.»

«Stimmt», sagt Rossbach. «Dafür haben wir auch keine Erklärung.» Er sieht Roland an. «War Ihre Schwägerin vielleicht einmal mit einem Christian liiert? Nach unseren Informationen war sie nicht verheiratet, aber vielleicht haben die beiden ja trotzdem Ringe getauscht.»

«Davon weiß ich nichts.» Roland nimmt den Arm von meinen Schultern und reibt sich mit beiden Händen über das Gesicht. Er wirkt mit einem Mal verunsichert.

«Halten Sie diesen Christian für den Mörder?» Ich schöpfe plötzlich neue Hoffnung. Vielleicht hat Roland recht, und alles war ganz anders, als ich bisher dachte. Ich blicke zu ihm, versuche, in seinem Gesicht zu lesen. Aber er hat sich abgewandt.

«Für solche Spekulationen ist es noch viel zu früh», antwortet Rossbach. «Uns beschäftigt vor allem die Frage, *wo* Ihre Schwester erschlagen wurde. Dann ergibt sich das ‹Wer› womöglich ganz von allein.» Er blickt sich demonstrativ im Raum um. «Sie haben hier gar keine Bücherregale?»

«Kein einziges, wie Sie sehen», erwidert Roland kalt.

«War sie mal hier, Ihre Schwägerin?»

Ich halte die Luft an.

«Warum sollte sie?», blafft Roland.

«Nun ja, ist doch ein geeigneter Ort für …» Er bricht ab, wirft mir einen verlegenen Blick zu.

«Ich denke, wir sollten jetzt wirklich aufbrechen.» Jan Colbe klopft sich auf die Schenkel.

«Also gut.» Rossbach steckt die Tüte mit dem Ring zurück in die Tasche.

Die beiden Kripobeamten erheben sich.

Jan Colbe umfasst meine Finger mit seinen großen, kräftigen Händen, als er sich verabschiedet. «Wissen Sie noch, was Sie mir versprochen haben?», fragt er leise.

Ich nicke, noch immer benommen von den vielen neuen Informationen.

Er sieht aus, als wolle er noch etwas hinzufügen, doch er wendet sich abrupt ab und stapft aus der Hütte.

Ich lausche, bis das Tuckern des Motors nicht mehr zu hören ist. Roland ist noch draußen. Für einen winzigen Moment erfasst mich die irrationale Angst, er könnte mit Rossbach und Colbe davongefahren sein. Ich horche, doch vor der Hütte ist alles ruhig.

Endlich höre ich Schritte. Die Tür wird aufgestoßen.

«Ich habe noch einmal mit der Ärztin telefoniert», erklärt Roland. «Ich hatte ihr versprochen, mich zu melden.»

Wir sehen uns schweigend an. Es ist fast, als würden wir uns belauern. Keiner traut sich, zuerst das Wort zu ergreifen, die Fragen hängen zwischen uns im Raum wie eine unsichtbare Barriere.

Ich kann nicht länger so tun, als wären sie nicht da. «Hast du wirklich noch nie von diesem Christian gehört?»

«Bitte, Liebling, lass uns über etwas anderes sprechen.»

«Wie stellst du dir das vor? Wir können doch beide an nichts anderes denken.»

Er schiebt die Kaffeetassen zur Seite und setzt sich vor mich auf den Couchtisch. Behutsam nimmt er meine Hände. «Ich will nicht riskieren, dass du noch einmal zusammenbrichst. Gerade eben erst habe ich der Ärztin hoch und heilig versprochen, dich zu schonen.»

«Ich möchte doch nur wissen, ob du diesen –»

«Nein, ich habe keine Ahnung, wer das ist», unterbricht er mich schroff. «Zufrieden?»

Ich erwidere nichts.

«Also gut», sagt Roland, nachdem er mich eine Weile nachdenklich betrachtet hat, und führt meine Hände an seine Lippen. «Ich werde dir erzählen, was geschehen ist. Aber sobald ich das Gefühl habe, es wird dir zu viel, verpasse ich dir eine Schlaftablette und trage dich ins Bett.»

«Einverstanden.»

«Ihr lagt beide bewusstlos im Wohnzimmer auf dem Boden, als ich nach Hause kam. Alles war voller Qualm, mir blieb nicht viel Zeit. Ich handelte, ohne nachzudenken. Ich habe mich erst um euch gekümmert. Deine Schwester war tot, aber du hattest noch Puls. Ich habe dich durch die Verbindungstür ins Auto getragen. Und dann bin ich noch einmal ins Haus zurück und habe … und habe … Isabel geholt. Ich legte sie in den Kofferraum.»

Ich will die Hände vor den Mund schlagen, doch Roland hält sie noch immer fest. «Warum?»

«Ich sagte doch, ich habe nicht nachgedacht. Für mich sah es so aus, als hättet ihr euch gestritten, als wäre der Streit aus dem Ruder gelaufen. Als hättest du deine Schwester im Affekt getötet. Ich wollte ihre Leiche verschwinden lassen, um dich zu schützen.»

Wieder küsst er meine Finger, Tränen schimmern in seinen Augen. «Sie lebte ja im Ausland, ich dachte, niemand würde eine Frau, die in Frankreich verschwunden ist, in Berlin suchen. Ich bin dann noch ein drittes Mal ins Haus zurückgekehrt, denn ich musste ja auch Isabels Handtasche verschwinden lassen. Sie lag auf dem Boden. Als ich mich bückte, entdeckte ich einen Ring unter dem Sofa. Ich steckte ihn ein, ohne ihn mir näher anzusehen. Ich nahm auch die Buchstütze mit, an der Blut klebte. Ich brachte dich ins Krankenhaus und wartete, bis ich sicher war, dass du durchkommen würdest. Dann fuhr ich zu unserer Hütte. Erst wollte ich die Leiche auf dem Grundstück begraben. Aber wir haben hier nicht einmal einen brauchbaren Spaten. Außerdem wollte ich nicht immer auf ihr Grab starren müssen.»

Ein Zittern läuft durch seine Finger. «Also fuhr ich ein Stück in den Wald, etwas abseits der Stelle, wo wir immer mit dem Kahn anlegen. Ich beschwerte die Leiche mit dem Wagenheber. Und mit der Statue. Beides befestigte ich zusammen mit der Handtasche mit einer Kordel, die ich ihr mehrfach um den Körper wickelte. Vermutlich waren die Gewichte nicht schwer genug, sodass sie trotzdem langsam durch das Fließ getrieben wurde.»

Ich öffne den Mund, schließe ihn wieder. Widersprüchliche Gefühle schießen in meinem Körper hin und her wie Kometen auf Kollisionskurs.

«Das mit der Handtasche war natürlich idiotisch.» Er lässt meine Hände los und reibt sich über das Gesicht. «Ich stand unter Schock, war so erschöpft, so fertig, dass ich nicht mehr klar denken konnte.» Erneut greift er nach meinen Händen und sieht mich an. «Bitte verzeih mir, dass ich geglaubt habe, du könntest deine Schwester umgebracht haben. Das war absurd.»

«Aber …»

«Ich bin sicher, dass es dieser Christian war. Er ist der Mann mit dem Kapuzenpulli, begreifst du nicht?»

«Du meinst, er wollte meine Schwester und mich töten?»

«Eine andere Erklärung gibt es nicht. Er hat euch beide niedergeschlagen. Dann hat er das Haus angesteckt, um seine Spuren zu verwischen. Aber er hat einen Fehler gemacht, er hat nicht gemerkt, dass du noch lebst.»

«Aber warum hat er das getan?»

«Keine Ahnung. Das soll die Polizei rausfinden.»

«Die scheint aber nicht davon überzeugt zu sein, dass dieser Christian der Täter ist.» Rossbachs unverhohlene Andeutungen gehen mir durch den Kopf. War die Hütte Isabels und Rolands Liebesnest?

«Er ist es», sagt Roland mit Nachdruck. «Da bin ich ganz sicher. Und jetzt reden wir nicht mehr über diese schrecklichen Dinge.» Er breitet die Arme aus. «Okay?»

«Okay.» Zögernd lasse ich mich in seine Umarmung sinken.

Irgendetwas an Rolands Theorie stimmt nicht. Und das weiß er auch, das habe ich an der Art gemerkt, wie er darüber gesprochen hat, in diesem leicht gekünstelten Tonfall. Da passt etwas nicht zusammen. Doch ich will jetzt nicht darüber nachdenken. Ich schmiege mich an seine Brust und genieße das Gefühl, von ihm gehalten zu werden.

Roland hat den Kamin angezündet, wir liegen auf dem Sofa und starren in die Flammen. Vorhin war die Ärztin noch einmal da und hat die Verbände gewechselt. Zum ersten Mal habe ich die Schnitte gesehen. Sie sind kleiner, als ich sie mir vorgestellt habe, wirken zaghaft. Dabei war ich fest entschlossen, mich umzubringen.

Immerhin ist mir jetzt klar, warum ich nicht unbedingt ins Krankenhaus musste. Die Ärztin hat mir Schmerztabletten und etwas zum Schlafen dagelassen. Jeweils zwei einzelne Pillen. Keine Mengen, mit denen ich erneut etwas Dummes anstellen könnte.

Nachdem die Ärztin gegangen war, hat Roland Essen gemacht. Omelett und Salat dazu. Ich habe mich bemüht, wenigstens etwas davon zu essen, obwohl meine Kehle noch immer wie zugeschnürt war.

Jetzt liege ich in seinen Armen und versuche, nicht zu grübeln.

«Möchtest du etwas trinken?», fragt Roland. «Ich glaube, wir haben irgendwo noch einen feinen Merlot.»

«Ich weiß nicht.»

«Ich kann ihn ja mal aufmachen, und du überlegst es dir.» Er nimmt seine Arme weg, macht Anstalten, aufzustehen. «Au! Was ist das denn?» Er greift unter das Kissen und zieht das Buch hervor. Sein Buch. «Nanu, wie kommt das hierhin?»

Ich blicke schuldbewusst zur Seite. «Ich habe darin gelesen.»

«Oh.»

«Aber nur bis zu der Stelle, an der sich herausstellt, dass die Briefschreiberin tot ist.»

Er legt das Buch auf den Tisch, ohne mich anzusehen.

«Ich fand es zu traurig, um weiterzulesen. Du könntest mir erzählen, wie es ausgeht.»

Er sieht mich zweifelnd an.

«Ich frage nicht aus Höflichkeit.»

Jetzt breitet sich ein Lächeln auf seinem Gesicht aus. «In Ordnung. Aber erst mache ich den Wein auf.»

Er kramt in der Küche herum, kommt mit Flasche, Korkenzieher und zwei Gläsern zurück. Gekonnt zieht er den Korken und schenkt uns ein. «Eigentlich sollte der Wein noch ein bisschen atmen, aber wir können ja schon mal anstoßen.» Er reicht mir das Glas.

Ich setze mich auf, nehme es entgegen und nippe. «Und? Erzählst du es mir jetzt?»

«Die Frau, Anna, findet heraus, dass der Thomas, an den die Briefe gerichtet sind, gar nicht ihr Mann ist, sondern dessen Vater. Sie wurden von seiner Mutter geschrieben. Er hatte vor Jahren den Kontakt zu ihr abgebrochen, nachdem sein Vater auf ungeklärte Weise ums Leben gekommen war. Seine Mutter stand damals unter Mordverdacht, es gab eine sehr hohe Lebensversicherung. Aber ihr konnte nie etwas nachgewiesen werden. Der Sohn, Thomas, war von ihrer Schuld überzeugt und redet bis zu ihrem Tod kein einziges Wort mehr mit ihr.

Die Versicherung zahlte nicht, weil der Mord nicht aufgeklärt wurde, die Mutter starb einsam und völlig mittellos. Erst nach ihrem Tod fand Thomas die Briefe und erkannte, wie sehr seine Mutter seinen Vater geliebt hatte. Und er begriff, dass er sich getäuscht hatte. Vor lauter Schuldgefühlen zog er sich von Anna zurück. Doch nun besuchen sie gemeinsam das Grab der Eltern und wollen es noch einmal miteinander versuchen.»

«Was für eine traurige Geschichte.»

«Hm.»

«Wie bist du darauf gekommen?»

«Ich habe nach dem Tod meiner Eltern einen Stapel Briefe gefunden, die meine Mutter meinem Vater geschrieben hatte. Er hieß auch Roland. Das brachte mich auf die Idee.»

«Wirklich? Aber deine Eltern sind …»

Roland lächelt. «Sie starben beide eines natürlichen Todes. Kein düsteres Geheimnis, falls du das wissen wolltest.»

Ich spüre, wie ich rot werde.

Roland nimmt mein Gesicht in seine Hände. «Ich will nie wieder ohne dich sein.»

«Das will ich auch nicht», flüstere ich.

Er beugt sich vor, berührt sanft meine Lippen mit den seinen. Mein Körper prickelt. Ich öffne meinen Mund, erwidere seinen Kuss. Seine Hände gleiten unter meine Bluse, streichen über meine nackte Haut, seine Lippen wandern über mein Gesicht zu meinem Hals.

Mein Atem geht schneller.

«Bist du sicher …», flüstert er in mein Haar.

«Frag nicht so dumm.» Ich öffne seinen Gürtel, meine Hände zittern vor Ungeduld.

Ich will, dass Roland mich liebt. Ich will ihn in mir spüren.

Und alles andere vergessen.

Ich versuche, mit um die Arme gewickelten Plastiktüten zu duschen. Ein ziemlich hoffnungsloses Unterfangen. Aber danach fühle ich mich halbwegs frisch. Ich tapse barfuß ins Schlafzimmer und ziehe mich an. Viel Auswahl habe ich nicht, trotz der neuen Sachen aus dem Koffer. Vielleicht sollte ich Roland von meinem Garagenabenteuer erzählen, dann könnten wir gemeinsam meine Klamotten von dort holen.

Einen Moment lang bleibe ich vor dem Spiegel stehen und betrachte mich. Da ist eine rosige Farbe auf meinen Wangen, die gestern noch nicht dort war. Niemals hätte ich gedacht, dass ich, zwei Tage nachdem ich mir das Leben nehmen wollte, in solcher Hochstimmung sein könnte.

Ich öffne die Zimmertür und trete in den Flur. Es duftet nach Kaffee. Roland macht Frühstück.

Als er mich auf der Treppe bemerkt, breitet sich ein Strahlen auf seinem Gesicht aus. «Du siehst toll aus!»

Ich bin verlegen wie ein Teenager. Ich erinnere mich nur an die Hälfte von dem, was gestern auf dem Sofa passiert ist, und schon das treibt mir die Schamesröte ins Gesicht.

Er tritt zu mir, hebt mich von der letzten Stufe und küsst mich. «Hunger?»

«Ich glaube ja.»

«Du glaubst?»

Ich werfe einen Blick auf den Tisch. Ein Korb mit frischen Brötchen steht dort. Keine Ahnung, wo Roland die herhat. Ich kann mich nicht erinnern, den Motor gehört zu haben.

Er blickt auf die Uhr. «Gleich zehn. Ich habe versprochen, Rossbach anzurufen. Das erledige ich besser vor dem Frühstück. Sonst taucht er am Ende noch hier auf.»

«Gibt es Neuigkeiten?»

«Keine Ahnung. Ich sollte mich einfach melden. Rossbach hat gestern angedeutet, dass ich nur auf freiem Fuß bin, weil dem Richter die Beweise zu dünn waren für einen Haftbefehl.»

Richter? Beweise? Haftbefehl?

«Aber ich dachte …»

«Es gibt eine Menge Fakten, die gegen mich sprechen. Ich hatte eine Affäre mit der Toten.» Er sieht mich nicht an, als er das sagt. «Ihre Leiche wurde in unserem Fließ entdeckt. Und vielleicht haben sie in meinem Kofferraum Blut von ihr gefunden. Ich habe ihn zwar gereinigt, aber …»

«In deinem Kofferraum?»

«Sie haben den Wagen gestern beschlagnahmt. Ich habe das

mit Rossbach draußen geregelt, um dich nicht zu beunruhigen. Ich schätze, ich bin ihr Hauptverdächtiger.»

Mir ist ganz schummrig. «Und der Ring? Was ist mit diesem Christian, dem Mann, zu dem Isabel in den Wagen gestiegen ist?»

Roland hebt die Schultern. «Ich hoffe, sie finden ihn.» Er greift zu seinem Smartphone, das auf dem Küchentisch liegt. «Ich muss los.»

«Ich komme mit.»

Er sieht mich an. «Das musst du nicht.»

«Ich will aber.»

Er nickt.

Gemeinsam schlagen wir uns durch das Unterholz, bis zu der Stelle, wo wir Handyempfang haben. Roland schaltet das Gerät auf «laut».

Rossbach meldet sich nach dem ersten Klingeln. «Guten Morgen, danke, dass Sie pünktlich anrufen, Herr Winter.»

«Hallo. Meine Frau hört mit, wenn Ihnen das recht ist.»

«In Ordnung. Guten Morgen, Frau Winter.»

«Morgen», stammle ich.

«Gibt es Neuigkeiten?», fragt Roland.

«In Ihrem Kofferraum wurde Blut gefunden. Allerdings nur winzige Spuren. Zudem war die DNA zerstört, deshalb konnte das Blut keiner Person zugeordnet werden. Der Wagen wurde sehr gründlich gereinigt.» Er schweigt kurz, bevor er fortfährt. «Und auf dem Beifahrersitz haben wir DNA sowohl von Ihrer Frau als auch von deren Schwester gefunden. Aber das ist ja in Anbetracht der Umstände nicht weiter verwunderlich.»

Ich presse die Hand vor den Mund, um nicht erleichtert aufzustöhnen.

«Was bedeutet das für mich?»

«Sie können den Wagen jederzeit abholen.»

«Gut.»

«Aber Sie sind noch nicht entlastet. Haben Sie vielleicht eine Erklärung für die Blutspuren im Kofferraum?»

«Nein.»

Wie clever Roland ist. Hätte er Rossbach jetzt eine Geschichte aufgetischt, etwa, wie er sich auf der Suche nach dem Reserverad in den Finger geschnitten habe, hätte er sich womöglich in Widersprüche verstrickt.

«Gut, dann war es das erst mal.»

«Was ist mit diesem Christian», rufe ich dazwischen. «Haben Sie ihn gefunden?»

«Dazu kann ich Ihnen am Telefon nichts sagen.»

Roland und ich sehen uns an.

«Herr Rossbach», sagt Roland. «Bitte sagen Sie uns, was Sie wissen. Immerhin wäre es doch möglich, dass es sich bei dem Angreifer meiner Frau und dem Mörder ihrer Schwester um ein und dieselbe Person handelt.»

«Es gibt bisher keinen Grund zu der Annahme, dass dieser Mann irgendetwas mit Ihrer Frau zu tun hat.»

«Aber Sie wissen, wer er ist.»

Rossbach schweigt einen Moment. «Also gut. Der Ring gehört einer Frau. Sie wurde an dem Tag, als es bei Ihnen brannte, ganz in der Nähe überfahren.»

Eine Erinnerung steigt in mir auf. Ein Autounfall mit Fahrerflucht. Kathy hat es erwähnt.

«Die Frau starb noch an der Unfallstelle. Der Fahrer floh und konnte bisher nicht gefasst werden.»

«Und sie trug den Ring?» Roland hat die Stirn in Falten gelegt.

«Davon gehen wir aus. Die Hand wurde bei dem Unfall sehr stark verletzt. Es ist also möglich, dass der Ring sich vom Finger löste. Es gibt verschiedene Szenarien, wie er vom Unfallort in Isabel Dominiks Handtasche geraten sein könnte. Ihr eigener Wagen stand die ganze Zeit vor ihrem Haus in Frankreich, einen Mietwagen hatte sie nicht genommen. Also war sie wohl nicht die Fahrerin. Aber sie könnte eine Zeugin gewesen sein.»

Langsam dämmert mir, was passiert sein könnte. Roland ebenfalls, das erkenne ich an seinem bestürzten Blick.

«Wir haben übrigens auch Ihren Wagen auf Unfallspuren untersucht», fügt Rossbach hinzu.

Roland schnappt nach Luft.

«Es tut mir leid, aber wir müssen jeder Option nachgehen.»

«Und? Haben Sie was gefunden?» Roland klingt sarkastisch.

«Nein. Haben wir auch nicht erwartet. An der Handtasche der Frau wurden geringfügige Lackspuren sichergestellt. Sie waren blau, Ihr Wagen ist schwarz.»

Roland und Rossbach tauschen noch ein paar Nettigkeiten aus, doch ich höre nur mit halbem Ohr zu. Plötzlich ergibt alles einen Sinn: Isabel ist auf dem Weg zu mir, genau, wie sie es in ihrer SMS angekündigt hat. Sie will sich aussprechen, sich mit mir versöhnen, was auch immer. Auf dem Weg vom U-Bahnhof zur Goethestraße wird sie Zeugin eines Unfalls. Eine Frau wird überfahren, das Auto fährt einfach weiter, der Fahrer lässt sein Opfer auf der Straße liegen. Isabel läuft zu dem Unfallopfer. Sie stellt fest, dass die Frau tot ist. Ihr Ehering hat sich vom Finger gelöst, instinktiv greift Isabel danach, vielleicht, damit er nicht verloren geht. Sie will ihn später dem Ehemann übergeben. Plötzlich hört sie Schritte. Der Fahrer ist zurückgekehrt, er fürchtet, dass sie sich das Kennzeichen gemerkt hat. Isabel bekommt Angst, sie rennt weg. Sie flieht zu ihrer Schwester. Der Mann folgt ihr. Nun muss er zwei Zeuginnen beseitigen. Er schlägt die Frauen nieder, legt Feuer und entkommt ungesehen.

Ich lehne mich an einen Baumstamm. Ist es wirklich so gewesen? Dann hätten die Angriffe auf mich und meine Schwester gar keinen persönlichen Grund. Dann wären wir beide demselben Täter zum Opfer gefallen. Aber wer würde zwei Frauen umbringen, um einen Unfall zu vertuschen?

Jemand, der viel zu verlieren hat.

Ich bemerke, dass Roland das Telefongespräch beendet hat. Er sieht mich mit einem merkwürdigen Gesichtsausdruck an. Ich schildere ihm meine Theorie.

«Glaubst du, dass es so gewesen sein könnte?», frage ich am Schluss.

Er blickt noch immer seltsam drein, verzieht das Gesicht, als hätte er Schmerzen. «Ich kann dir gar nicht sagen, wie leid es mir tut. Ich war so ein Idiot.»

«Ich verstehe nicht», sage ich verunsichert. Rolands Blick macht mir Angst.

«All die Dinge, die ich getan habe … Ich habe geglaubt, du hättest deine Schwester getötet.» Er schüttelt den Kopf. «Wie konnte ich nur?» Er ballt die Faust, rammt sie gegen einen Baumstamm. Dann presst er die Stirn gegen die raue Rinde. «Ich Idiot! Ich Idiot!»

Mir wird klar, dass er trotz allem, was er gestern beteuert hat, noch bis eben geglaubt haben muss, ich wäre Isabels Mörderin.

«Verdammt! Ich bin so ein Hornochse, so ein Idiot!»

Vorsichtig berühre ich seine Schulter. «Du wolltest mich schützen, nur darauf kommt es an.»

Er dreht sich zu mir um. Seine blauen Augen sind rot gerändert und wirken riesig in dem blassen Gesicht. «Begreifst du denn nicht? Wenn ich die Spuren nicht verwischt hätte, wäre dieser Fahrer längst gefunden worden. Es ist meine Schuld, dass der Mann, der dich töten will, noch frei herumläuft.»

Unser Frühstück nehmen wir in gedrückter Stimmung zu uns. Roland quält sich mit Selbstvorwürfen, und ich habe nicht die Kraft, ihn aufzumuntern. Immerhin esse ich ein ganzes Brötchen und sogar ein Ei. So viel habe ich seit Tagen nicht runterbekommen.

Erst allmählich wird mir klar, wie nah wir am Abgrund gewandelt sind. Nur weil wir einander nicht vertraut, weil wir nicht miteinander geredet haben.

Ich nehme Roland nicht übel, dass er mir zugetraut hat, meine Schwester getötet zu haben. Ich habe es ja selbst geglaubt.

Ich schenke uns Kaffee nach und räuspere mich. «Ich habe mich entschieden.»

Roland blickt mich erschrocken an. «Wovon sprichst du?»

«Ich will das Haus verkaufen oder, besser gesagt, das, was davon noch übrig ist. Ich brauche es nicht mehr.»

Ein schwaches Lächeln huscht über Rolands Gesicht. Er wirkt erleichtert. «Das finde ich gut.»

«Vielleicht sollten wir ganz aus Berlin fortziehen, irgendwo von vorne anfangen. Dann ist es für mich nicht so schlimm, dass ich keine Erinnerung an meine Vergangenheit habe. In Berlin muss ich ständig fürchten, Menschen zu treffen, die ich eigentlich kennen sollte. Würdest du mit mir fortgehen?»

Ich beiße mir auf die Lippe, denke daran, dass Roland vor nicht allzu langer Zeit mit einer anderen Frau Berlin den Rücken zukehren wollte. Mit meiner Schwester.

«Willst du denn, dass ich mitkomme?»

«Ja, natürlich. Und du?»

Er blickt in seine Kaffeetasse.

Mein Herz schlägt schneller. Zweifel rumoren in meinem Magen.

«Ich gehe mit dir, wohin du willst, Liebling», sagt Roland mit ernster Miene. «Aber erst, wenn alles geklärt ist.»

Das flaue Gefühl in meinem Magen verstärkt sich. Ich kann mich des Eindrucks nicht erwehren, dass Roland mit «alles» etwas ganz Bestimmtes meint.

«Ja, natürlich», stimme ich verunsichert zu. «Im Augenblick würde uns die Polizei vermutlich gar nicht weglassen.»

Roland nickt zerstreut, er scheint mit seinen Gedanken woanders zu sein.

Ich nehme meinen Mut zusammen. «Ich würde gern in die Provence, dorthin, wo Isabel gewohnt hat.»

Roland reißt die Augen auf. «Du willst dort leben?» Er klingt fassungslos.

«Nein, so habe ich das nicht gemeint. Ich möchte einfach nur das Haus sehen. Weißt du, als Jan Colbe mir gesagt hat, dass Isabels Leiche gefunden wurde, hatte ich gerade einen Flug nach Marseille gebucht. Ich wollte mich mit ihr aussprechen.» Ich schiebe den Teller weg. «Zu spät.»

Roland sagt nichts, er starrt wieder in seinen Kaffee.

«Du hältst nichts von meiner Idee.»

Er blickt auf. «Doch. Ich finde sie sogar sehr gut.» Er steht auf, kommt um den Tisch herum und hockt sich vor mich. «Es gibt so vieles, das ich dir sagen muss. So vieles, wofür ich dich um Vergebung bitten muss.»

«Quatsch!»

«Doch.» Er vergräbt das Gesicht in meinem Schoß.

Ich streiche ihm über das Haar.

Den Rest des Tages verbringen wir damit, Reisepläne zu schmieden. Trotzdem bleibt Roland in gedrückter Stimmung. Er verschweigt mir etwas. Aber jedes Mal, wenn ich behutsam nachfrage, blockt er sofort ab.

Am Abend rufen wir noch einmal bei Mirko Rossbach an.

Es gibt nichts Neues. Obwohl sich der Autounfall mittags in einem Wohngebiet ereignet hat, haben sich keine Zeugen auftreiben lassen. Aber es gibt womöglich dennoch eine Spur. Mehr will er nicht verraten.

An diesem Abend nehmen wir uns mehr Zeit füreinander. Roland bedeckt meinen Körper mit Küssen, so behutsam, als hätte er Angst, ich könnte zerbrechen. Ich schließe die Augen und wünsche mir, dass er nie wieder damit aufhört.

HEIMKEHR

Wieder bin ich in dem Zimmer. Aber diesmal ist es nicht voller Qualm, sondern es riecht nach Benzin.

Ich liege auf dem Rücken. Ich bin benommen, mein Schädel hämmert, mein Körper fühlt sich unendlich schwer an. Aber ich weiß, ich muss aufstehen, sonst wird etwas Schreckliches passieren.

Ich drehe den Kopf zur Seite. Da liegt noch eine Frau. Sie rührt sich nicht, ihre Augen blicken starr an die Zimmerdecke. Eine Blutlache umgibt ihr braunes Haar wie ein Heiligenschein. Isabel!

Plötzlich höre ich ein Geräusch. Mein Blick schießt in die andere Richtung. Da steht ein Mann, sein Gesicht liegt im Schatten. Obwohl ich vor Angst fast verrückt werde, zwinge ich mich, die Augen offen zu halten. Ich muss ihn anschauen. Ich muss ihn erkennen.

Jetzt bemerke ich, dass er etwas in den Händen hält. Einen gelben Kanister. Und ein Feuerzeug.

O Gott! Ich muss hier raus! Ich will nicht bei lebendigem Leib verbrennen.

Der Mann lacht auf, als er die Panik in meinen Augen sieht. «Keine Sorge, Liebling, ich werde dir nichts antun», sagt er mit höhnischer Stimme. «Bei Mord zahlt die Versicherung nicht.»

Er tritt aus dem Schatten, und ich erkenne sein Gesicht.

Es ist Roland.

Als das Feuerzeug aufflammt, stoße ich einen Schrei aus.

Und wache auf.

Ich sitze kerzengrade im Bett. Mein Puls rast, kalter Schweiß bedeckt meine Haut. Angsterfüllt blicke ich mich um. Roland liegt neben mir und schläft friedlich. Das Traumbild drängt sich in mein Bewusstsein, legt sich über den Anblick des schlafenden Mannes neben mir. Ich sehe Roland mit dem Kanister in der Hand.

Bei Mord zahlt die Versicherung nicht.

Und plötzlich weiß ich, dass es kein Traum ist, sondern eine Erinnerung. Ich habe Roland mit dem Kanister gesehen. Ich weiß es ganz genau.

Die Geschichte von der Frau mit den Briefen fällt mir ein, Rolands erster Roman. Er hat das alles schon einmal durchgespielt. Er weiß genau, in welchen Fällen die Lebensversicherung nicht zahlt.

Bei Mord.

Und bei Selbstmord.

Deshalb hat er sich so ins Zeug gelegt, um mich zu retten, als ich mir die Pulsadern aufgeschnitten habe. Und da ist noch etwas. Ich erinnere mich an den Stapel Post, den er mitgebracht hat, als wir gerade in die Hütte gezogen waren. War da nicht ein Brief von der Lebensversicherung dabei?

O Gott! Nein!

Ich wage nicht, mich zu rühren. Jede kleinste Bewegung könnte Roland wecken. Er würde mir sofort ansehen, dass ich Bescheid weiß.

Aber ich muss hier weg. So vorsichtig wie möglich gleite ich aus dem Bett. Auf Zehenspitzen schleiche ich aus dem Schlafzimmer. Ich öffne die Tür zum Gästezimmer, schicke ein Stoßgebet zum Himmel, dass meine Handtasche noch im Schrank liegt.

Tatsächlich, da ist sie. Und alles ist noch drin. Ich ziehe das Handy hervor. Und die Pistole.

Ich bin noch immer nackt. Hier gibt es nur Sachen von Roland. Ich ziehe eins seiner Hemden an. Es ist so lang, dass es mir bis zu den Oberschenkeln reicht. Dann schnappe ich mir die Waffe und das Telefon und schleiche zur Treppe.

Die dritte Stufe knarrt.

Mein Herz schlägt so wild, dass es beinahe meinen Brustkorb sprengt. In Todesangst horche ich. Im Schlafzimmer rührt sich nichts.

Langsam schleiche ich weiter. Ich muss meine ganze Willenskraft aufwenden, um nicht einfach loszurennen. Die Haustür ist nicht verschlossen. Als ich draußen stehe, verfluche ich mich dafür, dass ich nicht daran gedacht habe, Schuhe anzuziehen. Aber um keinen Preis der Welt würde ich noch einmal in die Hütte zurückkehren.

Im fahlen Mondlicht stolpere ich auf die Inselspitze zu. Schon nach wenigen Schritten trete ich auf einen scharfkantigen Stein und muss den Rest des Weges humpeln. Dornen und Zweige kratzen über meine nackten Beine, meine Füße sind taub vor Schmerz und Kälte. Endlich erreiche ich die Stelle, wo ich Netz habe.

Es klingelt. Ein Mal. Zwei Mal. Drei Mal.

Bitte, bitte, geh ran!

Endlich wird am anderen Ende abgenommen. «Ja?» Jan Colbe klingt verschlafen.

«Ich bin's, Clara Winter.» Unwillkürlich flüstere ich.

«Clara?» Plötzlich klingt er hellwach. «Was ist los?»

«Ich weiß jetzt, wer es war.»

«Was? Wie?»

«Roland. Mein Mann. Ich erinnere mich, dass ich ihn mit dem Benzinkanister gesehen habe. Er hat es auf meine Lebensversicherung abgesehen.»

«Sind Sie sicher?»

«Ja.»

«Erinnern Sie sich an sonst noch etwas?»

«Nein.»

«Wo sind Sie?»

«Bei der Hütte.»

«Und Ihr Mann?»

«Er schläft. Hoffe ich.»

«Trauen Sie sich zu, den Kahn zu nehmen?»

«Nein!»

«Doch! Sie schaffen das.»

Warum nur glauben immer alle, dass ich irgendetwas schaffe? «Ich kann das nicht. Ich falle bestimmt ins Wasser.»

«Ich weiß, dass Sie das können, Clara. Lassen Sie nicht den Motor an, der ist zu laut. Suchen Sie sich einen langen Stock oder eine Stange, mit der Sie durch das Fließ staken können. Sie müssen nur von dieser Insel runter, ans andere Ufer, damit Ihr Mann Sie nicht findet, wenn er aufwacht.»

O Gott! Das packe ich nicht!

«Ich mach mich sofort auf den Weg. Ich komme so schnell wie möglich. In Ordnung?»

«Ja», flüstere ich.

Doch die Verbindung ist bereits unterbrochen.

Am liebsten würde ich einfach hier im Unterholz hocken bleiben. Doch Jan Colbe hat recht. Wenn Roland aufwacht, wenn er merkt, dass ich mitten in der Nacht nach draußen gelaufen bin, wird er eins und eins zusammenzählen. Ich bin keine gute Schauspielerin. Ich könnte ihm nichts vormachen.

Ich stecke das Handy in die Hemdtasche und stolpere zurück zur Hütte. Alles ist dunkel. Ich blicke zum Fließ. Das Wasser ist so glatt und ruhig, als würde es stillstehen. Silbriges Mondlicht spiegelt sich auf seiner Oberfläche.

Unbeirrt bewege ich mich auf den Steg zu. Ich kriege das hin.

Irgendwie. Gerade als ich die Holzbohlen betreten will, höre ich ein Geräusch hinter mir. Entsetzt fahre ich herum. Eine Gestalt steht auf der Wiese vor dem Haus.

Ich erstarre.

Die Gestalt macht einen Schritt auf mich zu. Das Mondlicht fällt auf ihr Gesicht. Es ist Roland.

«Was machst du hier draußen, Liebling?»

«Bleib stehen! Komm nicht näher!»

Roland sieht mich irritiert an. «Was ist denn los?»

«Lass mich einfach in Ruhe!» Ich mache einen Schritt rückwärts, meine nackten Füße berühren die Holzbohlen.

«Vorsicht! Sonst fällst du ins Wasser!» Roland kommt näher.

Ich hebe die Hand mit dem Revolver, richte die Mündung auf ihn. Ich weiß nicht einmal, ob die Waffe entsichert ist. Aber ich will ja auch gar nicht abdrücken. «Bleib stehen, sonst schieße ich!»

«Lieber Himmel, was tust du denn da?» Er hebt die Hände. «Wo hast du die Waffe her?»

«Rühr dich nicht vom Fleck!» Meine Hand zittert, doch meine Stimme ist erstaunlich fest.

«Aber … ich verstehe nicht. Was ist denn passiert?» Wieder macht er einen Schritt auf mich zu. «Du willst doch nicht ernsthaft auf mich schießen, Liebes. Bitte leg das Ding weg, sonst löst sich am Ende noch ein Schuss.»

«Bleib stehen!» Ich kralle den Zeigefinger um den Abzug. Mein ganzer Körper schlottert.

«Gib mir die Pistole», sagt Roland mit sanfter Stimme und streckt die Hand aus.

Als er einen weiteren Schritt in meine Richtung macht, löst sich krachend ein Schuss. Entsetzt fahre ich zurück, meine Füße berühren die Kante des Stegs, ich kann mich gerade noch abfangen, doch der Revolver gleitet mir aus der Hand, fällt ins Wasser.

In meinen Ohren pfeift es. Und ich kann Roland nicht sehen. Verdammt, wo ist er?

Dann entdecke ich ihn. Er liegt am Boden.

O Gott! Ich habe ihn getroffen!

Ich will zu ihm stürzen, doch dann habe ich wieder das Traumbild vor Augen. Das kalte Lächeln.

Bei Mord zahlt die Versicherung nicht.

Ich wende mich ab, gehe in die Knie. Wenn ich krabble, ist es leichter. Die Bohlen sind feucht und glatt. Als ich auf der Höhe des Kahns bin, setze ich mich auf die Kante des Stegs. Alles in mir schreit, dass ich das nicht tun soll, dass ich den sicheren Steg nicht verlassen darf. Das Mondlicht beginnt auf dem Wasser zu tanzen, als der Kahn in Bewegung gerät. In jeder Welle sehe ich die Augen des Wassermanns. Das ist sein Moment, darauf hat er gewartet.

Ich ziehe die Beine zurück. Ich bringe es nicht fertig.

Da höre ich hinter mir ein Stöhnen. Entsetzt fahre ich herum. Roland bewegt sich. Er versucht sich aufzurichten.

Hastig schwinge ich die Beine wieder in den Kahn. Ich zwinge mich, nicht auf das Wasser zu blicken, während ich die Füße behutsam absetze. Der Kahn schaukelt entsetzlich, alles in mir schreit nach Flucht. Aber ich schaffe es. Ich wage es sogar, mich noch einmal hinauszulehnen, um die Leine loszumachen.

Mir blieb keine Zeit, etwas zum Staken zu suchen, aber das ist auch nicht nötig. Ich muss nicht leise sein. Ich könnte weinen vor Erleichterung, als der Motor beim ersten Versuch anspringt. Schnell gleitet der Kahn vom Steg weg.

Ich werfe einen letzten Blick zurück. Roland kniet am Boden, die Hände auf den Bauch gepresst, und ruft etwas. Aber der Lärm des Motors übertönt seine Worte.

Als die Hütte aus meinem Blickfeld verschwindet, entspanne ich mich etwas. Ich traue mir sogar zu, bis zu der Anlegestelle zu fahren, wo Roland immer den Wagen parkt. Dann muss Colbe mich nicht in dem Gewirr aus Wasserläufen aufspüren.

Aber so weit komme ich nicht. Plötzlich spuckt und stottert der Motor und geht aus. Ich versuche, ihn wieder ans Laufen zu kriegen, aber er bleibt stumm.

Schlagartig kehrt die Todesangst zurück, der finstere Wald um mich herum kommt mir vor wie das aufgesperrte Maul eines gewaltigen Monsters, das schimmernde Wasser unter mir wie dessen gierig ausgestreckte Zunge.

Der Kahn dümpelt vor sich hin. Immerhin bin ich ein gutes Stück von der Hütte weggekommen, mindestens dreihundert Meter. Und Roland ist verletzt. So leicht wird er mir nicht durchs Wasser folgen können. Hoffe ich zumindest.

Bei dem Gedanken daran, dass ich Roland angeschossen habe, wird mir anders. Egal, was er mir angetan hat – oder antun wollte, ich möchte nicht schuld an seinem Tod sein.

Ein Ruck geht durch den Kahn. Er ist ans Ufer gestoßen. Noch einmal muss ich meinen ganzen Mut zusammennehmen, um an Land zu krabbeln. Es klappt. Und ich habe sogar die Geistesgegenwart, die Leine mitzunehmen und sie um einen dürren Baum zu schlingen.

Ich setze mich in einiger Entfernung vom Wasser auf den feuchten, kalten Boden und nehme das Handy aus der Hemdtasche. Erleichterung durchflutet mich, als ich sehe, dass ich Empfang habe. Es ist halb zwei. Leider habe ich nicht auf die Zeit geachtet, als ich Colbe vorhin angerufen habe. Ich wähle seine Nummer.

Er geht sofort ran. «Clara? Geht es Ihnen gut?»

«Ja, ich denke schon. Ich bin ungefähr auf halber Strecke zwischen dem Anleger und unserer Hütte gestrandet.»

«Und Ihr Mann?»

Ich schließe die Augen. «Bitte rufen Sie einen Notarzt. Er ist verletzt. Ich habe …» Mir versagt die Stimme.

«Keine Sorge, ich kümmere mich darum. Ich bin gleich an der Autobahnausfahrt. Halten Sie durch!»

Ich stecke das Telefon zurück in die Tasche.

Ohne dass ich es will, wandern meine Gedanken zurück zu Roland. Die Vorstellung, dass er vor der Hütte liegt und verblutet, zerreißt mir das Herz.

Andererseits hat er es nicht anders verdient. Er wollte mich töten. Wie konnte ich mich nur so in ihm täuschen? Tränen schießen mir in die Augen. Ich ziehe die Beine an, lege den Kopf auf die Knie und lasse sie laufen.

Der nächtliche Atem des Waldes ist ohrenbetäubend. Überall raschelt, knistert und schwirrt es. Schatten huschen vorbei, Augen starren mich aus dem Unterholz an.

Unzählige Male bin ich drauf und dran, wieder ins Boot zu steigen, aber meine Angst vor dem Wasser ist größer als die vor den Gestalten der Nacht.

Eine Ewigkeit vergeht, bis ich endlich einen Motor tuckern höre. Das muss Colbe sein! Ich bin steif vor Kälte und Angst, und es fällt mir schwer, aufzustehen. Zu lange habe ich reglos auf dem Boden gesessen und in das Dunkel gehorcht.

Das Motorengeräusch nähert sich schnell. Ich muss mich bemerkbar machen, sonst fährt mein Retter an mir vorbei. Ich ziehe das Smartphone aus der Hemdtasche und schalte es ein. Der Bildschirm schimmert grünlich. Jetzt bin ich in der Dunkelheit gut zu erkennen.

Endlich tauchen die Konturen eines Bootes vor mir auf.

Ich schwenke das Telefon hin und her, das Boot hält auf mich zu. Es stößt ans Ufer. Der Motor verstummt. Der Mond ist hinter den Baumwipfeln verschwunden, deshalb kann ich den Fahrer nicht erkennen.

Eine furchtbare Schrecksekunde lang glaube ich, dass es Roland ist. Und es kostet mich meine ganze Willenskraft, nicht kopflos zu fliehen. Es kann unmöglich Roland sein. Wir haben nur den einen Kahn.

«Clara? Sind Sie das?»

Eine Welle der Erleichterung durchflutet mich. Es ist Jan Colbe.

Ich stecke das Handy weg. «Ja, ich bin's.»

«Kommen Sie an Bord!»

Etwa drei Meter liegen zwischen mir und dem Boot. Ich mache einen Schritt darauf zu. Es ist nicht das Polizeiboot, mit dem Rossbach und Colbe uns immer in der Hütte besucht haben, aber auch keiner dieser traditionellen Holzkähne.

«Nun kommen Sie schon.»

«Was ist mit Roland?»

«Ich habe einen Krankenwagen gerufen. Und die Kollegen benachrichtigt, sie sind unterwegs. Sie werden sich um ihn kümmern.»

Vielleicht ist es dafür schon zu spät.

Ich krümme mich, als hätte mir jemand in den Unterleib getreten. Trotz allem, was er mir angetan hat, ist die Vorstellung, Roland könnte tot sein, unerträglich schmerzhaft. Schützend lege ich die Arme um meinen zitternden Körper.

«Was ist denn los, Clara?», fragt Colbe mit sanfter Stimme. «Sie haben es bis hierher geschafft, nun schaffen Sie auch noch den Rest.»

«Ich … ich …»

«Komm schon, Clara! Du bist viel stärker, als du denkst.»

Mit halbem Ohr registriere ich, dass er angefangen hat, mich zu duzen. Es irritiert mich, ohne dass ich sagen könnte, warum.

Er steigt aus dem Boot und streckt mir den Arm entgegen. «Du brauchst keine Angst zu haben. Vertrau mir! Dir kann nichts geschehen.»

Und da passiert es. Seine Worte explodieren in meinem Kopf.

Du brauchst keine Angst zu haben. Vertrau mir. Dir kann nichts geschehen.

Ich erinnere mich an diese Worte.

Ich erinnere mich!

Vertrau mir. Dir kann nichts geschehen. Schon einmal hat das jemand zu mir gesagt. Vor vielen Jahren, auf einem Steg an einem See.

Ich war noch ganz klein. Es war heiß, und das Wasser glitzerte verlockend. Aber ich hatte Angst, ich konnte nicht schwimmen, der See war tief, und auf seinem Grund lebte der Wassermann. Unser Vater hatte uns davon erzählt. «Der Nöck lockt Mädchen mit den Klängen seiner Harfe in sein Unterwasserreich und lässt sie nicht mehr gehen», hat er gesagt. Ich wollte nicht für alle Zeit im Reich des Wassermanns gefangen sein.

Meine Schwester trug einen gelben Badeanzug und Zöpfe. «Du brauchst keine Angst zu haben», sagte sie zu mir. «Vertrau mir.»

Natürlich vertraute ich ihr, sie war ja meine Schwester.

Vorsichtig trat ich auf den Steg. Das Holz unter meinen nackten Füßen war warm. Unter mir breitete sich das Wasser aus, der Anblick machte mir ein kribbeliges Gefühl, als würde ein Schwarm Bienen in meinem Bauch brummen.

«Vertrau mir», sagte meine Schwester noch einmal. «Dir kann nichts geschehen.»

Schließlich stand ich neben ihr. Und da tat sie etwas, das meine kleine Welt aus den Fugen riss. Sie lachte laut auf und versetzte mir einen Stoß. Es ging so schnell, dass ich gar nicht wusste, wie mir geschah. Ich fiel ins Wasser. Alles drehte sich, ich wusste nicht mehr, wo oben und wo unten war. Ich bekam keine Luft. Jedes Mal, wenn ich den Mund aufriss, schluckte ich Wasser. Ich hatte Todesangst.

Und dann starb ich.

Mein Vater holte mich zurück ins Leben. Er zerrte mich ans Ufer, beatmete mich, massierte mein Herz, bis es wieder anfing zu schlagen. Danach hielt er mich ganz fest in seinen Armen und weinte vor Erleichterung.

Meine Schwester hatte unterdessen seelenruhig auf dem Steg gestanden und zugesehen. Als hätte das alles nicht das Geringste mit ihr zu tun. Ich verstand nicht, warum sie es getan hatte. Sie war doch meine Schwester. Meine große Schwester, die ich verehrt und bewundert, der ich blind vertraut hatte.

Meine große Schwester hat mich ins Wasser gestoßen. Ich presse die Hände auf den Bauch, weil mir mit einem Mal kotzübel ist. In meinem Kopf wirbeln die Bilder durcheinander, ich wanke, schnappe atemlos nach Luft, als wäre ich wieder unter Wasser.

Meine große Schwester Clara hat mich ins Wasser gestoßen.

Ich bin nicht Clara.

Ich bin Isabel.

Plötzlich stürmen weitere Erinnerungen auf mich ein. Wie kleine Geschosse prasseln sie auf mich nieder.

Unser Haus in Münster, ein weißer Bungalow im Stadtteil Sankt Mauritz mit einer Schiffschaukel im Garten. Der tränenreiche Abschied von meiner besten Freundin Claudia, die mit ihren Eltern nach Kanada auswanderte. Wir waren vierzehn und glaubten, ohne einander nicht leben zu können. Die Sommerurlaube mit Papa in der Provence. Wie ich meine Füße im seichten, türkisfarbenen Wasser des Gardon kühle, während er oben auf dem Pont du Gard akribisch jeden Stein vermisst.

Ich bin Isabel.

Der Sturm aus Bildern aus meinem Leben will gar nicht enden. Mein abgebrochenes Studium. Die Angst davor, meinem Vater zu beichten, dass ich nach Frankreich ziehen und dort als Malerin leben möchte. Sein triumphierend stolzes Lächeln, als er mir das Haus in Saint-Rémy-de-Provence schenkt, das seit meiner Kindheit mein zweites Zuhause ist.

Ich bin Isabel.

«Geht es dir gut?», höre ich Jan Colbe wie durch eine Nebelwand fragen.

«Ich ... O Gott!»

Noch mehr Erinnerungen. Sie kommen, ohne dass ich mich dagegen wehren kann. Ich stöhne auf, als ich erkenne, was ich vor mir sehe. Es ist das Haus in der Goethestraße. Claras Haus. Ich muss mit ihr reden. Auch wenn sie sich weigert und nicht auf meine Anrufe reagiert. Ich habe mich in ihren Mann verliebt. Roland ist meine große Liebe, aber für Clara würde ich auf ihn verzichten.

Mir sitzt ein dicker Kloß im Hals, als ich durch das Gartentor auf das Haus zugehe. Ich drücke die Klingel, doch drinnen rührt sich nichts. Ich versuche es noch einmal. Wieder nichts. Enttäuscht trete ich den Rückzug an.

Da höre ich ein Klappern, das aus dem Garten hinter dem Haus kommt. Mit klopfendem Herzen biege ich um die Ecke. Clara steht neben einer Tonne mit Gartenabfällen und raucht eine Zigarette. Sie trägt einen engen Rock und eine helle Bluse, die sie bis zu den Ellbogen hochgekrempelt hat. Sie ist zwei oder drei Zentimeter kleiner als ich, und ihre Figur ist etwas rundlicher. Aber sie hat das gleiche schmale Gesicht und das gleiche kupferbraune Haar, auch wenn es ihr nur bis zum Kinn reicht. Ihr Blick ist auf die Rosenbüsche gerichtet, deshalb hat sie mich noch nicht bemerkt.

Langsam nähere ich mich. «Clara?»

Sie fährt herum. «Was willst du hier?»

«Mit dir reden. Bitte!»

«Es gibt nichts zu bereden.» Sie wirft die Zigarette auf den Boden und tritt sie aus.

«Aber …»

«Und hör auf, mir Nachrichten zu schicken. Sonst zeige ich dich wegen Nötigung an.» Sie zieht ihr Smartphone aus der Rocktasche und blickt auf das Display. «Andererseits», fügt sie mit einem verächtlichen Grinsen hinzu, «mach doch, was du willst.» Sie lässt das Telefon in die Tonne fallen, wendet sich ab und verschwindet im Haus.

Ich starre abwechselnd auf die Tonne und auf die Verandatür, die sich hinter ihr geschlossen hat. Ich bin wie vor den Kopf geschlagen, eher verblüfft als verletzt. Benommen verlasse ich das Grundstück. Erst an der nächsten Straßenecke kommt die Empörung. Darüber, dass ich mich so habe abkanzeln lassen. Ich bin nicht mehr die kleine Schwester, die man herumschubsen kann, wie man will. Ich werde auf diesem einen Gespräch bestehen, auch wenn sie sich noch so sehr sträubt. Es gibt Dinge, die Clara und ich klären müssen. Und danach brauchen wir uns meinetwegen nie wiederzusehen.

Ich mache auf dem Absatz kehrt und halte erneut auf das Haus zu. Beim Näherkommen höre ich Stimmen. Ein Mann und eine Frau. Sie streiten. Aber Roland hat doch gesagt, dass er nicht zu Hause ist, weil er eine Verabredung hat!

Verwundert steige ich die Stufen hinauf. Die Haustür ist nur angelehnt. Jetzt erkenne ich, dass es nicht Rolands Stimme ist.

«Du bist ja vollkommen durchgeknallt!», brüllt der fremde Mann.

«Ach ja? Wer hat denn die Frau totgefahren?»

«Halt die Klappe, Clara.»

«Du kannst mir nicht den Mund verbieten. Ich sage, was ich will und wann ich es will. Alle werden es erfahren. Du bist erledigt. Und komm bloß nicht auf die Idee, zu behaupten, es wäre wieder eine meiner Halluzinationen. Damit kommst du nicht durch. Ich habe nämlich einen Beweis. Du kannst mir gar nichts ...»

Ein dumpfer Schlag beendet ihre Tirade. Gefolgt von einem schweren Aufprall.

Ich denke nicht nach. Ich stoße die Tür auf und stürze ins Haus. Rechts liegt das Wohnzimmer. Mitten im Raum steht ein Mann. Er hält eine kleine Bronzestatue in der Hand, eine lesende Frau, die auf einem Stein sitzt. Vor ihm liegt Clara am Boden, Blut sickert aus einer Wunde an ihrer Schläfe.

Ich beachte den Mann nicht weiter, sondern knie neben meiner Schwester nieder und taste nach ihrem Puls. Aber da ist nichts. Sie ist tot.

Verstört blicke ich zu dem Fremden hoch. Er ist groß, blond und breitschultrig.

«Clara, wir müssen hier weg.» Colbe fasst mich am Arm und reißt mich aus dem Strudel meiner Erinnerungen zurück in den dunklen Wald.

«Nein!» Entsetzt mache mich los.

«Nun komm schon!» Er packt mich fester. «Wir können nicht ewig hier herumstehen!» Jetzt, wo er so dicht vor mir steht, erkenne ich deutlich das Gehetzte in seinen Zügen. Sein Blick lässt mich an ein in die Enge getriebenes wildes Tier denken.

Ich kann noch immer nicht fassen, wie kolossal ich mich in ihm getäuscht habe. Er hat Clara umgebracht! Und mehrmals versucht, mich zu töten.

Ich war so dumm! So blind! Ich bin aus der sicheren Hütte geflohen und habe ausgerechnet meinen Mörder zu Hilfe gerufen. Und ich habe Roland …

Nein! Daran darf ich jetzt nicht denken.

Ich bin in der Gewalt meines Mörders. Ich bin ihm ausgeliefert. Aber ich habe einen letzten Trumpf in der Hand. Er weiß nicht, dass ich mich erinnere.

Zum Schein überwinde ich meine Angst und lasse mich von ihm zum Ufer führen. Ich ahne, was er vorhat. Er will mich ertränken und es dann so aussehen lassen, als wäre ich auf der kopflosen Flucht vor meinem Ehemann ins Fließ gestürzt. Colbes Kollegen wissen, dass ich panische Angst vor Wasser habe. Wenn er es richtig anstellt, kommt er damit davon. Genau wie mit dem Mord an Clara.

Kurz bevor wir das Boot erreichen, bleibe ich stehen. «Roland gibt mir immer eine Schwimmweste, damit geht es leichter.»

«Ich fürchte, in dem Boot ist keine.» Er hat sich wieder unter Kontrolle, seine Stimme ist voll geheucheltem Mitgefühl.

«Aber in unserem Kahn ist eine.» Ich sehe ihn mit großen, flehenden Augen an. «Bitte!»

Er mustert mich schweigend. Hinter seiner Stirn arbeitet es. Die Weste passt ihm nicht in den Kram. Er könnte seine Waffe ziehen und mich zwingen, ins Wasser zu gehen. Aber offenbar will er die Maske noch nicht fallen lassen.

«Warte hier», sagt er und klettert in den Kahn.

Mein Hirn läuft auf Hochtouren. Weglaufen ist sinnlos. Ich bin barfuß. Er trägt Turnschuhe. Außerdem ist er viel kräftiger. Und er hat eine Pistole. Aber das ist nicht alles. Selbst wenn ich meinen Vorsprung nutzen könnte, würde meine Flucht früher oder später vor einem unüberwindbaren Wasserlauf enden.

Ich muss mir also etwas anderes einfallen lassen. Mein Blick fällt auf einen Ast zu meinen Füßen. Er ist kurz, aber massiv. Rasch bücke ich mich. Er liegt gut in der Hand.

«Hier ist keine Weste», höre ich Colbe rufen.

«Sie klemmt unter der Sitzbank.»

Mit wenigen Schritten bin ich neben dem Kahn, genau in dem Moment, als er sich bückt. Ich zögere nicht einen Wimpernschlag, lasse den Ast mit voller Wucht auf seinen Hinterkopf niedersausen.

Colbe stöhnt auf und sinkt in sich zusammen.

Sofort lasse ich den Ast fallen und renne zu dem anderen Boot. Ein lähmender Schwindel erfasst mich, als ich an Bord steige und alles unter mir ins Wanken gerät. Entsetzt kralle ich mich an der Seitenwand fest. Wertvolle Sekunden verstreichen, bis ich mich wieder unter Kontrolle habe. Alles in Ordnung, sage ich mir. Nichts passiert. Das Boot kentert nicht, ich falle nicht ins Wasser.

Da ich es nicht wage, aufzustehen, krabble ich auf allen vieren auf den Motor zu. So fest ich kann ziehe ich an der Schnur. Er springt nicht an, weder beim ersten Versuch noch beim zweiten. Verzweifelt suche ich nach der Benzinzufuhr.

In dem Moment höre ich ein Knacken. Noch bevor ich reagieren kann, taucht ein Schatten über mir auf, und Colbe springt an Bord.

Wieder schwankt alles, und für kurze Zeit ist die Angst, ins Wasser zu fallen, größer als die vor dem Mann, der mich umbringen will.

«Wolltest du etwa ohne mich abhauen?» Breitbeinig steht er vor mir.

«Ich …» Meine Stimme versagt.

«Du erinnerst dich also.» Er betrachtet mich abschätzend. «Habe ich recht?»

Sinnlos, es zu leugnen. «Sie hatten eine Affäre mit Clara.»

Er verzieht das Gesicht. «Das Miststück hat mich um den Finger gewickelt, hat die Schutzbedürftige gespielt. Ich bin wie ein dummer Junge reingefallen auf den ganzen Scheiß mit dem Stalker und mit ihrem bösen Ehemann, der sie betrügt, statt ihr beizustehen.»

«Sie haben die Frau totgefahren.»

«Es war ein Unfall. Ich war … abgelenkt.» Sein Gesicht verzieht sich zu einem hässlichen Grinsen. «Clara hatte ihre Hand in meiner Hose.»

Ich schlucke. «Und deshalb haben Sie sie umgebracht? Weil sie wusste, was Sie getan hatten?»

«Das Biest war unberechenbar. Sie hat geschworen, dass sie niemandem was erzählt. Schließlich wäre sie ja auch wegen unterlassener Hilfeleistung dran, wenn es rauskäme. Erst habe ich ihr geglaubt. Ich fuhr sie nach Hause, dann machte ich mich auf den Weg zurück in die Stadt, ich war ja im Dienst, war nur eben kurz in der Mittagspause raus, um mich mit Clara am Schlachtensee zu treffen. Auf der Fahrt ins LKA wurde mir klar, dass ich ihr nicht trauen kann. Bei ihr ging es immer auf und ab. Mal anschmiegsames Kätzchen, mal wildes Biest. Im einen Moment hat sie dich geliebt, im nächsten gehasst. Und bei allem hat sie immer nur an sich gedacht. Die anderen waren ihr scheißegal. Sie hätte mich vernichtet, ich hätte alles verloren. Mein Job wäre weg gewesen, ich wäre in den Knast gewandert. Mein ganzes Leben wäre den Bach runter gegangen.»

Entgeistert starre ich ihn an. Wie kann ein Mensch nur so egoistisch und kaltschnäuzig sein?

«Clara hat behauptet, sie hätte etwas gegen mich in der Hand, einen Beweis. Ich dachte, es wäre ein Bluff. Und dann taucht dieser verdammte Ring zusammen mit ihrer Leiche auf.» Colbe schüttelt den Kopf, zuckt gleich darauf mit den Schultern. «Und wenn schon. Niemand ist bisher auf die Idee gekommen, den Unfall, Clara und mich irgendwie in Zusammenhang zu bringen. Und das wird auch in Zukunft nicht geschehen. Die einzige Panne war, dass du überlebt hast. Ich musste abhauen, bevor ich fertig war, weil dieser Schwachkopf von Claras Ehemann früher als erwartet zurückgekommen ist.»

«Aber Sie hatten noch Zeit, das Haus in Brand zu stecken», sage ich mit bitterer Stimme.

«Das war ich nicht.»

Dann habe ich mich doch richtig erinnert. Ich habe Roland mit dem Kanister gesehen. Er hat das Feuer gelegt, weil er dachte, ich hätte Clara getötet. Nur dass ich ihm in meinem Traum die Worte aus seinem Roman in den Mund gelegt habe, Worte, die er nie gesagt hat. Ich presse die Hände auf die Schläfen.

«Das hast du deinem Lover wohl nicht zugetraut?» Colbe feixt. «Jedenfalls war es eine gute Tat. Ebenso wie der Frauentausch. Sehr clever, die Geliebte als Ehefrau auszugeben. Er hat dich für Claras Mörderin gehalten, stimmt's? Das war sehr nützlich.» Colbe beugt sich über mich. «Genug geplaudert. Es wird Zeit, dass wir die Sache beenden. Das siehst du doch ein, oder?»

Jan Colbe hat den leeren Holzkahn vom Baum losgemacht. Gemächlich dümpelt er vor uns auf dem Fließ. Die Polizei wird meine Leiche und den verlassenen Kahn finden und eins und eins zusammenzählen. Danach werden sie Rolands Leiche entdecken und den Revolver mit meinen Fingerabdrücken auf dem Grund des Fließes vor unserer Hütte, und sie werden den Fall als Beziehungsdrama abschließen.

Vielleicht kommt durch irgendeinen dummen Zufall doch noch heraus, dass ich Isabel bin und die andere Tote meine Schwester Clara ist. Aber selbst dann gerät Jan Colbe nicht in große Erklärungsnot. Er hat irgendwann im Frühjahr die Anzeige einer Clara Winter aufgenommen, die sich von einem Stalker verfolgt glaubte, aber keinerlei Beweise vorlegen konnte. Keiner wird sich wundern, dass ihm nicht auffiel, dass die Clara Winter, die er Wochen später im Krankenhaus wiedertraf, eine andere Frau war. Schließlich sahen Clara und ich uns sehr ähnlich. Außerdem hatte ich kurzgeschorene Haare. Das kann ein Gesicht sehr stark verändern. Deshalb hat Kathy ja auch nichts gemerkt.

Resigniert kauere ich auf dem Boot und blicke dem Kahn hinterher, während Colbe uns mit einem Stock vom Ufer wegschiebt. Ich zittere vor Angst und Kälte. Aber ich habe keine Kraft mehr, mich zu wehren.

Als Colbe mich an den Armen packt und in den Stand zerrt, leiste ich keinen Widerstand. Auch nicht, als er mir einen kräftigen Stoß versetzt. Ich schreie auf, eine heiße Welle Todesangst flutet durch meine Adern, dann lande ich kopfüber im Wasser.

Wieder dreht sich alles. Der Schock und die Kälte pressen meine Lunge zusammen. Ich strample mit den Beinen, rudere mit den Armen. Plötzlich spüre ich eine Hand auf meinem Kopf, die mich runterdrückt.

Ich zapple unkontrolliert herum, dann zwinge ich mich dazu, stillzuhalten. Es geht schneller, wenn man sich nicht wehrt. Meine Lunge droht zu explodieren, der Schwindel scheint meinen Kopf auseinanderzureißen. Aber ich rühre mich nicht.

Plötzlich streifen meine Füße etwas Glitschiges. Halt still, ermahne ich mich. Der Wassermann will dir kein Leid antun. Im Gegenteil, er beschützt dich. Ich gebe den letzten Rest Widerstand auf, lasse mich auf den Grund hinabsinken.

Der Druck in meiner Lunge ist kaum noch zu ertragen, dennoch bin ich vollkommen ruhig. Kurz bevor mir die Sinne schwinden, explodiert das Wasser über mir. Es sprudelt und gurgelt, und ein gleichmäßiges Brummen ertönt. Colbe hat den Motor angelassen.

Vorsichtig taste ich mit meinen Füßen nach dem glitschigen Untergrund. Noch ein paar Sekunden zwinge ich mich, den Kopf unter Wasser zu halten, dann wird der Schmerz in meiner Brust so gewaltig, dass ich es nicht mehr aushalte. Ich richte mich auf, stoße durch die Oberfläche und schnappe japsend nach Luft.

Das Wasser reicht mir bis zu den Schultern. Zitternd und keuchend stehe ich da, bis mein Atem sich allmählich beruhigt. Das Motorengeräusch ist kaum noch zu hören. Wenig später verstummt es ganz. Mein Mörder ist weg.

Und ich lebe.

Ich sitze im Flur des Krankenhauses und warte. Roland wird noch immer operiert. Nachdem ich mich ans Ufer gekämpft hatte, verständigte ich zuerst den Notarzt, denn mir war klar, dass Colbe das nicht getan hatte. Erstaunlicherweise funktionierte das Handy noch. Dann rief ich die Polizei an und verlangte, mit Mirko Rossbach zu sprechen. Erst weigerte man sich, mir seine Privatnummer zu geben, noch dazu mitten in der Nacht. Aber ich war sehr hartnäckig.

Es war erstaunlich leicht, Rossbach davon zu überzeugen, dass sein Kollege ein Mörder ist. Er stellte knappe, präzise Fragen und reagierte nicht ein einziges Mal überrascht. Offenbar hatte er selbst schon Verdacht geschöpft.

Roland wurde mit einem Hubschrauber in die Charité geflogen. Er hat einen Bauchschuss, der Notarzt konnte nicht sagen, ob lebenswichtige Organe verletzt sind.

Auf der Fahrt nach Berlin ließ sich Rossbach von seinen Kollegen ein aktuelles Foto von Isabel Dominik aufs Handy schicken. Nur zur Sicherheit. Ich kann es ihm nicht verdenken.

Die Fotos in den Ausweispapieren, die zusammen mit Claras Leiche aus dem Fließ geborgen wurden, hatte das Wasser zu sehr aufgeweicht. Deshalb fiel niemandem auf, dass sie mich zeigten und nicht meine Schwester.

Gerade als mich Rossbach in der Charité ablieferte, bekam er einen Anruf. Colbe war vor seiner Haustür von einer Streife abgefangen worden. Jetzt ist er in Untersuchungshaft.

Ich sitze auf heißen Kohlen. Jedes Mal, wenn die Tür zum OP-Bereich aufgestoßen wird, halte ich den Atem an. Ich bin wütend auf Roland, weil er mich belogen hat, weil er mit seiner überstürzten Vertuschungsaktion, mit seiner Angst davor, mir die Wahrheit zu gestehen, alles noch viel schlimmer gemacht hat. Trotzdem wünsche ich mir nichts sehnlicher, als dass er durchkommt. Ich wüsste nicht, wie ich damit weiterleben könnte, ihn getötet zu haben. Wie ich überhaupt ohne ihn weiterleben könnte.

Ein Geräusch lässt mich aufschrecken. Die Aufzugtüren öffnen sich, Kathy tritt heraus. Ich habe sie hergebeten. Bestimmt hat sie von dem wirren Zeug, das ich ihr am Telefon erzählt habe, kaum etwas verstanden. Trotzdem ist sie gekommen.

Sie lässt sich neben mir nieder. «Das ist ja vielleicht eine verrückte Geschichte. Wie geht es Ihnen?»

Ich zucke mit den Schultern.

«Das wird schon wieder.» Sie tätschelt meine Hand. «Ich freue mich, dass ich Ihnen helfen kann. Sie können so lange bei mir wohnen, wie Sie möchten.»

«Danke.»

«Irgendwie habe ich die ganze Zeit geahnt, dass Sie nicht Clara sind.»

«Wirklich?»

«Ich habe Ihre Schwester ja immer nur aus der Ferne gesehen. Trotzdem habe ich gemerkt, dass etwas anders ist. Ich dachte, es hätte mit dem … mit dem Unfall zu tun.» Sie seufzt, dann schlägt sie mit den Handflächen auf die Oberschenkel. «Sie müssen vollkommen erschöpft sein. Was halten Sie von einem Kaffee?»

«Gute Idee.» Ich lächle sie dankbar an.

«Dann schaue ich mal, wo ich welchen auftreiben kann.» Sie steht auf. «Ich bin gleich zurück.»

Ich blicke ihr nach, bis sie um die Ecke verschwindet, und versinke wieder in Gedanken. Mir spukt die Melodie im Kopf herum, der Song, den ich plötzlich im Ohr hatte, als ich auf der Schönhauser Allee meine, nein, Claras Vergangenheit recherchiert und Rolands Wagen gesehen habe. Jetzt weiß ich wieder, wie der Song heißt und warum ich ihn mit Roland verbinde.

Take my hand, take my whole life too
For I can't help falling in love with you

Ich habe erst nach dem Tod meines Vaters erfahren, dass ich eine Schwester habe. Als er mit mir in den Westen ging, war ich erst drei, zu jung, um mich an irgendetwas zu erinnern. Nur was am See geschah, hat sich so tief in mein Gedächtnis eingegraben, dass es nie ganz verloren ging.

Papa hat immer behauptet, meine Mutter sei tot, Geschwister hat er nie erwähnt. Er dachte wohl, so wäre es leichter für mich. Als er im Jahr nach dem Mauerfall nach meiner Mutter und Clara suchte, merkte ich nichts davon. Ich war dreizehn, meine größte Sorge war, dass die Eltern meiner besten Freundin planten, mit ihr nach Kanada auszuwandern. Claudia und ich schworen uns, dass wir lieber sterben wollten, als auseinandergerissen zu werden. Wir informierten uns sogar über die besten Methoden, sich sicher und schmerzlos das Leben zu nehmen. Deshalb wusste ich so genau, wie man die Pulsadern aufschneiden muss.

Als mein Vater im vergangenen Herbst starb und mir einen Brief hinterließ, in dem er alles erklärte, war ich einige Wochen lang völlig durch den Wind. Mein ganzes Leben fußte auf einer Lüge. Dann fing ich an, nach Clara zu suchen. Es dauerte eine Weile, denn sie hatte ja durch Heirat zwei Mal ihren Namen geändert. Ich war überglücklich, als ich sie endlich ausfindig gemacht hatte. Nach all den Jahren allein mit meinem Vater hatte ich plötzlich eine Schwester!

Aber Clara wollte nichts von mir wissen. In meiner Verzweiflung wandte ich mich an ihren Ehemann. Wir trafen uns im Mai in einem Restaurant im Tiergarten. Es war ein warmer Abend. Als ich ihn sah, war es, als würde mir jemand den Boden unter den Füßen wegziehen. Ich kämpfte gegen das Gefühl an, während wir über Clara sprachen, über die schrecklichen Dinge, die sie durchgemacht hatte, und über die Krankheit, unter der sie litt. Das unerträgliche Misstrauen, die Eifersucht, die Gefühlsschwankungen, der Verfolgungswahn. Roland erzählte mir, wie er bei ihrer ersten Begegnung von ihr fasziniert gewesen war, wie er daran geglaubt hatte, sie mit seiner Liebe heilen zu können. Und wie ihm allmählich klar geworden war, dass sie gar nicht geheilt werden wollte.

Nach dem Essen spazierten wir durch den nächtlichen Park. Von irgendwo drang Musik zu uns herüber, *Can't Help Falling in Love With You* von UB40, und Roland erzählte mir, dass diese Version des Elvis-Songs die Filmmusik zu einem Thriller sei, in dem eine Frau zwischen zwei geheimnisvollen Männern steht, von denen einer ein Killer ist, und sie nicht weiß, wem sie trauen soll.

«Einer der beiden ist übrigens Schriftsteller», fügte er mit einem Augenzwinkern hinzu. «Aber ich verrate dir nicht, ob er der Killer ist.» Und dann umfasste er meine Hüften, und wir tanzten auf dem Rasen, erst schüchtern und zurückhaltend, dann eng aneinandergeschmiegt.

Es ist fast so wie vor sieben Wochen. Nur bin ich es diesmal, die an Rolands Krankenbett sitzt. Er war schon einmal kurz wach, aber da war er nicht ansprechbar. Inzwischen haben die Ärzte ihn extubiert, aber er ist noch verkabelt. Seine Atmung, sein Blutdruck, sein Herzschlag, alles wird elektronisch überwacht.

Er schlägt die Augen auf, aber ich glaube nicht, dass er mich sieht. Sein Blick geht orientierungslos hin und her. Dann bleibt er an mir hängen.

«Du hast es überstanden.» Ich drücke seine Hand, ganz vorsichtig. Ich bin unsicher, ob ihm die Berührung womöglich unangenehm ist.

«Isabel.» Das Wort ist kaum mehr als ein Flüstern.

In dem Moment wird mir klar, dass er in all den Wochen kein einziges Mal Clara zu mir gesagt hat.

«Ich hätte dich beinahe erschossen», sage ich leise. «Ich kann dir gar nicht sagen, wie sehr –»

Er schüttelt den Kopf, hält jedoch sofort mit schmerzverzerrtem Gesicht inne. «Nein … Ich …»

«Du solltest noch nicht reden. Versuch zu schlafen.»

Er starrt an die Decke. «Was ist passiert?»

«Jan Colbe hat Clara umgebracht. Die beiden hatten eine Affäre. Sie saß im Wagen, als er die fremde Frau totfuhr. Er hatte Angst, dass sie ihn verrät. Ich kam im falschen Augenblick hinzu.»

Roland schließt die Augen.

Erst glaube ich, dass er wieder eingeschlafen ist, doch dann sehe ich die Tränen über seine Wangen laufen. Er sieht mich an. «Kannst du mir verzeihen?»

Ich weiche seinem Blick aus. Ich weiß es nicht. Genauso wenig, wie ich weiß, ob ich mir selbst verzeihen kann.

«Ich wollte so gern mit dir nach Frankreich gehen, Isabel. Ich wollte dein Haus sehen, die Bilder, die du malst, die Orte, an denen du mit deinem Vater gewesen bist.» Er hält inne, sein Atem geht schwer.

«Warum hast du mir nicht gesagt, dass ich Isabel bin?»

Er stöhnt. «Ich habe es so oft versucht. In dem Hotel, im Aufzug. Und dann, als du aus Torgau angerufen hast. Aber ich konnte dir das doch nicht am Telefon erklären. Ich wusste nicht, wie du reagieren würdest. Ich wollte dich nicht mit dem Schock allein lassen.»

«Du hast mich glauben lassen, ich wäre psychisch krank! Ich litte unter Verfolgungswahn. Unter Halluzinationen. Hast du eine Ahnung, wie sich das anfühlt? Du hast mich gezwungen, das Leben einer anderen zu führen. Hättest du mir je die Wahrheit gesagt?»

Wieder schließt Roland die Augen.

«Ich habe an allem gezweifelt, was ich gedacht und gefühlt habe. Auch an den kleinen Erinnerungen, die mir geblieben waren. Das cremefarbene Sofa, der Blick in den Garten. Ich habe dich ganz am Anfang danach gefragt, erinnerst du dich? Aber du hast es als Spinnerei abgetan. Und ich habe dir geglaubt. Ich hatte ja keine Wahl. Ich habe die absurdesten Dinge von mir angenommen. Ich habe mich sogar für eine Mörderin gehalten! Und mir deshalb die Pulsadern aufgeschnitten!»

Das Gerät neben Rolands Bett gibt einen hysterischen Alarmton von sich. Eine Schwester stürzt ins Zimmer und macht sich an dem Display zu schaffen, das die Dosis der Medikamente steuert, die Roland in die Blutbahn gepumpt bekommt.

«Ihr Mann braucht viel Ruhe», erklärt sie mir mit unverhohlen vorwurfsvollem Unterton, bevor sie wieder verschwindet.

Er ist nicht mein Mann, denke ich. Er ist mein Schwager. Der Witwer meiner Schwester.

Roland hat die Augen wieder aufgeschlagen.

«Ich sollte gehen», sage ich.

«Nein, bitte! Bleib hier. Und schone mich nicht. Ich habe es nicht anders verdient.»

Wie schafft er es nur, dass ich mich schuldig fühle? Ich setze mich wieder auf die Bettkante. «Du hast das Haus in Brand gesteckt.»

«Der Kanister stand schon im Wohnzimmer. Colbe hatte wohl die gleiche Idee, nur nicht mehr genug Zeit, sie auszuführen. Ich wollte nicht, dass die Polizei Spuren findet, die nicht ins Bild passen.»

«Aber du hast mir erzählt, es hätte schon gebrannt, als du uns fandest.»

«Ich wollte, dass du verstehst, unter welchem Druck ich stand. Und dass du mich nicht dafür verachtest, dass ich unser Zuhause zerstört habe.»

«Dein und Claras Zuhause.»

«Ja.»

«Hast du auch die Unterlagen aus der Garage verbrannt?»

«Ja. Am Abend nach dem Feuer. Ich habe sie mir gar nicht näher angesehen. Ich wollte einfach sicherstellen, dass niemand rausfindet ...»

«... dass ich nicht Clara bin.»

«Hm.»

«Auch ich nicht, ja?»

«Zu dem Zeitpunkt lagst du noch im Koma. Ich hatte keine Ahnung, dass du dich an nichts erinnern würdest. Mein Plan war, da zu sein, wenn du aufwachst, und dir dann zu sagen, dass ich dich als meine Frau ausgegeben habe. Wir hätten abgewartet, bis die Untersuchungen abgeschlossen wären, dann hätten wir das Haus verkauft und wären nach Frankreich ausgewandert.»

«Und niemand wäre je für Claras Tod zur Rechenschaft gezogen worden.»

«Ich dachte doch, du hättest sie im Affekt erschlagen! Ich wusste, wie sie sein konnte, wie aggressiv und provozierend. Ich dachte, sie wäre auf dich losgegangen, und du hättest dich nur verteidigt.»

«Dann wäre es Notwehr gewesen.»

«Aber welcher Richter hätte dir geglaubt? Du warst die Geliebte ihres Mannes. Du hattest ein sehr starkes Motiv. Und außerdem war da noch diese blöde Anzeige wegen Stalking. Ich wusste, dass es keinen Stalker gab. Aber die Polizei nicht.» Roland tastet nach meiner Hand.

Ich lasse es geschehen, obwohl ein Teil von mir sie ihm ins Gesicht klatschen möchte.

«Ich weiß, dass ich unüberlegt gehandelt habe», fährt er fort. «Aber nachdem ich einmal angefangen hatte, alles zu vertuschen, gab es kein Zurück mehr. Und dann bist du ohne Gedächtnis aufgewacht. Es erschien mir wie ein Wink des Schicksals. Ich konnte doch nicht ahnen, dass du dich so beharrlich auf die Suche nach deiner Vergangenheit begeben würdest.»

«Wenn ich nicht so hartnäckig gewesen wäre, wäre Jan Colbe höchstwahrscheinlich mit drei Morden davongekommen.»

«Ich weiß.»

Wir schweigen eine Weile.

«Was geschieht nun mit ihm?», fragt Roland dann.

«Colbe? An seinem Dienstwagen wurden Unfallspuren

entdeckt. Kathy hat ihn als den Mann identifiziert, der Clara einige Male besucht hat, als du nicht da warst. Außerdem hat man an seiner Jacke ein Haar von mir gefunden. Und seine Fingerabdrücke an dem gestohlenen Boot. Die Beweise werden wohl reichen, um ihn für lange Zeit ins Gefängnis zu bringen.»

Roland nickt.

«Auf mich kommt auch ein Prozess zu, weil ich auf dich geschossen habe. Aber Rossbach sagt, dass ich vermutlich freigesprochen werde, weil ich geglaubt habe, mein Leben verteidigen zu müssen. Putativnotwehr heißt das.»

Roland sieht mich mit kummervollem Blick an. «Ich wünschte, ich könnte ungeschehen machen, was ich getan habe. Ich hätte dir die Wahrheit sagen sollen. Von Anfang an. Ich bin ein verdammter Feigling.» Er drückt meine Hand. «Meinst du, wir kriegen das hin? Gemeinsam?»

«Ich brauche Zeit.»

«Natürlich.»

«Allein.»

Er senkt den Blick. «Wirst du zurück nach Frankreich gehen?», fragt er kaum hörbar.

«Sobald die Polizei mich lässt.»

«Sehen wir uns wieder?»

«Ich weiß es nicht.»

«Ich liebe dich, Isabel.»

«Ich weiß.»

Er schließt die Augen.

Vorsichtig entziehe ich ihm meine Hand und erhebe mich. Auf Zehenspitzen verlasse ich das Krankenzimmer.

Mehr als drei Wochen muss ich warten, bis die Polizei mich endlich abreisen lässt. Ich muss endlose Befragungen über mich ergehen lassen, wieder und wieder die gleichen Dinge erzählen. Immerhin wurde die Anklage gegen mich fallengelassen. Dazu hat Roland mit seiner Aussage wesentlich beigetragen. Er hat glaubhaft geschildert, dass er sich mir trotz mehrfacher Aufforderung, stehen zu bleiben, auf bedrohliche Art und Weise genähert habe. Auch wegen der Waffe muss ich keine Strafe befürchten. Ich habe behauptet, dass ich sie in der Garage gefunden und mir aufgrund meiner fehlenden Erinnerung eingebildet hätte, es wäre meine eigene.

Roland wartet noch auf seinen Prozess wegen Strafvereitelung. Sein Anwalt ist zuversichtlich, dass er mit einer Bewährungsstrafe davonkommt.

Jan Colbe wird wahrscheinlich erst gegen Ende des Jahres vor Gericht gestellt. Dann muss ich noch einmal nach Berlin reisen und aussagen. Aber jetzt bin ich erst einmal wieder in Frankreich. Vor zwei Stunden ist das Flugzeug in Marseille gelandet. Ich sitze im Taxi, sehe die vertraute Landschaft am Fenster vorbeifliegen.

Schließlich hält der Wagen in der Einfahrt hinter meinem verbeulten alten Peugeot. Ich steige aus. Tief atme ich den vertrauten Geruch nach Pinien, Lavendel und Oleander ein. Der Fahrer hievt das Gepäck aus dem Kofferraum, nimmt sein Geld entgegen und fährt weg. Ich lasse die Koffer stehen und laufe auf das Haus zu. Mein Herz schlägt schneller, als ich vor der Tür stehe und den Schlüssel aus der Tasche ziehe.

Ich bin zu Hause.

Noch ist es hell, obwohl die Abendsonne bereits tief über den Alpillen steht, die sich scharf gezackt gegen den Horizont abzeichnen. Es ist September, die Tage werden schnell kürzer. Ich schließe die Haustür auf und trete über die Schwelle in die kleine Küche. Die Lampe auf der Fensterbank ist eingeschaltet. Ich muss vergessen haben, sie auszumachen, als ich abgereist bin. Ich war so aufgeregt, so verwirrt. War mit meinen Gedanken schon in Berlin. Bei Roland.

Nach dem Abend im Park haben wir beide versucht, das Richtige zu tun, uns nicht wiederzusehen. Aber wir haben es nicht lange durchgehalten. Schon zwei Tage später stand Roland morgens vor meinem Hotel, und ich fiel ihm in die Arme, noch bevor er etwas sagen konnte. Ich war so glücklich, und ich fühlte mich gleichzeitig so schäbig meiner Schwester gegenüber.

Ende Mai musste ich nach Frankreich zurück. Ich dachte, der Abstand würde mir helfen, Roland zu vergessen. Aber ich bekam ihn nicht aus dem Kopf und flog einen Monat später noch einmal nach Berlin. Roland hatte mir mitgeteilt, dass er den Verdacht habe, Clara hätte ebenfalls eine Affäre. Das hätte alles leichter gemacht. Glaubte ich zumindest. Roland war da nicht so sicher.

Ich wollte mit Clara reden. Aber sie reagierte nicht auf meine Nachrichten. Ich gab mir Mühe, sie zu verstehen, fuhr sogar nach Torgau, um mich besser in sie hineinfühlen zu können.

An dem Morgen, als ich zu Roland in die Hütte im Spreewald zog, beschloss ich, einfach zu ihr zu fahren. Ich konnte mir nicht vorstellen, dass Clara ihrer Schwester einfach die Tür vor der Nase zuschlagen würde. Roland hielt das für keine gute Idee, er sagte, ich könne mir nicht vorstellen, wie unberechenbar Clara sei. Ich wollte ihm nicht glauben.

Hätte ich auf ihn gehört, wäre das alles nicht passiert. Aber wie hätte ich ahnen sollen, dass Jan Colbe ausgerechnet an dem Tag eine Frau totfahren würde?

Ich schüttle die Erinnerung ab und trete von der Küche in den großen, hellen Wohnraum. In der Mitte steht ein cremefarbenes Sofa, von dem aus man in den Garten schauen kann. Den Garten, den ich in meinen Träumen gesehen habe.

Ich stelle mich an die Scheibe. Die meisten Stauden sind vertrocknet, nur die Disteln und die Witwenblumen blühen noch. Überall sind wilde Kräuter aus dem Boden geschossen, das Gras ist kniehoch und braungelb verfärbt. Aber das macht nichts. Ein bisschen Wasser und ein paar Nachmittage Arbeit werden alles wieder in Ordnung bringen.

Unter dem Jasmin in der hinteren Gartenecke steht eine verwitterte Bank. Noch im vergangenen Sommer habe ich dort mit meinem Vater gesessen, und wir haben Erinnerungen ausgetauscht. Er muss dabei auch an Clara gedacht haben. Aber er hat sie mit keinem Wort erwähnt. In den Wochen nach seinem Tod war ich unsagbar wütend auf ihn, weil er mir nie von meiner Schwester erzählt hatte. Weil ich jahrzehntelang mit einer Lüge leben musste. Inzwischen habe ich ihm verziehen.

So wie ich Roland verziehen habe.

Mein Blick wandert weiter zu den Rosensträuchern. Die Blüten sind abgestorben, die Blätter welk, aber die dornenbewehrten Stiele glänzen saftig und grün. Im nächsten Jahr werden sie erneut blühen. Mein Vater hat mir einmal erzählt, dass meine Mutter Rosen geliebt habe, dass sie immer davon geträumt habe, eines Tages in England die berühmten Gärten zu besuchen. Ich weiß nicht, ob es wahr ist oder ob er mir nur eine Freude machen wollte, weil er wusste, wie sehr ich meinen Garten liebe. Aber ich möchte es gern glauben.

Schon merkwürdig, dass uns beiden, Clara und mir, unser Garten so wichtig war. Vielleicht ist es das Erbe unserer Mutter. Vielleicht hat es aber auch mit der Erinnerung an den Garten unserer Kindheit zu tun, den Ort, an dem wir die ersten, unbeschwerten Jahre unseres Lebens verbrachten.

Ich werde es nie erfahren. So wie ich viele andere Dinge nie erfahren werde. Ob Clara wirklich einen Stalker hatte oder ob ihr Verfolger ein Produkt ihrer Paranoia war. Ob sie mich hasste, weil ich ihr, wenn auch ohne es zu wollen, den über alles geliebten Vater wegnahm.

Ich werde nie erfahren, ob Clara beim Tod unserer Mutter die Finger im Spiel hatte. Oder beim tödlichen Unfall ihres ersten Mannes. Oder was sie sich dabei dachte, als sie mich vom Bootssteg schubste. Wusste sie wirklich nicht, was sie tat?

Ein Schauder läuft mir über den Rücken.

«Dir ist kalt, Liebling», sagt Roland und streicht mir sanft über die nackten Arme. Ich war so in Gedanken versunken, dass ich gar nicht bemerkt habe, wie er mir ins Haus gefolgt ist. Er blickt sich um, entdeckt den offenen Kamin. «Soll ich Feuer machen?»

Ich lächle ihn an. «Eine gute Idee.»

Während Roland Holz aufschichtet, gehe ich in den Wintergarten, der sich an das Wohnzimmer anschließt. Hier steht meine Staffelei. Das Bild, das ich vor meiner Abreise angefangen habe, lehnt noch darauf. Es zeigt die Terrasse eines Restaurants, runde Tische, an einem sitzt ein Mann. Es ist Roland, so wie ich ihn von unserer ersten Begegnung in Erinnerung habe. Mir fällt die Skizze in meinem Tagebuch ein. Das Bild war die ganze Zeit in meinem Kopf.

Genau wie der Song. *For I can't help falling in love with you.*

Und der Garten.

DIE IDEE

zu diesem Buch kam mir, als ich einen Fernsehbericht über eine Frau sah, die nach einem Nervenzusammenbruch jede Erinnerung an sich selbst verloren hatte. Das Schicksal dieser Frau ließ mich nicht mehr los.

Und ich begriff: Wir sind unsere Erinnerungen. Ohne sie verlieren wir unsere Identität, die Gewissheit, wer wir eigentlich sind. Je mehr ich über das Gedächtnis recherchierte, desto klarer wurde mir, wie viel wir einbüßen, wenn wir nicht mehr auf unsere Erinnerungen zurückgreifen können. Und wie schrecklich sich das anfühlen muss.

In der Regel beginnt die Lebensgeschichte, die in unserem Gedächtnis abgespeichert wird, erst um unseren dritten Geburtstag herum. Alles davor liegt für immer im Dunkeln. An was wir uns erinnern, hängt zudem davon ab, bei welchen Gelegenheiten wir emotional berührt waren. Je stärker die Gefühle, desto größer die Wahrscheinlichkeit, dass uns das Ereignis im Gedächtnis bleibt. Aus all diesen Erinnerungen und Erfahrungen entsteht unsere persönliche Lebensgeschichte, die uns zu dem Menschen macht, der wir sind. Ohne diese Erinnerungen sind wir uns selbst fremd, verlieren wir unsere Identität.

Es gibt verschiedene Formen der Amnesie. Bei manchen wird nur ein einzelnes traumatisches Erlebnis gelöscht, bei anderen ist die Vergangenheit komplett verfügbar, aber wir können keine neuen Erinnerungen abspeichern.

Meine Heldin leidet unter retrograder Amnesie, sie hat ihr ganzes Leben vor dem Angriff vergessen. Nicht nur eine solche

Kopfverletzung, auch ein Hirnschlag, extreme seelische Belastung, Drogen oder Medikamente können Gedächtnisverlust auslösen.

Bei allen Formen der Amnesie ist in erster Linie das episodische Gedächtnis betroffen, also die Erinnerung an das eigene Leben. Die Patienten wissen nichts mehr über ihre Vergangenheit, all ihre Erfahrungen sind verloren gegangen. Sie können Radfahren oder sich die Schuhe binden, sie können lesen und schreiben, aber sie haben keine Ahnung, wann und wo sie es gelernt haben. Sie wissen auch nicht mehr, wie Dinge schmecken oder wie sich etwas Bestimmtes anfühlt.

Und sie verlieren ihre Bindung an die Menschen, die ihnen vor dem Gedächtnisverlust etwas bedeutet haben. Ich habe bewegende Interviews mit Patienten gesehen, denen ihre Ehepartner oder Kinder plötzlich gleichgültig waren, weil sie sich nicht an sie erinnern und deshalb nichts für sie empfinden konnten. Das ist eine schreckliche Belastung sowohl für die Person, die unter Amnesie leidet, als auch für ihre Familie.

Die meisten Menschen mit dauerhafter retrograder Amnesie fangen deshalb ein völlig neues Leben an. Sie ziehen weit fort aus ihrer Heimat, in eine Gegend, wo niemand sie kennt, wo sie nicht ständig von Fremden angesprochen werden, die sie eigentlich kennen müssten. Sie versuchen sich in einem neuen Beruf, bauen sich einen neuen Freundeskreis auf.

Mein Roman spielt in Berlin, also war von Anfang an klar, dass das Schicksal meiner Heldin mit der deutsch-deutschen Geschichte verknüpft sein würde, denn in dieser Stadt ist die Vergangenheit allgegenwärtig.

Meine Recherchen zum Leben in der DDR haben mich mit vielen Fragen konfrontiert: Was macht es mit einem Menschen, wenn er ständig seinem Umfeld misstrauen muss, wenn jeder, den er kennt, der Nachbar, der Kollege oder der eigene

Bruder, ein Spitzel sein könnte? Wird man dieses Gefühl, permanent überwacht zu werden, je los? Kann man je wieder anderen blind vertrauen? Fühlt man sich je frei?

Andererseits gibt es viele Menschen, die ihren Kampfgeist auch unter widrigsten Umständen nicht verlieren. Ich habe unzählige Geschichten über Fluchtversuche gelesen, über gelungene und über gescheiterte. Alle haben mich gleichermaßen berührt. Und alle haben mir gezeigt, wie viel Kraft, Ausdauer und Ideenreichtum Menschen aufbringen können, wenn sie für ihre Selbstbestimmung kämpfen.

Diese Menschen sind das Vorbild für meine Heldin, die trotz aller Rückschläge ebenfalls nicht aufgibt und am Ende sogar ihre größte Angst überwindet, um zu überleben.

Sie ist mir ans Herz gewachsen, während ich ihre Geschichte aufgeschrieben habe. Es fällt mir schwer, sie gehen zu lassen. Aber ich glaube, sie ist auf einem guten Weg. Sie braucht mich nicht mehr.

September 2016
Sophie Kendrick

MIX
Papier aus verantwortungsvollen Quellen
FSC® C083411

Das für dieses Buch verwendete Papier ist FSC®-zertifiziert.